一隻獵雕的遭遇

【新封珍藏版】

沈石溪——著

【編者薦言】

忠誠與自由：一隻獵雕的啟示

朱墨菲

「我達魯魯對著永恆的山神和賢明的獵神起誓，只要你巴薩查不背叛我，我永遠不會拋棄你。假如我說謊，就讓我進山踩著雪豹的尾巴，出山挨老熊的巴掌！」

獵雕的心靈一陣顫動，為自己有這麼一位忠厚善良、輕利重義的主人感到幸福和驕傲。

巴薩查原是一隻翱翔於藍天，無憂無慮的野雕。牠最大的煩惱，頂多是爲了偶而當天沒有自動上門的獵物，以致肚子挨餓而已；直到有一天，牠被獵人達魯魯從豹嘴口中救回一命，從此，注定了牠的命運與人類產生了密不可分的關係。

爲了報答主人的救命之恩，牠成爲一隻獵雕，每天冒著生命危險，尋捕主人所需要的值錢獵物；主人滿意的笑容，是牠一天辛苦工作後最大的獎勵。殊不知，此時牠已淪爲人類的奴隸，只要主人不滿意，牠隨時會面臨被棄之如敝屣的下場。就這樣，牠又展開了另一種生涯。

當牠被迫成爲誘雕，被捕雕者用以誘捕牠的同類時，也是牠苦難的開始。牠唾棄、憎惡這樣的行爲；然而，食物是一種無法抵禦的誘惑，牠終究敵不過大自然的定律，屈服於生理的本能需求，只好一次次昧著良心殘害自己的同類，用靈魂作交易去換取肉食和水，成了獵人的幫兇。

也因爲歷經了太多身心的折磨，當牠「轉行」改當種雕後，安逸舒適的生活使牠徹底被改造成一隻安於現狀、養尊處優的禽鳥；牠喪失了鬥志，每天過著眾星拱月的日子，沈浸在人類溫柔的陷阱裡，雖然有時也會爲了不能飛出鐵絲網自由翱翔而感到鬱悶和壓抑，但這種感覺很快就被更實際的想法所替代。

牠不再是翱翔於藍天之上的精英，而是身陷囹圄的囚犯！

直到雌雕花水背激烈殉死的行爲，終於喚醒了潛伏在牠內心深處裡的那股自主意志。牠掙脫了鐵籠的束縛，再度回到屬於牠的藍天。牠又恢復了過去那種爲生存而打拚、奮鬥的日子。殘酷的大自然不斷地考驗著牠的耐性，危機四伏的草原大地，隨時上演著弱肉強食的戲

碼，牠的嘴殼出現了裂紋，牠的胸脯掉光了絨羽；爲了自由，牠付出了慘痛的代價。

一切的辛苦，在牠遇到舊主人達魯魯後出現了逆轉，牠不再飄泊、不再流浪，以爲終於找到了自己安身立命的所在，再次過著效忠人類的生活。然而，一旦失去了自由的天空，也意味著牠喪失了自主的權利，使牠終於面對悲劇的命運。在生物界，自由與忠誠之間，似乎永遠是背道而馳的，牠以牠的血肉之軀，證明了這一顛撲不破的真理。

Contents

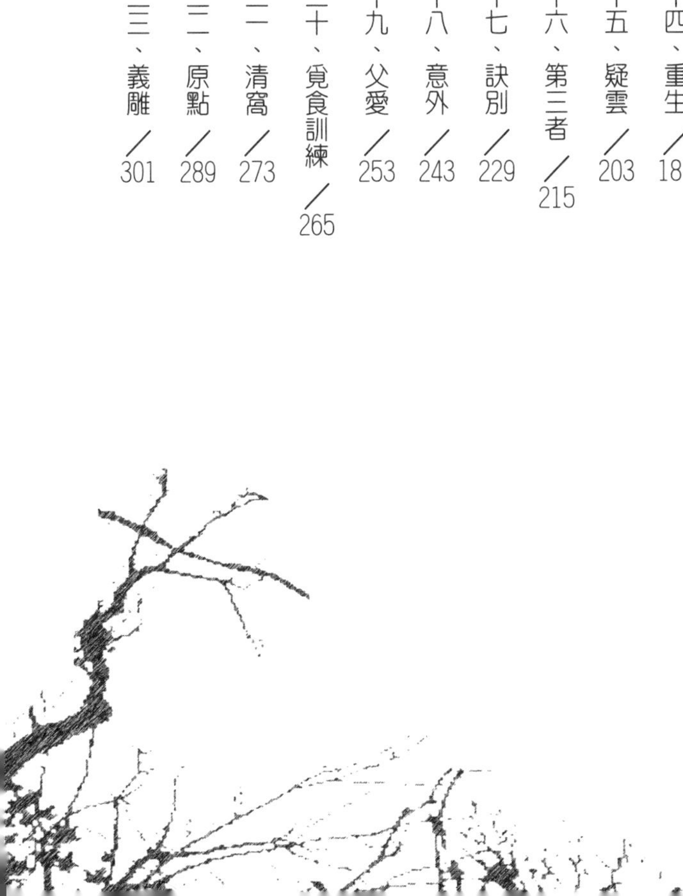

一　金雕巴薩查

巴薩查飛遍了日曲卡雪山北麓，還是沒有發現任何值得牠去捕獵的目標。牠飛累了，撐開巨大的翅膀，靜止不動地躺在空中，任憑強勁的河谷氣流托著牠向前滑動，牠圓睜著雕眼，聚精會神地俯瞰著地面，希冀能幸運地看到一隻幼麝在古戛納河邊飲水，或者能遇到一頭小岩羊在懸崖邊溜躂。遺憾的是，平緩的山坡和狹長的河谷裏，連個可疑的黑點也看不到。

冰涼的太陽高懸在天空，給大地投下了一片冷寂的光。

嚴冬剛剛過去，雪線才褪到半山腰，草芽還沒有破土，樹枝還沒有泛綠，赤裸的紅土地還沒有恢復生機。那些食草類動物，都遷移到遙遠的四季如春的古戛納河的下游過冬去了，還沒有回來。對食肉類動物來說，乍暖還寒的早春季節確實是個春荒難關，很難找到食物。

假如僅僅是爲了裹腹充饑，牠是不會如此辛苦地在古戛納河谷上空來來回回飛巡的。

牠可以憑著野生動物一種奇異的生存本能，準確地在河灘的巨卵石底下或河岸的枯樹根部找到冬眠的小蛇，或用雕爪刨開被雪水泡得酥軟的土層尋找蜥蜴或地狗子。整個冬天和春荒階段，其他野金雕經常靠這種辦法來維繫生命。

但牠不是普通的野金雕。牠是丫丫寨獵人達魯魯豢養的獵雕。牠是按主人的吩咐到古戛納河谷來狩獵的。主人不喜歡冬眠的小蛇和地狗子，主人要的是幼麝、岩羊或其他值錢的禽獸。

太陽偏西時，古戛納河上游飄來一塊烏雲，不一會兒就下起了小雪。紛紛揚揚的雪粒被凜冽的西風吹刮著，攪起漫天雪塵。這是日曲卡雪山一帶常見的倒春寒。氣候這樣惡劣，能見度愈來愈低，再飛下去也是徒勞的，牠想，該回去了。牠㸚轉尾羽，掉頭朝丫丫寨飛去。

剛飛出河谷，牠又猶豫了。今天又一無所獲地空著手回去嗎？主人一定又像昨天那樣站在木屋外，手搭涼篷翹首等待牠歸來。昨天也是在這個時候，當牠降落在主人腳邊，當主人看清牠什麼也沒帶回去時，燃燒著希望之光的眼神一下變得黯淡，被山風刮得極粗糙的臉似乎又添了一條皺紋。主人沒有責怪牠，也沒有抱怨牠，只是朝牠淒苦地笑了笑，就默默地回小木屋去了。

主人的這種無可奈何的失望表情，比訾罵和鞭笞更厲害，更讓牠痛苦。牠曉得，主人這段時間連遭厄運，先是上個月他到鋪滿白雪的森林裏去打狗熊，連狗熊的影子還沒見到，就在下坡時滑了一跤，扭傷了腰，在床上躺了整整一個月。主人剛剛能起床，主人的女兒莉莉又患猩紅熱病倒下了。主人家本來就不富裕，這下就更窮了，連買鹽巴的錢都掏不出來了。如果日子過得不是這樣窘迫的話，主人是不會在早春時節獨自放牠進山狩獵的。

早晨，主人打開搭在木屋前大青樹杈上的雕巢，臨放牠進山時，摟著牠的脖頸，把牠的腦袋抱在他厚實的胸懷裏，用長滿繭花的手掌在牠的脊背上輕輕撫摸。牠是一隻通靈性的金雕，跟隨主人多年，摸透了主人的脾性，曉得主人是在祈禱獵神賜給牠好運，讓牠滿載而歸。牠感覺到主人在撫摸牠時，手指在微微顫抖。主人是把戰勝厄運度過難關的希望都寄託在牠身上了。

牠怎麼能在主人最需要牠幫助的時候無所作爲呢？

牠重新側轉尾羽，飛回古戛納河谷上空。無論如何，牠今天再也不能空著手回去了。哪怕獵到一隻草兔，也能救主人的燃眉之急，能換回點錢把莉莉的病治好。

細密的雪塵打濕了牠的翅膀，使牠飛翔時感覺到有點滯重。乳白色的霧嵐，像只巨大的罩子，罩住了古戛納河谷，地上的岩石和樹樁等都變得模糊不清了。牠拍拍翅膀，一頭扎進河谷，貼著樹梢作低空飛行。

牠又飛巡了五六個來回，但河谷裏仍然看不見一樣活的東西。昔日慷慨的獵神，在關鍵時刻卻變得吝嗇了。

太陽很快就要墜落到雪峰背後去，明亮的天地很快就會被蒼茫的暮色吞沒。牠灰心了，垂頭喪氣地準備再次撤離古戛納河谷。突然，牠看見左前方山坡上，似乎有一樣東西晃動了一下。開始，牠以為是自己的幻覺，但再飛近了些，那東西竟然蹦蹦跳跳從一個洞口移動到一棵大樹下。牠尖叫一聲，迅速飛過去，呵，原來是隻狐狸！狐狸火紅的皮毛和坡上的紅土融為一體，再加上瀰漫的風雪和大團的霧嵐，怪不得使牠看不清楚了。

狐狸是晝伏夜行的動物，總是在傍晚離穴外出覓食的。

假如現在發現的是一隻幼麝，牠會高興得仰天長嘯，但對方是狐狸，牠怎麼也高興不起來。牠當然不怕狐狸，可話說回來，狐狸也不怕牠。牠現在飛得那麼低，翅膀扇動的聲音那麼響亮，嗅覺、聽覺和視覺異常靈敏的狐狸不可能不知道牠已飛臨頭頂，但這傲慢的傢伙竟然連頭都不抬一下，還在聚精會神地對付樹根下一隻灰鼠洞。可惡的狐狸壓根兒就沒把牠當回事。

從內心講，牠不願意飛撲下去捕獵這隻狐狸。狐狸雖然沒有野狼兇猛，也沒有狗熊蠻橫，但也是食肉獸，有一口能咬斷獵物筋骨的犬牙和四隻能扯碎羽毛皮肉的利爪，狐狸一旦受到襲擊，絕不會像食草動物那樣束手就擒或一味逃命的，牠會爲捍衛自己的生命廝殺到底的。更重要的是，狐狸的智商在叢林所有的走獸中是最高的，常常會在強敵面前玩弄一些別出心裁的花樣，迷惑對方的神經，讓對方上當受騙。牠曾親眼看見一隻狐狸躺在地上裝死，把一隻慣食腐肉的禿鷲引上鉤，就在禿鷲嘴殼快啄到狐狸眼窩時，裝死的狐狸猛然間從地上跳躍起來，一口咬住禿鷲的脖子，可憐的禿鷲，成了狐狸一頓美味晚餐。

怪不得連人類都要羨慕和妒嫉狐狸的智商，把狐狸當作陰險狡猾的代名詞了。

要是此刻正在樹根邊挖掘灰鼠洞的是隻乳臭未乾的幼狐，或者是隻拖兒帶女的母狐，牠不會有這麼多顧慮。遺憾的是，這是隻臉頰上的白斑呈濁黃色、資歷頗深、閱歷頗廣的老公狐，細腰寬肩，胸部肌腱飽滿，四肢堅實有力，耳邊紅色的皮毛間有一道十分顯眼的月芽形傷疤，不知是狼咬狗啃留下的痕跡，還是同類間情鬥留下的記錄，起碼說明了這隻老公狐和死神打過交道，曾經受過弱肉強食的叢林法則的嚴峻考驗。

要想捉住這樣的老公狐談何容易啊！

這將是一場勢均力敵的搏鬥。不，情形似乎對牠更不利些。雪塵打濕了牠的翅膀，影響了牠的飛行力度和飛行速度。牠已在河谷上空飛巡了一整天，消耗了不少體力，肚子也早餓空了。極有可能，牠逮不著狐狸卻惹了一身騷，也許更倒楣，變成送上門去的點心。

再強壯再老練再勇敢的野金雕，不到萬不得已的情況下，是不會去襲擊豺狗、狐狸、狼這類食肉類走獸的。食肉類猛禽和走獸之間，和平共處是最明智的選擇。

罷罷罷，就當沒看見這隻狐狸，牠想。

牠甩甩尾羽，在狐狸頭頂繞了幾圈，想飛走了。但似乎有一個吸力極強的磁場，牢牢地吸引住了牠。多好的一張狐皮啊，冬雪把這隻狐狸的皮毛擦得光滑晶亮，如同塗了一層彩釉，毛色純淨，紅得像團燃燒的火焰。牠曉得，一張細密厚實的上等冬狐皮極珍貴，可以賣很好的價。這是今天第一個，也是最後一個，也是唯一的一個機會了，錯過了這個機會，牠就只能空手而歸了。牠不忍心再見到主人淒苦的面容，不忍心再聽見主人憂傷的嘆息。牠覺得自己無論如何也不能白白放走這隻老公狐。為了主人，牠決心鋌而走險。

牠在空中調整了方位，飛到狐狸背後，突然間將翅膀收斂成四十五度角的小夾角，毫無聲息地向老公狐迅疾滑去；這是金雕特有的偷襲方法，沒有翅膀扇動空氣的聲響，速度猶如自由落體，快疾如風，當被襲擊者發現來自天上的恐怖投影逼近自己，想要轉身迎敵時，已經來不及了，金雕一雙鐵爪已穩穩攫住了獵物的脊背。這是名符其實的死亡的撲擊。

老公狐仍然在用前爪摳灰鼠洞，既沒有回頭張望，也沒有豎耳傾聽。這老公狐一定以為牠不敢隨便襲擊，所以放鬆了警惕，牠想，這隻愚蠢的老公狐，很快就要為自己的輕敵付出

血的代價啦。

牠已滑到半途，只要再過幾秒鐘，牠的雕爪就要摳進老公狐的皮肉了，老公狐還懵然無知，將尖尖的狐嘴探進灰鼠洞窺望。牠心花怒放，都說狐狸狡猾，看來也不過如此，並不比擒捉一頭小斑羚更費勁。牠的雕爪已快觸摸到柔滑的狐毛了，牠左爪對準老公狐的屁股眼，右爪瞄準老公狐頸根那塊凹部，這兩個部位都是老公狐身上的薄弱環節，連帶著還有一個好處，可以避免狐皮破損。

牠將雕爪狠命抓下去。只要把老公狐攫離地面，哪怕離地一寸，牠就算取得了決定性的勝利。對走獸來說，離開大地就喪失了力量。

就在這最後半秒鐘，突然，老公狐一縮身體就地打了個滾。牠抓了個空，不，比抓空更惱火，牠的雕爪由於用力過猛，插進土層，抓了兩把紅泥；由於沒防備目標會在最後一瞬間突然躲開，牠的心一慌，身體一歪，竟然站立在山坡上了。

對正在和敵手殊死搏鬥的金雕來說，這是一個非常危險的姿勢，就跟走獸離開了大地便喪失了力量一樣，猛禽離開了天空便陷入窘境。牠一米多長的身軀，巨大的翼羽，在空中靈活自如，可一旦站立在地面上，巨翅便會成爲累贅。最大的弱點就是起飛緩慢。小小的麻雀可以在零點一秒的瞬間凌空飛起，但牠從扇動翅膀到彈跳起飛，必須要有蹲腿、曲爪，縮脖、擴胸、展翅等十幾秒鐘的連串動作和準備過程。在平時，十幾秒鐘算不得一回事，可面對利牙尖齒的敵手，兩三秒鐘的停頓便會帶來災難性的後果。

牠明白了，老公狐其實早已看到並覺察出牠的企圖，老公狐假裝專心致志地挖灰鼠洞，其實是要讓牠造成一種錯覺，引誘牠上鉤。真不愧是連人類都要讚嘆的老狐狸！

就在牠雕爪誤插進土層的當兒，老公狐已在地上打了個滾，迅速翻爬起來，呲牙咧嘴朝牠撲咬過來。牠在地面上動作笨拙，躲閃不及，被老公狐撲了個正著，老公狐騎在牠的背上，四隻狐爪按住牠的翅膀，一張腥臭的大嘴朝牠細長的脖頸咬過來。

完全出於一種死裏求生的本能，牠猛烈地搖動自己的身體。不知是因爲羽毛被雪塵飄濕增加了潤滑度，還是因爲老公狐剛躍上牠的背脊還沒來得及掌握好平衡，老公狐一下被牠從身上搖落下來，仰面跌倒在地，又順著山坡往下滾出好幾米。

真是僥倖，牠只損失了十幾片金色的羽毛。

牠趕緊猛蹬雙腿，想平地跳起來扇動翅膀飛上天空，擺脫目前的困境，可是被雪水泡了整整一冬天的山土太酥軟了，幾乎沒有什麼反彈力，身體無法跳躍起來。老公狐卻又一次俐落地從地上翻爬起來，朝牠躥躍撲擊。牠只好一面高聲嘯叫，爲自己虛張聲勢，一面蹣蹣跚跚朝後退卻。牠脖頸上的羽毛豎立著，尖利的大嘴殼始終瞄準老公狐那雙賊亮的眼珠子，

恫嚇性地亂啄亂咬，迫使老公狐不敢輕舉妄動。牠一直退到山坡左側一棵枯倒的大樹前，跨上樹幹，利用枯樹結實的反彈力，也利用樹幹與地面那點可憐的落差，終於撲扇翅膀飛起來了。

升上天空，牠才鬆了口氣。

死裏逃生，好險哪。現在，最好是立刻飛離古戛納河谷，離開這隻狡猾的老公狐越遠越好，牠想。事實已教訓了牠，牠根本沒有把握把老公狐捕捉住的。力量對比牠並不占絕對優勢，智力上也不是老公狐的對手。三十六計，走爲上策；不，是飛爲上策。牠開始螺旋形升高。

牠看見老公狐直立在山坡上，一隻爪子清洗著狐臉上的泥垢，一隻爪子朝空中揮舞，表情哀戚憂傷，像是在跟情侶道別。這混蛋，是在恣意嘲笑牠！嘲笑牠的無能，嘲笑牠的失敗，嘲笑牠的退縮。牠的雕爪關節捏得嘎巴嘎巴響，一股熱血湧上腦門。牠猛禽的自尊心受不了這樣的污辱。要麼接受挑戰，要麼接受嘲笑，牠別無選擇。牠在老公狐頭頂盤桓著，改變了主意，決心要把這場搏殺進行到底。

老公狐朝牠滑稽地聳了聳肩，不再理牠，東張西望地在枯樹附近尋覓著可以挖掘的灰鼠洞。

牠在空中一面盤旋一面思忖。是的，牠在體力和智力上都不比老公狐強，但有一個優勢是老公狐永遠也無法得到的，那就是牠有翅膀，老公狐沒有，牠能飛，老公狐不能。牠什麼時候想攻擊就什麼時候攻擊，想用什麼方式攻擊就用什麼方式攻擊，主動權完全掌握在牠手裏。牠覺得剛才之所以偷襲失敗，關鍵是地形對自己不利，妨礙了自己施展翅膀的威力。假如山土不是那麼潮濕酥軟，牠不至於會陷入無法彈跳因此也無法起飛的窘境，假如剛才是在峻峭的落差很大的陡坡上，牠極有可能早就制服這隻老公狐了。

不經一事不長一智，牠要耐心選擇最佳地形。

可惡的老公狐，慢吞吞地在平緩的山坡上溜躂，就像逛街一樣輕鬆。牠看出來了，老公狐是以逸待勞。牠也不能傻泡在空中白白消耗有限的體力。牠飛到附近一棵枝葉凋零的杉樹上，佇立在樹杈上，等待時機。

老公狐彎彎曲曲迂迂迴迴地朝一座小山崗上運動。這是一個好兆頭，牠想。小山崗上鋪滿了砂礫和堅硬的岩石，有利於牠蹦跳並縮短從地面起飛的時間。小山崗南面是筆陡的懸崖，有數十丈深，可以大做文章。只要老公狐一登上山崗，牠就立即出擊。可恨的是老公狐走得極慢，老半天了還在緩坡上磨蹭，惹得牠心裏癢癢的。

天空變成鉛灰色，雨雪霏霏，淒迷陰森。再過一會兒，濃重的夜色就會像塊厚實的幕

布一樣把古戛納河谷的一切都遮蓋起來。黑夜會給牠帶來諸多不便。牠不是貓頭鷹類的夜視眼，牠的雕眼雖然銳利，卻沒有夜視的功能。假如天晴，日曲卡雪峰的反光和星星月亮的照耀，牠還能看清物體，但現在是烏雲遮蔽，夜會黑得伸手不見五指，牠只能勉強看見近距離內物體模糊的輪廓。

這是無法補救的弱點，是致命的缺陷。

牠的弱點恰恰又是老狐的優勢。狐狸習慣於在夜裏覓食，濁黃的狐眼一到漆黑的環境便會變幻成瑩瑩綠色，像兩粒鬼火，視力絲毫也不比白天差。牠必須在天完全黑下來前讓老公狐登上小山崗！

牠拍拍翅膀，飛到小山崗的上空尋找辦法，牠運氣不錯，很快發現亂石堆裏有一對灰鼠正在啃食乾漿果。牠悄悄飛撲下去，將兩隻雕爪拳成半空心，像罩子一樣猛地把這對倒楣的灰鼠罩在自己的爪下。牠不想把牠們捏得粉身碎骨，也不想把牠們囫圇吞進肚去，牠要牠們做活的誘餌。那對灰鼠在牠的雕爪下魂飛魄散，吱吱怪叫。牠又將兩隻雕爪稍稍往下壓了點勁，灰鼠發出更加響亮的慘叫聲，在寂靜的山野傳得很遠很遠。

饑餓難忍的老公狐到底失去了耐心，被灰鼠吱吱慘叫吸引著，三步並作兩步，小跑著登上了小山崗。

牠放開被抓得半死不活的灰鼠，振翅飛上天空。老公狐嘴角流著涎液，撲向誘餌。

牠在濃重的暮靄中，飛轉到老公狐的背後，還像剛才那樣，收斂翅膀從高空像樹葉那樣無聲無息地朝老公狐飄去。老公狐還是佯裝不知，漫不經心地噬咬著灰鼠，顯然，老公狐是想用剛才的戰術變偷襲爲反偷襲。

歷史不會重演了。當老公狐在牠雕爪攫住狐皮的一瞬間又翻滾躲避時，牠早有準備，及時撐開翅膀，彎曲膝關節，借著俯衝的慣性，雕爪踏在堅硬的岩石上猛力一蹬，將身體彈回空中，同時奮力扇動了兩下翅膀，哈，牠又回到了能自由地、盡情地、最大限度地發揮牠獵雕威力的天空了。牠不敢喘息，立即朝在地上打滾的老公狐發起第二次攻擊。牠要在對手翻身欲起未起的當兒撲到牠身上，給予老公狐致命的打擊。

出乎牠的意料，老公狐並沒有翻爬起來。老公狐只打了半個滾，仰面躺在石岩上，四隻狐爪半曲著伸向天空，有效地防範著來自天空的襲擊。

看來，老公狐已看破了牠的意圖，非常及時地調整了自己的戰術。

老公狐擺出這個迎戰姿態是很毒辣的。只要牠稍一疏忽，狐爪就會捅破牠的胸脯，狐嘴就會咬斷牠的雕爪。但假如牠放棄連續攻擊，老公狐就會從容地從石岩上翻爬起來，速決戰將變成持久戰，日曲卡雪山頂上最後一片白光正在消褪，黑夜即將來臨，牠已沒有時間再猶豫了。要麼放棄這場捕獵空手而歸，要麼冒險再次撲上去。

為了主人，牠選擇了後者。

牠的雕爪兇猛地向老公狐腹部那片橘黃色的絨羽抓去。狐爪左右抵攔，把牠兩隻雕爪撥拉開。牠又抓了個空，雕爪從老公狐身體兩側滑過，落在石頭上。牠想重新騰飛，但已經來不及了，老公狐四隻爪子已緊緊抱住了牠的身體，狐嘴朝牠柔軟的頸窩咬來。

牠猛地一閃，老公狐的嘴咬偏了，咬在牠翅膀和肩胛的交會處，一陣鑽心的刺痛，繼而半邊身體都麻木了。牠想用嘴殼啄老公狐的眼珠子，老公狐腦袋埋在牠的翅膀下，無法啄到；牠想用雕爪將貼在胸脯上的老公狐踢蹬下來，但老公狐像熱戀中的情侶那樣緊緊摟抱著牠。老公狐開始在地上打滾。這對鳥類，特別是猛禽來說，無疑是一種殘酷的刑罰。飛翼外基部撞在石岩上，硬羽發出喀嚓喀嚓斷裂的聲響。地面揚起的沙土，刮得牠眼睛都無法睜開。

牠竭力掙扎著。牠必須從老公狐過分熱情的擁抱中解脫出來。牠不能在地面上久留，牠必須儘快回到天空去。

翻滾中，牠努力朝懸崖移動。這險峻的地形是牠反敗為勝的最後一個希望了。終於，牠和老公狐一起翻滾到懸崖邊緣，牠的雕爪在堅實的大地上猛力一蹬，將自己和老公狐連同拳頭大小的石塊，一起翻下了懸崖。

牠預料老公狐會由於突然失重而暈眩，鬆開狐爪，中止這死亡的擁抱，並鬆開狐嘴，使牠那隻翅膀恢復自由。

但老公狐比牠想像的還要頑強，在半空中仍然緊緊地擁抱著牠，並噬咬著牠的一隻翅膀不放。牠一顆雕心變得冰涼。這樣跌下去，牠和老公狐必然是同歸於盡。牠只能拼命扇動另一隻翅膀，以減緩下落的速度。

已經跌下去十幾丈了，二十多丈了。黑黝黝的深淵傳來小溪流淌的琮琮聲。憑聲音判斷，牠和老公狐離地面只有幾丈高了。至多還有幾秒鐘，牠和老公狐便會在溪邊的石灘上同時喪命。牠已經絕望了，闔起雕眼，無可奈何地等待自己的身體和老公狐的身體砸地時的訇然聲響。

突然間，牠感覺到自己那隻麻木的翅膀恢復了感覺，沉重的身體恢復了輕鬆。這不會是幻覺。牠睜開雕眼，哦，在最後一秒鐘，老公狐終於產生了失重反應，暈眩過去，鬆開了對牠的擁抱和噬咬。

砰，老公狐砸在石灘上。

牠急忙撲扇翅膀。好險哪，牠離地面有一米高了。牠在天空兜了一圈，然後飛到小溪邊，憑感覺找到了老公狐。老公狐已不會動彈，只剩下一絲微弱的氣息。牠攫住老公狐的脖頸，返回丫丫寨。

牠在和老公狐扭鬥翻滾時，折斷了好幾根飛羽；牠右翅膀和肩胛交會處的肌肉被尖利的狐嘴咬開了，還淌著血，牠全身的羽毛被雪塵飄濕，又黏了厚厚一層沙土；牠已整整一天沒吃東西了，肚子在唱空城計。牠精疲力盡，老公狐在牠的雕爪下變得越來越沉。牠只好飛一段路，停下來棲息幾分鐘，再飛一段路。

牠在空中歪歪扭扭，忽高忽低，像喝醉了酒。深夜，牠終於飛出古戛納河谷，飛臨丫丫寨上空。繞過那扇用白象、靈貓和蟒蛇等木雕裝飾起來的寨門，牠看見主人的院子中央站著個人影，小木屋裏的燈光映照出那人的輪廓，高高的個頭，寬寬的肩膀，兩條走慣山路的強壯的腿，正是主人達魯魯！主人站在風雪瀰漫的屋外正焦急地等待牠歸來呢！

牠嘯叫一聲，拍拍翅膀，停落在主人腳跟前。

「是你嗎？我的巴薩查，真是你！」主人驚喜地叫起來，「你回來得這麼晚，我真擔心。」

牠驕傲地用雕爪將老公狐推到主人面前。主人摸著黑將老公狐拎起來，主人不愧是好獵手，憑手感就估量出了這隻老公狐的價值，興奮地說：

「好一張上等狐皮！巴薩查，你幫了我大忙了。莉莉看病不用愁了。」

牠累得站不穩，蹲在地上。

主人扔下老公狐，把牠從地上抱起來。主人溫熱的臉頰貼著牠的脖子，親暱地撫摸著牠，寬大的手掌捋順牠凌亂的羽毛，揩淨牠身上黏著的泥塵。

「巴薩查，我的寶貝，我曉得，你一定累壞了。」

再也沒有比主人的理解更能溫暖一顆獵雕的心了。牠覺得這一天的辛勞、饑餓、危險都是值得的。主人舒心的笑是對牠最好的獎勵。牠沒有辜負主人的期望，牠盡到了獵雕的職責。牠貼在主人溫暖的懷裏，高興地嘎喲——嘎喲歡叫起來。

二　隱憂

巴薩查冒著生命危險捕獲的那張上等狐皮賣了個好價錢。靠這筆錢，莉莉治好了猩紅熱，靠這筆錢，主人家擺脫了揭不開鍋的窘境。很快，主人達魯魯腰傷也痊癒了。小木屋裏重又漾溢起歡聲笑語。

巴薩查備受寵愛，主人一閒下來，就讓牠棲落在他結實的肩膀上，用鬍子參差的下巴摩挲牠的嘴喙，用手撫摸牠頭頂那片金光閃耀的羽毛。那只盛放雕食的紫砂陶缸裏，每餐都有牠愛吃的新鮮肉食。

女主人莫娜在牠進食時，總是笑瞇瞇地蹲在牠身邊，一面餵牠，一面用女性細膩的手指梳理牠的羽翼。小主人莉莉還會用五彩繽紛的野花，編織一條花的項鍊套在牠的脖頸上逗牠玩。連續好幾個月，牠沉浸在溫馨的家庭氛圍中，差不多忘了自己是達魯魯豢養的獵雕。牠覺得自己已變成這個家庭的正式成員，牠覺得塵世間的任何力量都無法把牠和主人家割離開了。

愛可以使人得意忘形，也可以使雕得意忘形。

紅尾子的噩運才使牠從混沌中清醒過來。

紅尾子是主人達魯魯的鄰居西疇老爹飼養的一條獵狗。牠長著一條十分漂亮的狗尾巴，又粗又長，光滑明亮，像黑綢緞編織成的。尤其是一寸許的尾尖，奇蹟般地長著一撮紅毛，鮮紅鮮紅，像一朵在黑夜中灼灼燃燒的火焰。由此，西疇老爹給牠起了個十分響亮的名字：紅尾子。

在巴薩查的印象中，西疇老爹與紅尾子親得像對父子，每次西疇老爹外出歸來，身影剛出現在寨外那條小路的拐彎處，紅尾子就會興奮地跳起來，踏著輕快的步子朝牠主人奔去，一路上很動情地吠叫著，在主人腳間穿來繞去，用狗舌舔主人的鞋，用狗臉擦主人的褲腿。要是西疇老爹興致好拍拍狗頭，紅尾子就會直立起雙腳，撲到主人的懷裏去撒嬌。然後，牠在主人前面開道，像迎接凱旋將軍那樣隆重地把主人恭迎回家。

巴薩查還經常看到西疇老爹給紅尾子餵食時的動人情景。每當西疇老爹端著食盆朝狗窩走去，紅尾子便會將尾巴大幅度地扭動起舞，每一根紅毛都生氣勃勃地豎直，整個尾尖蓬鬆開，像一朵在和煦春風中昂首怒放的紅薔薇。也不管西疇老爹給牠端來的是鮮美的肉食，還

是很難下嚥的殘羹剩飯，紅尾子都會像應邀出席盛大的雞尾酒會似地興高采烈。

有一次，巴薩查明明看見西疇老爹給紅尾子端去的，是半盆泡在洗鍋水裏的苞米粥，外加一根連軟筋和肉渣都已被啃得乾乾淨淨的骨頭，紅尾子吃完後，仍然像飽餐了一頓山珍海味似的，對西疇老爹搖首擺尾表示極大的滿足。巴薩查覺得紅尾子堪稱世界上最孝順最忠貞的獵狗。

紅尾子脾性溫柔敦厚得甚至能把人類的惡作劇都當作是對自己的鼓勵。

西疇老爹有個孫子叫胖瓜，是個淘氣鬼，經常和寨子裏別的男孩打架鬥毆，只要胖瓜打聲呼哨，紅尾子就會氣勢洶洶地吠叫著撲過去爲胖瓜助戰，張牙舞爪地把對立陣營的男孩們嚇退。有一次，巴薩查親眼看見，胖瓜把一串鑰匙藏在一堆辣椒粉下，命令紅尾子去找，紅尾子用狗爪刨扒辣椒粉，辣椒粉塵彌揚開來，鑽進狗鼻，辣得紅尾子狗淚直淌，嗆得牠弓著腰連續打了好幾個噴嚏。

這顯然是孩子式的惡作劇，胖瓜在一旁笑彎了腰，但紅尾子不僅不憤慨，還高興地在地上打滾，彷彿不是受到了作弄，而是受到了寵愛。紅尾子的修養可以說好到了極點。

巴薩查曉得，紅尾子在胖瓜還沒出生前就在西疇老爹家了，少說也生活了十來個年頭，曾無數次伴隨西疇老爹進山狩獵，立下過汗馬功勞。巴薩查一向認爲，紅尾子除了不會像人類那樣兩足直立行走，不會說人類的語言外，已完全屬於西疇老爹家的正式成員。牠從來也沒有想到過有一天西疇老爹會拋棄紅尾子。牠覺得只有死亡，才可能把紅尾子與西疇老爹一家子分開。

牠壓根兒就想錯了。牠金雕的思維方式遠遠無法窺探人心的奧秘。

這天，主人達魯魯沒有帶牠進山打獵，牠清早醒來後在寨子上空翺翔了一圈，舒展了一下筋骨，便像往常那樣停棲在大青樹蒼勁的枝椏上曬著太陽。春天的陽光像溫泉流水洗滌著牠身上的羽毛。紅尾子的狗窩，就搭在離牠雕巢左側十多公尺遠的牆角下，那兒發生的一切牠都可以看得一清二楚。

約莫九點鐘光景，牠看見西疇老爹端著瓦盆從木屋裏走出來，就覺得事情有點蹊蹺。按過去的習慣，西疇老爹只在太陽當頂和太陽西沉餵紅尾子兩餐飯，早餐是從來不餵的，但今天，卻破天荒地餵起早餐來了。牠忍不住好奇地往瓦盆裏瞥了一眼，又使牠驚訝不已。半瓦盆山羊肉，熱騰騰冒著白氣，散發著一股撩撥食欲的香味。

牠和紅尾子做鄰居也已有兩個年頭了，牠從來還沒見過西疇老爹如此慷慨過。即使牠的主人達魯魯待牠不錯，每餐都有葷腥，也從來沒有用這樣精美的食物款待過牠。瓦盆裏的山羊肉不僅份量足，烹調得也挺藝術，乳白色的高湯上飄著一層黃澄澄的油花，油花上浮著幾

朵碧綠的蔥花，還有幾絲豔紅的辣椒，色香味俱全，牠忍不住滴下了口水。

紅尾子當然也立刻看出這餐早飯的高品質來，走到西疇老爹跟前，一會兒仰面躺下，用爪子撥開主人的褲腿，將一隻狗爪伸進去幫主人捉跳蚤；一會兒用舌頭舔主人鞋面上的泥塵，舔得無限虔誠：一會兒又直立在地上，兩隻前爪闔攏作拜揖狀；一會兒又滿地打滾像在表演雜耍……牠知道，紅尾子是被西疇老爹意外的慷慨感動了，在盡一條狗的所能表達自己內心的激情，頌揚主人對自己的恩德。

奇怪的是；西疇老爹顯得有點心不在焉，摸摸紅尾子肉感挺強的狗耳朵，悄悄背過臉去抹掉眼角一滴混濁的淚，說了句：「吃吧，撐開肚皮吃吧。唉，牠在我西疇家待了十年，還沒餵過牠一頓好飯哩。」說著，神色黯然地回木屋去了。

牠很納悶，不明白西疇老爹爲何如此傷感。牠突然想起前天所發生的事來。

前天下午，西疇老爹攜帶著紅尾子進山狩獵，好不容易在一片灌木林裏發現了一隻大靈貓，紅尾子吠叫著尾隨追擊，在樹林裏，和大靈貓展開了一場性命攸關的賽跑。

起先，紅尾子四蹄生風，勇猛向前，差不多快攆上大靈貓的屁股了。但漸漸地，紅尾子的狗爪變軟了，顯得力不從心，越跑越慢，而大靈貓卻憑藉著青春的活力越跑越快，兩者之間的距離越拉越遠。終於，大靈貓靈巧地跳過一條石溝，消失在一片栗樹林裏。紅尾子還想繼續追捕，前爪被隱藏在一叢衰草下的藤蔓絆了一下，一個趔趄，跌倒跪臥在地。

紅尾子掙扎著想站起來，但沒有成功，嘴角流著白沫，大口喘息著，看得出已耗盡了元氣和精力。紅尾子昂起狗頭，朝大靈貓奔逃的方向狂吠著，這吠叫聲嘶啞淒厲，既有對自己衰老的悲哀，又有對自己失職的痛苦。

那時，牠恰巧也跟隨主人在毗鄰的樹林上空巡獵，親眼目睹了這悲慘的情景。牠很同情紅尾子，很理解紅尾子的心情。紅尾子已經有十幾歲的狗齡了，這年齡對人類來說，還是青少年蓬勃成長的時期，對以長壽著稱的烏龜來說，不過是漫長的生命之旅的序幕，但對狗來說，已進入衰老的暮年。

不一會兒，西疇老爹趕來了。紅尾子見到主人，抖抖索索站立起來，那條漂亮的狗尾巴夾在兩胯之間，嗚嗚哀號著。巴薩查懂紅尾子的意思，是在為自己的無能而羞愧。

巴薩查看到，西疇老爹喟然長嘆一聲，坐在地上，對紅尾子說，「唉，夥計，你老啦。真的，老啦，不中用啦。」

牠是金雕，當然無法準確地聽懂西疇老爹的話，但牠透過西疇老爹臉上無可奈何的表情、緊蹙的眉尖和前額深深皺起的紋路，可以感覺到他是在為已快到手的珍貴的靈貓逃走了而惋惜，也為紅尾子累癱在地而嘆息。

牠無意間把西疇老爹端給紅尾子豐盛的早餐和前天紅尾子狩獵失誤的事聯繫起來，倏地，牠心裏產生一個可怕的預感，莫不是西疇老爹嫌紅尾子老了不中用了，而要無情遺棄？牠被自己的預感嚇出一身冷汗來。

紅尾子津津有味地咀嚼著山羊肉，吃得腹部凸起，吃得滿嘴流油。但願牠的預感是毫無根據的亂懷疑，巴薩查想。也有可能西疇老爹之所以要端來豐盛精美的早餐，是爲了滋補紅尾子虛弱的身體，讓紅尾子老當益壯，恢復青春的活力。牠儘量往好的方面去想。

紅尾子用狗舌舔著瓦盆裏的湯汁，這時，西疇老爹從木屋走出來，手裏捏著一根結實的麻繩，來到狗窩前，用手掌撫摸著紅尾子的脊背，冷不防將手中結成活環的麻繩套進紅尾子的脖頸裏，隨後一收繩頭，扯緊了環套，又把麻繩拴在狗窩邊那棵樹樁上。

汪，汪，汪，紅尾子發出一串驚叫。巴薩查也覺得西疇老爹的舉動很不可思議。紅尾子在西疇老爹家生活了十年，即使用棍子驅趕，也不能將紅尾子從家裏趕走的，紅尾子一貫對主人忠心耿耿，百依百順，絕不會違抗主人命令的。爲什麼要拴住紅尾子？怕紅尾子私奔？怕紅尾子抗命？怕紅尾子撒野？怕紅尾子……

紅尾子甩著狗頭，顯得無比委屈。

巴薩查覺得紅尾子應該感到委屈。按常規，只有新豢養的獵狗，或者桀驁不馴的野狗，或者身帶病菌的瘋狗，或者犯了不可饒恕的罪過的家狗，才會被套上繩索。狗被套上了繩索意味著失去了自由，意味著在受懲罰。

西疇老爹把麻繩拴緊在樹樁上後，什麼也沒解釋，就匆匆回木屋去了。

紅尾子啃咬麻繩，但麻繩被鹼水浸泡過，比野牛皮還柔韌結實，無法咬斷。紅尾子竭力掙動著，反而把脖頸上的活扣越扯越緊，憋得連吠叫都很困難。

巴薩查感覺到事情越來越不妙了。

果然，臨近中午時，西疇老爹家門口來了位牛高馬大、滿臉橫肉的漢子。不用介紹，也不用猜測，巴薩查馬上就從胖漢那雙充滿殺機的綠豆小眼裏看出來他是職業劊子手。他不懷好意地走近紅尾子。

紅尾子靈敏的狗的嗅覺，當然很快就聞出來人身上那股濃重的屠夫的血腥味，驚慌地吠叫著，躲閃著。但紅尾子脖頸上的麻繩太短，沒有多少迴旋餘地，很快就被胖屠夫扯住繩套，一雙肥膩膩的大手在紅尾子肩胛和胸腹及四肢摸捏著，動作十分嫻熟。巴薩查明白，胖屠夫是在測量紅尾子身上的膘肉。

只見胖屠夫微微皺了皺眉頭，態度像有點勉強，從懷裏掏出幾張花花綠綠的鈔票，用塊石頭壓在樹樁上，然後，從腰帶上抽出根兩柞長的空心竹棍，穿進麻繩，緊緊抵住紅尾子的下巴頦，拖拽著紅尾子朝寨外走去。

紅尾子用狗爪摳住地面，竭力掙扎著，並朝西疇老爹的木屋汪汪吠叫，乞求主人能跑出來救援。巴薩查看見西疇老爹家那扇木門虛掩著，沒有任何動靜。

紅尾子兇猛地朝胖屠夫的手咬去，但短竹棍使紅尾子無法把自己的犬牙轉移到需要的位置去，只能咬到空氣。紅尾子終於被胖屠夫牽出了寨門，只留下一串絕望的呼救和詛咒。

整個山寨的看家狗、牧羊狗和獵狗都被紅尾子的叫聲攪得無比悽惶，響起一大片狗的哀號聲，像是在播放一曲驚心動魄的哀樂。

終於，紅尾子的吠叫聲越來越遙遠縹緲，最後消失在一陣悠揚的牛吽聲中。這時，那扇虛掩的木門吱啞一聲開啓了，西疇老爹神情頹唐地走了出來，朝寨門外呆呆望了一會兒，然後長嘆一聲，小心翼翼收起樹樁上那幾張花花綠綠的鈔票。

這是一筆骯髒的交易，巴薩查想。

整個中午，巴薩查悶悶不樂，心裏無限惆悵。牠怎麼也無法忘記紅尾子被牽出寨門時那副悲痛欲絕的可憐神態。牠是獵雕，紅尾子是獵狗，牠惺惺惜惺惺。牠從紅尾子的悲慘結局，聯想到了自己。

是的，牠現在受到主人一家子的寵愛，但這種寵愛究竟能維持多長時間呢？想當年紅尾子不也受到西疇老爹家的寵愛嗎？但當紅尾子老了，不能再替主人攆山狩獵了，不就被無情地賣給販狗的屠夫了嗎？牠巴薩查也會老的，牠想，新陳代謝是宇宙間的普遍規律，牠也總有一天會老得扇不動翅膀，擒不住獵物的，到那個時候，牠是不是也會落到和紅尾子相同的命運呢？

牠不能不把自己與紅尾子作一番比較。牠覺得與人類的關係而言，牠比紅尾子差得遠了。狗天生就是人類的朋友，是所有動物中最擅長於處理人際關係的專家。狗有許多高超的取悅人類的手段和辦法。相比之下，牠這隻猛禽金雕就顯得太笨拙太無能了。譬如說，牠見到主人外出歸來，也興奮，也激動，但這種興奮和激動都是藏而不露的。牠頂多在主人快走到家門時，噗地從大青樹上飛下來，落到主人腳邊，輕叫一聲表示歡迎。牠沒有揮灑自如、能淋漓盡致傳遞感情的狗尾巴。牠的尾羽堅挺有力，在空中能起到舵的作用，可以靈敏地調整飛行方向，卻缺乏柔軟性、靈活性和多變性，不具備傳情達意的功能。牠也做不到像紅尾子那樣撲到主人懷裏去撒嬌，牠總覺得假如硬要這樣去做的話，和牠猛禽的身分是極不相稱的。

每次女主人送食來，假如陶缽裏盛的是牠愛吃的肉食，牠會拍拍翅膀表示自己的感激，但假如女主人端來的是牠不愛吃的米飯或蔬菜，牠就會用沉默來表示抗議，或者乾脆飛到野

外捉老鼠充饑。有一次，不知是因爲女主人疏忽大意還是小木屋裏肉食斷糧了，女主人端來半缽稀飯，連半點油腥都沒有。牠一怒之下，用雕爪蹬翻了陶缽，惹得女主人莫娜柳眉陡立，杏眼怒睜，極不高興。

牠是食肉類猛禽，牠無法改變自己的食譜，牠需要從新鮮的肉食中攝取高蛋白和動物脂肪，以保證自己在和獵物的殊死拼鬥中保持旺盛的精力和充沛的體力。

牠和小主人莉莉的關係更是清淡如水。莉莉讓牠陪伴她去玩泥巴，牠拒絕了；讓牠陪伴她去撿蘑菇，牠也拒絕了。有一次，鄰居一位男孩用紅泥白泥和黑泥把臉塗抹成大花鬼來嚇唬她，她高聲叫：「巴薩查，快來救我！」牠就在大青樹椏上，聽見了也看見了，但牠當作沒聽見也沒看見，不予理睬。結果，裝扮成大花鬼的小男孩把莉莉嚇哭了，才得意洋洋地走掉。

莉莉輸慘了，委屈得嗚嗚直哭，指著牠罵：「沒良心的巴薩查，看著我被人家欺負也不管，嗚嗚，沒良心的。」牠仍然無動於衷。牠對小孩的玩耍不感興趣。牠是獵雕，牠覺得自己生命的價值是在險惡的叢林裏爲主人出生入死。假如小主人莉莉真的遭遇危險，牠當然會奮不顧身地撲上去救援的，但事實上，莉莉不過是碰到了愛開玩笑的淘氣的小男孩。牠不想介入這種無聊的遊戲。

顯而易見，牠和主人家的親密程度遠遠不及紅尾子。紅尾子都落到了被剝皮燙毛，被宰割零賣，被油烹燉煮的下場，那麼以後牠老了呢？

牠越想越可怕，越想越憂傷。

太陽當頂時，女主人送來了雕食，是半缽剁碎的雞肚腸。牠特愛吃新鮮的內臟，但此刻站在陶缽面前，牠卻一點也引不起食欲。嗉囊裏脹鼓鼓的，全被憂愁和傷感塞滿了。

「巴薩查，快吃吧，吃飽了下午好進山打獵。」女主人莫娜蹲在牠身旁，用女性清麗的嗓音說道。

出於禮貌，牠勉強朝陶缽啄起一塊雞腸，卻含在嘴殼裏怎麼也咽不進去。

「巴薩查，你怎麼不吃東西了，病了嗎？」

牠木然地站著。

「巴薩查，你是不是有什麼心事？」

沉默是最好的回答。

「達魯魯，你快來看看呀。」

主人過來了，和女主人咬了幾句耳朵，搔搔腦殼，臉上浮顯出詭秘的笑容，說：「哦，我曉得了，巴薩查，你是想媳婦了，對嗎？你是雄雕，你長大了，你當然想找隻雌雕的。這

好辦，我明天就到集上去買隻雌雕來。嘻嘻。」

女主人莫娜也朝牠含羞一笑。

牠委屈得直想哭。是的，牠是隻生理和心理都很正常的年輕雄雕，牠也有自然衝動，但牠並非好色之徒，牠絕不會爲了配偶問題與主人鬧彆扭的。

「好了，巴薩查，我已經答應給你買隻雌雕來成親，你就別嘔氣了。吃吧，吃飽了，下午還要帶你進山幹正經事呢。」主人說。

嘎啊——牠喊冤似地長嘯一聲。

主人和女主人面面相覷，滿臉困惑。

「會不會是因爲紅尾子的事引起的？」女主人莫娜沉思了一會兒小聲說。

到底是女人，觀察細緻，善於理解人亦善於理解雕，牠想。牠揚起頭，發出一聲沉鬱的嘯叫。

「原來是這麼回事。」主人達魯魯兩條蠶眉皺成了疙瘩，輕輕把牠攬進懷裏，很嚴肅地說，「巴薩查，你看見紅尾子被西疇老爹賣給屠夫了，是嗎?你害怕自己也會落到牠這樣的下場，是嗎?巴薩查，你放心，我達魯魯不是那種無情無義的人。沒有你捨生忘死獵到那隻老公狐，小莉莉就沒錢治病，我的腰傷也不會好得那麼快，你幫過我的大忙，我會永遠像朋友那樣對待你的。」

女主人也說：「巴薩查，請相信我，要是有一天你老了，飛不動了，我照樣會一天三餐給你端好吃的。」

牠望望主人和女主人，他們臉色嚴峻，不像在撒謊。可是，牠想，當年紅尾子年輕力壯時，不也幫過西疇老爹很多忙嗎？

「人和人是不一樣的，有的忠有的奸、有的善有的惡、有的愚蠢有的聰慧、有的勇敢有的怯懦。」主人繼續說，「西疇老爹不夠意思，爲了點錢出賣相伴了十年的獵狗。但也有人爲獵狗養老送終的。你瞧那座墳，不就埋著倉坡老倌的大花狗嗎？」主人說著，用手朝寨門外一座小山包指了指。

牠順著主人的手指望去，望見小山包向陽坡上一座尖尖的土墳堆。牠立刻聽明白了主人這番話的意思。牠想起來了，去年倉坡老倌那條大花狗老得都站立不起來了，狗毛脫落，芥癬斑剝，但倉坡老倌仍每天給大花狗端水送飯，當大花狗終於老死後，倉坡老倌沒有食啖肉，而是用只小木匣把大花狗裝殮起來，埋進洞裏，還用土壅了座墳。這也是牠親眼看見的。主人說得對極了，人和人是不一樣的。牠覺得自己很混帳，怎麼能把西疇老爹和自己親愛的主人相提並論呢。險些由於自己的偏見和固執，對主人達魯魯產生信仰上的動搖。牠嚇出一身虛汗。

主人達魯魯不知道牠內心正在進行深刻的反思，還以爲牠仍觸景生情，爲紅尾子的厄運而傷心呢。突然，他從腰間抽出一把匕首，在自己手臂上扎開一個小口子，殷紅的血滴滴答答灑落下來，他鏗鏘有力地說道：

「我達魯魯對著永恆的山神和賢明的獵神起誓，只要你巴薩查不背叛我，我永遠不會拋棄你。假如我說謊，就讓我進山踩著雪豹的尾巴，出山挨老熊的巴掌！」

牠雕的心靈一陣顫動。牠也恨不得能像人類那樣操作複雜的語言系統，發一個重誓血誓。可惜，牠是雕，牠只能拍動翅膀，用亢奮的長嘯來表達自己內心的感受。

牠從無謂的憂傷中徹底解脫出來了。牠爲自己有這麼一位忠厚善良、輕利重義的主人感到幸福和驕傲。牠的肚子咕嚕咕嚕叫起來，重新恢復了旺盛的食欲。牠大步流星走到陶缽邊，狼吞虎嚥般地啄食起來。

主人和女主人的臉上都綻開了欣慰的笑。

三 雕格

牠很懊悔，不該把主人帶到這塊毗鄰鹼水塘的白樺樹林裏來。假如牠按照原定的路線由南向北在古戛納河谷穿行，就不會碰到這個該死的捕獸陷阱，也就不會發生眼前這樣跟主人鬧彆扭的不愉快的場面了。但牠偏偏在古戛納河谷中段突然向左一拐，岔進這片稀稀落落的白樺樹林來了。是命運之神在捉弄牠，牠想。

當然，牠也不是無緣無故或心血來潮拐到這裏來的。原因很簡單，牠在高空巡飛時，無意間發現這片白樺樹林裏有隻香獐。怪牠的雕眼太靈敏了，怪牠飛得太高視界太開闊了，也怪這頭香獐太誘人了。

牠是站在主人的立場來估量這頭香獐的價值的。香獐本身就是山珍，皮和肉都挺值錢。特別是現在春夏交接季節的香獐，肚臍與生殖孔之間那袋形的麝香腺裏，正鼓鼓囊囊塞滿了珍貴的麝香。麝香與虎膝、熊掌、鹿茸通稱爲日曲卡雪山的「四寶」，一克純麝香可從山貨販子手裏換回一克黃金。於是，牠興奮地朝地面上跟隨著牠前行的主人發出三聲急促的鳴叫，改變了飛行方向。牠做夢也想不到，這小小的拐彎竟改變了牠一生的道路和命運。

當牠在高空遠距離模模糊糊望見這頭香獐時，牠立刻想到主人有錢買瓦蓋房了。這兩三個月來，牠幾乎天天跟隨主人進山狩獵，捕獲了不少麂子馬鹿，掙到了一筆可觀的錢。於是，主人野心勃勃地要在丫丫寨蓋第一幢瓦房了。

牠很欣賞主人的膽識與氣魄。丫丫寨祖祖輩輩住的都是木屋，木瓦木牆和木頭梁柱，冬寒夏熱，雨季潮濕，低矮而狹小，沒有玻璃窗，大白天也昏暗得像鑽進了地洞。主人要蓋的是一幢兩層樓的青磚大瓦房，寬暢的陽臺，明亮的落地長窗，花瓷磚地面，堂皇而有氣派。現在，房梁已經搭好，磚牆已經砌齊，椽條和檁條也都釘結實了，只等上瓦了，主人的積蓄卻已告罄。能不能湊齊買瓦片的錢，全看這幾天能否獵到值錢的獵物。但前天和昨天，牠和主人在山林裏連續辛勞奔波了兩天，卻一無所獲。

從今早開始，雇請的工人已經在停工待料了。主人急得像眉毛拴住了火炭。女主人莫娜也急火攻心，連嘴唇都燒起了泡。牠恨自己未能在關鍵時刻助主人一臂之力。牠比任何時候都渴望能逮到獵物。因此，牠一見香獐的身影，立即興奮地向主人發出信號，改變了飛行方向。

牠飛到白樺樹林上空，看得更清楚了，果然是一頭香獐，四肢發達，臀部滾圓，毛色金黃，是正處在發情期的雄香獐。

哈，主人有錢買回散發著火窯那股炭薪氣味的新瓦片了。

已經飛臨香獐頭頂那片天空了，奇怪的是，這頭香獐並沒有像牠預想的那樣，朝茂密的斑茅草叢或隱蔽的山洞裏逃亡。雕的恐怖的投影已籠罩在香獐身上，香獐還焦躁不安地在原地打轉。這很反常，牠想，興許是碰到了一頭神經錯亂的香獐。

牠開始盤旋下降，降到半空，才發現這頭香獐之所以被牠恐怖的投影籠罩後還不逃亡，是因爲這頭香獐早已失去了逃命的自由。

這是一頭掉進捕獸陷阱的香獐。

巴薩查剛才在高空俯瞰，所看見的物體都趨向於平面，因此未看清這頭香獐是處在巨大的凹坑裏。降低高度後，地面的物體在牠雕的瞳仁裏才恢復立體感。

挖陷阱誘捕獵物是日曲卡雪山一帶獵人慣用的一種方法，就是在野獸經常路過的交通道口挖個四壁陡峭的土坑，或者挖成口小腹大的甕形，上面覆蓋一層柔嫩的樹枝和薄草皮，再僞裝上獸糞和蹄印，粗心大意的野獸一腳踩空，便成了獵人的囊中之物。

現在，牠已經清楚地看到這座捕獸陷阱了，約三丈見方，兩丈多深。這麼巨大的陷阱是很罕見的，連狗熊、老虎、野牛這類龐然大物都能容納並囚禁起來。

陷阱的主人交了好運，要發大財了，牠想。樹林裏靜悄悄的，只有那頭無路可逃的香獐偶爾發出一兩聲淒厲的哀號。

陷阱的主人還沒有來。他不會傻乎乎守在陷阱旁的，一般都是以逸待勞，隔上一兩天來陷阱察看一次。

倒楣，空歡喜一場，牠想。要是這頭香獐沒掉入陷阱就好了，牠就可以施展本領擒獲牠。遺憾的是，這頭香獐已經不是人人都可以追逐都可以獵取的野獸了；這已經是別人的俘虜，已經有了主，已經被賦予某種神聖的所有權。

牠拍扇翅膀，想掉頭離開。就在這時，牠的主人達魯魯尾隨著牠來到了陷阱旁。

「嘖嘖，多好的一頭香獐啊。」他用行家的眼光打量著陷阱，由衷地讚嘆道：「媽的，誰這麼聰明，在這裏挖了只陷阱。」

牠心裏很清楚，這絕對不是牠主人達魯魯挖的陷阱。他不屑於用這種工程浩大而又捕獲率很低的方法捕捉獵物。他喜歡用獵槍和牠這隻獵雕，乾脆俐落解決問題；他喜歡主動出擊，而不喜歡被動等待。

牠在半空中發出一聲嘯叫，走吧，主人，再羨慕再妒嫉也是白搭，只會白白耗費掉寶貴的時間。這隻香獐已經有主了，我們還是轉移到別的樹林去碰碰運氣吧。

但主人好像對牠的嘯叫沒聽見，圍著陷阱蹓了一圈又一圈，戀戀不捨地盯著香獐看。

牠當然知道，主人和牠一樣，不僅僅看到這頭發情期的雄獐鼓鼓囊囊的麝香腺，而且還看到一大堆蒙著一層新鮮窯灰的瓦片。但看到了又怎麼樣呢？牠想，徒增煩惱而已。

牠剛要再次用叫聲催促主人離開，突然，牠發現主人的神情和舉止變得詭秘起來。他緊張得鼻尖沁出了汗粒。他的視線從陷阱內的香獐身上移開，朝白樺樹林裏東張西望，很像黃鼬偷吃家雞前那副尊容。牠不願這樣去形容主人，但牠又不能不這樣去形容主人。

樹林裏靜悄悄，連個人影都見不到。

主人古怪地笑了笑，死盯住香獐的眼光由羡慕變得貪饞，由妒嫉變得渴求。突然，主人揚起手臂朝牠招舞，並撅起嘴唇朝牠發出一聲悠長的呼哨。這是主人在叫喚牠到他身邊去。

牠收斂翅膀，停落在主人跟前，聽候主人進一步的指令，奇怪的是，主人並沒有立刻吩咐牠去做什麼，而是伸出強有力的臂彎，將牠攬進懷抱，用臉頰親親牠的頂羽。

牠一陣惶惑。主人的愛撫和親暱顯得很不是時候。牠覺得這是主人在牠身上下一筆感情賭注。牠預感到將有一樁不同尋常的事要發生了。果然，主人用手指著陷阱內的香獐，拍拍牠的背，輕聲說：

「去，巴薩查，把牠抓上來！」

牠佇立著沒有動。

將別的獵手已經捕獲並囚禁在陷阱裏的獵物占爲己有，這是違反狩獵道德的，這無疑是偷竊。是的，牠也很羨慕甚至妒嫉那位不知名的挖了這座大陷阱的獵手，算他運氣好，不費吹灰之力便擒獲了這頭珍貴的香獐。但是，牠覺得羨慕不應萌生出偷竊念頭，妒嫉不應導致使用違反傳統道德的下流手段。牠希望主人是一時糊塗，很快便會幡然醒悟，紅著臉收回剛才這個錯誤的指令。

遺憾的是牠無法左右主人的思路。

「去，巴薩查，把牠給我抓上來！」主人重複了一遍剛才的指令。主人的聲調提高了八度，臉色陰沉，口氣嚴厲，看得出來，主人對牠沒立即執行他的指令已經有點不高興了。

牠爲難死了。作爲主人達魯魯豢養的獵雕，牠理所當然該執行他的每一個指令，牠無權違背主人的意願。但作爲金雕，牠又覺得自己不能昧著良心去偷盜他人的獵物。牠和禿鷲同樣屬於猛禽。禿鷲習慣於啄食別的獸類已經捕獲並咬死的獵物，習慣於啄食別的獸類吃剩的腐屍，因此在猛禽類中，禿鷲名聲不佳，有盜食者的惡名。牠不是禿鷲，牠不習慣幹那種偷偷摸摸的勾當。牠是金雕，金雕從來不吃別的獸類吃剩的腐屍，也從來不吃別的獸類已經捕

獲並咬死的獵物。金雕有金雕的脾性和金雕的信仰，牠信仰依靠自己的力量去生存，去謀求幸福。

牠不能執行主人這個錯誤的指令的，牠想。假如牠此刻不顧廉恥幫助主人把這頭香獐偷竊到手，對主人來說，這是人格的墮落，對牠來說，是雕格的墮落。人有人格，雕也有雕格。牠不能幹有損於牠主人人格和自己雕格的蠢事。

牠焦躁地撲動翅膀，牠激動地連連嘯叫，催促主人離開陷阱，離開誘惑。主人卻誤解了牠的意思，搔搔腦殼問：「怎麼，巴薩查，你無法把牠抓上來嗎？」

對牠來說，抓住這頭已被圍困在陷阱裏的香獐，猶如囊中取物，比吃盤豆腐還容易。陷阱四面陡壁，香獐無路可逃；陷阱面積很大，並不妨礙牠在裏面撲扇翅膀。

主人伸開手臂丈量了一下陷阱的周長，說：「巴薩查，你不用擔心會碰斷你的翅膀，這個陷阱很大，你能飛下去的。」

牠知道牠能飛下去的。牠是不願意飛下去。爲了使主人瞭解牠的想法，牠拍拍翅膀凌空飛起，繞陷阱三匝，像離弦的箭一樣朝坑底的香獐撲下去。香獐還以爲牠真的去攫抓牠了，嚇得像坨稀泥巴似地癱倒在地。牠伸出雕爪，象徵性地在香獐脖頸那兒抓了一把，又立即鬆開，飛回地面。

主人達魯魯臉上露出驚愕困惑的表情，他眉心擰成了疙瘩，用喑啞的嗓音試探性地問道：「巴薩查，你該不會是不肯爲我飛下陷阱去抓這頭香獐吧？」

牠點點雕頭。總算讓主人明白了牠的意思。

「好哇，畜生！」主人臉上立刻刮起了感情的暴風雪，朝牠甩來一陣冰雹似的咒罵，「膽敢違抗我的命令。哼，沒良心的東西，我每頓都餵你精食，我冒著雨爬到大青樹上去爲你修補窩棚，你卻不肯幫我把這頭香獐抓上來。」

主人發怒了，牠很痛苦。牠決不是有意要違抗主人的命令。要是此刻主人正大光明在追捕一頭獵物，那怕上刀山下火海，牠都會毫不猶豫地按主人的指令飛撲上去的。牠不過是不願看著自己親愛的主人走道德的下坡路。

遺憾的是，牠無法用人類的語言準確地表述出自己內心真實的想法。牠只能上下頡頏，原地旋轉，做出一連串啞語似的動作，來表明自己的心跡。

到底是和牠朝夕相處了兩載的主人，很快便猜出了牠的啞謎。他的臉色急遽地由白變紅，由紅變紫，又變得鐵青。他忿忿地指著陷阱內的香獐說：

「叫你下去抓，你就下去抓。我比你更清楚能不能下去抓這隻香獐。巴薩查，我一向以爲你很忠誠，你可別叫我失望。」

忠誠？是的，牠捫心自問，對主人牠確實一片赤膽忠心。但牠覺得世界上有兩類忠誠，一類是不管主人發出的指令是錯是對，都奉爲聖旨，都不折不扣地去執行，盲目崇拜，盲目追隨，把主人敬若神明，視爲偶像，那是愚忠。另一類忠誠是對主人崇拜卻不迷信，尊重但不偶像化，有自己的獨立見解和是非標準，對主人所發出的指令，是高尚的、正確的，便不惜犧牲性命去執行，但對卑下的、錯誤的指令卻進行道德上的抗拒。這是兩類不同性質的忠誠。牠覺得這後一類忠誠比起前一類忠誠來，更可貴，更難得。

「巴薩查，你覺得我不該到別人挖的陷阱裏去撿這頭香獐，是嗎？」主人用一種冷諷熱嘲的口吻說，「你覺得自己很了不起，是嗎？你大概忘了你是隻畜生，你大概忘了是誰養著你。」

嘲諷是一柄宰割靈魂的刀。牠心裏一陣陣絞痛。

「好了，我再說一遍，」主人咬牙切齒地用手指著陷阱內的香獐，「你快點下去把牠給我抓上來，不然，莫怪我達魯魯不講義氣。」

看來，主人的憤慨已到了極限。牠明白，主人是在向牠發出最後通牒了。一刹那，牠的自信心動搖了。何必爲了眼前這件事和主人關係弄僵呢。真的，牠算什麼玩意兒呢？牠不過是主人豢養的一隻獵雕，說得難聽點就是一個奴僕。奴僕就是應該以主人的是非爲自己的是非，以主人的恩怨爲自己的恩怨，以主人的好惡爲自己的好惡。牠不需要自我，牠也不應該有自我。主人待牠那麼好，牠想，主人甚至發誓要替牠養老送終。這麼好的主人，牠就是打起燈籠來，全世界恐怕也找不到第二個。牠覺得自己真傻，幹嘛要爲了看不見摸不著的所謂道德，虛無縹緲的所謂人格和雕格，去惹主人生氣呢？

牠輕而易舉就能出色地完成主人的指令。牠完全有把握不留下一點痕跡就把香獐從陷阱裏抓上來，沒人會發現牠的過錯，也沒有其他金雕會看見牠偷竊，主人達魯魯會原諒牠剛才的遲疑。而那位不知名的陷阱主人也並不會覺得損失了什麼，他會以爲根本就沒掉進過什麼獵物，而是風把地面的僞裝層吹塌了。這種皆大歡喜的事，牠爲什麼不去做呢！

牠差不多準備拍拍翅膀朝陷阱內的香獐撲飛下去了，但是，一種更爲強大的精神力量阻止牠這樣去做。牠覺得假如牠此刻屈從主人這個錯誤的指令，把那隻香獐攫抓上來，對主人來說不過是獲得了一時的小利益，卻毀了一生的清白。牠不願意自己的主人是個鼠偷狗竊的小人。

「混蛋！」主人抽出手掌甩了牠一個脖兒拐，「連我的話都不聽了，你別忘了，你的小命還是我從豹子嘴下救出來的！」

牠跟隨主人兩年了，主人還是第一次動手揍牠。脖子火辣辣疼，心比脖子更疼得厲害。

牠怎麼會忘記主人的救命之恩呢。

那是牠翅膀外基部雪白的飛羽剛剛長豐滿的時候。牠離開父雕和母雕獨立生活才僅僅兩天。清晨，牠迎著玫瑰色的朝陽，迎著乳白的山嵐，飛出雕巢想到尕瑪爾草原去覓食。剛飛到峽谷瓶頸似的窄窄的出口處，意外的事情發生了，一股猛烈的氣流從峽谷深處躥出來，像匹脫韁的野馬，在彎曲的懸崖峭壁間橫衝直撞，很快變成塵沙瀰漫的可怕旋風。牠恰巧被裹進這股旋風裏。

牠在旋風中心竭力掙扎著，但牠還顯稚嫩的翅膀無法使自己從暴虐的旋風中衝刺出來，也無法在旋風中保持自己身體的平衡。牠的身體變成陀螺，又變得像個秤坨，直往下沉。旋轉的身體從半空跌到地上，雖說正好跌在柔軟的草地，但還是跌斷了一條雕腿，跌傷了一隻翅膀。牠頭暈眼花，站不起來，也飛不起來。

這時，從草叢裏突然躥出一頭山豹。土黃色的豹皮佈滿了深褐色的金錢狀斑紋，一雙豹眼閃爍著饑饉貪婪的光。對這頭山豹來說，牠是一頓從天上掉下來的可口的早餐。山豹邁著悠閒的步伐走到牠面前，伸出血紅的長長的豹舌，優雅地舔舔唇鼻間銀白色的豹鬚。牠大概是想先漱洗一下自己的嘴臉，然後可以更香甜地吃掉牠。

牠沒法逃。牠明白自己無論如何也逃不脫被山豹吃掉的厄運，反正都是死，別死得太窩囊。牠挺起胸脯，竭力把雕頸豎得筆直，面對兇殘的山豹，保持著金雕特有的那種尊嚴。牠還張開嘴殼，擺出啄咬的架勢。牠曉得牠現在即使沒有受傷也不是山豹的對手。牠只想在被山豹咬斷脖頸前，叼下一撮豹毛！牠只想別讓山豹在吃牠時感到和吃隻草雞同樣容易。

山豹漱洗完畢，朝牠打了個噴嚏，豹嘴裏那股濃烈的血腥味噴灑在牠的胸羽上。牠也朝山豹伸了個懶腰。死都不怕，還怕開玩笑嗎。

終於，豹尾陡地豎立起來，豹爪也猛地舉將起來。巴薩查憤怒地蓬鬆開頸羽，準備進行臨死前的一搏。

就在這千鈞一髮之際，砰地一聲巨響，山豹像遭雷電擊中一樣，渾身一顫，倒在地上，踢蹬著四肢。色彩斑斕威武碩大的豹頭正中，綻開一朵血花。

過了一會兒，一位壯實的獵人手提著一桿老式火銃，從一塊大石頭後面走出來，望著巴薩查嘆了口氣，用憐憫的表情把牠抱回家去了。那位獵人就是牠現在的主人達魯魯。他把牠從豹嘴下救了出來。要是沒有他，牠早就變成山豹的早餐了。

正因為牠內心感激主人的救命之恩，牠才不願意看著主人去做錯事。但主人卻把牠真正的忠誠視為忤逆，牠覺得非常委屈。

達魯魯惱怒地望著牠，從鼻腔裏重重地哼了一聲，轉身走進樹叢，用刀割來一長截藤條，一頭拴在陷阱旁一棵樹幹上，一頭垂吊進陷阱。牠很快猜到了主人的意圖，他是準備親自下到陷阱裏去擒捉那頭值錢的香獐！因爲陷阱太深太陡，沒長翅膀的人只能靠藤條作軟梯才能上下陷阱。

主人一意孤行，顯然是被錢迷住了心竅。牠說不清是從那裏來的一股勇氣，突然一拍翅膀飛過去，用雕爪抓住藤條猛力一拉，把藤條扯斷了。

主人氣得額角青筋暴漲，兀地端起火銃，黑森森的槍口指向牠的胸脯。「放肆！」主人的聲音因極度憤慨而變得沙啞發抖，「太放肆了。你活得不耐煩了吧。老子一槍斃了你！」

牠無限悲哀，從來也沒想到過主人會用槍口對準牠。主人絕不是在開玩笑。只要主人右手食指往扳機上輕輕一壓，對牠來說，一切榮華富貴和善惡是非都將消失。牠命歸黃泉，世界就不存在了。命都沒有了，原則還有什麼用呢？認錯討饒還來得及，牠想。

不，牠沒有錯，在死亡的威嚇面前顛倒黑白，是不符合牠金雕的天性的。當然，牠也可以起飛躲避，牠動作敏捷，先往陷阱旁那塊石頭上一跳，然後以S形路線飛翔，是有可能從槍彈下逃生的。只要飛出這片白樺樹林，牠就安然無恙了。但牠咬咬嘴殼，放棄了逃生的念頭。無論如何牠都不能背叛主人。要是能以牠的死來喚醒主人的良知，牠情願屈死在主人的槍口下。牠站在主人面前紋絲不動，心頭湧起一種悲壯的情感。牠準備爲真理而死，爲維護主人健全的人格而殉身。

主人臉頰上的肌肉鼓起又癟下去，右眼皮不住地眨動著。遲遲沒有扣動扳機。看得出來，主人的內心十分矛盾。也許主人想起以往牠的赤膽忠心，下不了手朝牠開槍；也許主人是因爲牠是隻上乘獵雕，價值能與陷阱裏的香獐媲美，出於實際利益考慮，捨不得朝牠開槍。

牠和主人就這樣默默地僵持著。

突然，寂靜的山林裏傳來一陣悠揚的口笛聲，牠循聲望去，在一條被走獸踩踏出來的牛毛細路上，出現一個老頭，頭上纏著一塊黑頭帕，身穿斜襟黑布短衫，扛著一把竹弩，慢慢朝陷阱走來。

毫無疑問，來者就是陷阱的主人，他是來查看陷阱裏有沒有掉進獵物。牠的主人達魯魯跺跺腳，懊惱地瞪了牠一眼，躡手躡腳鑽進樹林，離開了陷阱。

達魯魯再也沒有興致繼續攆山狩獵了，離開陷阱後就氣沖沖回家去了。牠也尾隨著主人飛回家。牠的翅膀沉重得像墜吊著鉛坨。

四 考驗

自從陷阱事件發生後，牠和主人的關係變得十分糟糕。好幾天過去了，他在牠面前時時都板著臉，從來沒笑過。牠感覺到有一座無形的冰牆橫隔在牠和主人之間。雖然生活上，主人家並沒有虧待牠，仍然一日三餐餵牠新鮮肉食，但主人再也不像過去那樣，把牠親暱地攬進懷裏撫摸牠了。女主人莫娜臉上也失去了往常的溫馨，小主人莉莉也不再編織花環套在牠脖頸上了。

這很像是一種冷戰狀態。牠受不了這種精神折磨，牠寧可被痛罵被鞭笞被減少就餐次數被降低伙食品質，也不願遭受這樣的冷落。

更讓牠感到難以忍受的痛苦是，主人不知哪種心理在作怪，對牠進行一連串所謂的考驗。

有時在半夜，木屋裏突然響起主人報警式的口哨聲，吹響這口哨意味著主人身陷絕境。牠從睡夢中驚醒，瞪著惺忪睡眼，心急火燎地從窗口飛進木屋，一看，主人安然睡在竹榻上，什麼險情和獵情都沒有發生。

見到牠破窗而入那副焦急的模樣，主人只是輕輕點了點頭，說一句，「看來，你還沒有完全背叛我。沒事啦，你回雕巢去睡吧。」

牠只得破窗而出，快快返回大青樹椏。

有時在白天，主人突然勾起食指含在舌底，吹出一聲尖銳的呼哨，牠急急忙忙循聲飛去，主人卻站在寨門口，指著一隻正在曬穀場上偷啄穀粒的麻雀向牠命令道：

「巴薩查，快，把這隻小偷麻雀給我逮住！」

牠愕然。牠是獵雕，不是紮在曬穀場上嚇唬雀鳥的紙鷂，讓牠去逮一隻麻雀，無疑是在殺雞用牛刀，是對牠獵雕身分的一種蔑視和戲弄。牠跟隨主人兩年有餘，主人從來沒有讓牠幹過一樁與牠獵雕身分不相配的傻事。但此刻，主人臉色嚴峻，正經八百地向牠下達捕獵麻雀的指令。牠心裏很彆扭，很委屈，但還是按主人的吩咐，以迅雷不及掩耳之勢撲飛過去，攫住那隻倒楣的小麻雀，把牠擲在主人面前。

主人撿起小麻雀的屍體，看也不看就順手扔進水溝，自言自語說了一句：「我以爲我已經喚不動巴薩查了呢。」

有時，主人會在烈日當空時，讓牠待在河灘監視一隻已經死去的烏龜，別讓烏龜逃走……

有時，在暴雨如注時，主人讓牠飛落在他肩頭，主僕一起無緣無故地被雨水澆淋成落湯雞……

牠心裏明白，主人之所以對牠發出許多沒有價值的怪誕的指令，其實是醉翁之意不在酒。主人並非對小麻雀、死烏龜或暴雨感興趣，主要是考驗牠的忠誠。主人對陷阱事件耿耿於懷，總疑心牠巴薩查腦後長著反骨。

這是一種病態的考驗。

牠很傷心。天昭地鑒，牠對主人仍然跟過去一樣愛得深沉，愛得真摯。牠巴薩查心裏最清楚，牠所以能甘心情願放棄自由自在的野雕生涯，留在主人身邊當獵雕，並非僅僅出於報答救命之恩，還有一種更加深刻的原因。

兩年前，達魯魯把牠從豹嘴裏救出來，抱回家後，又用草藥替牠治好了摔斷的腿和受傷的翅膀。當牠恢復了飛翔能力後，他就開始按培養獵雕的程序訓練牠，每天反反覆覆讓牠練習怎樣聽懂不同頻率不同音調的口哨聲；讓牠熟悉各種野生動物在人類心目中的價值；讓牠練習如何配合主人擒捉飛禽走獸。

牠從小在山林裏野生野長，牠未泯的野性受不了日復一日嚴格而又枯燥的訓練。牠對必須按照主人的口哨聲行動打心眼裏感到彆扭。牠自由散漫慣了，牠受不了任何形式的束縛。

牠強烈渴望能離開人類，回到荒涼而又充滿神秘感的日曲卡雪山去，過無拘無束的野雕生活。牠幾次想開小差，但想想主人救了牠的命，實在不好意思溜走。牠咬緊牙關勉強度過了漫長的訓練期。

當半年後主人正式帶牠進山狩獵時，牠暗暗希望能遇到一條劇毒的眼鏡王蛇或碰到一隻吊睛白額大虎，危及了主人的性命，當主人呼救時，牠就衝過去設法把眼鏡王蛇啄死或者把老虎引開，將主人從危險中解救出來。這樣，他救了牠一命，牠也救了他一命，還清了感情債，牠就可以心安理得地同他拜拜了。

但還沒有等牠找到這樣的機會，突然發生了狗熊事件，一下扭轉了牠的觀念，使牠自動放棄了逃跑的想法，斬斷了要皈依山林做隻野雕的念頭，死心塌地做一隻受主人意志控制很不自由的獵雕。

那是一個大雪初霽的早晨，主人攜帶著牠去捕捉松雉。松雉是五星級飯店和高級賓館餐桌上的山珍，挺賣俏的。松雉行動詭秘，平時極難獵獲，但初冬第一場大雪後，松雉會在雪地裏留下腳印，便於跟蹤追擊。主人帶著牠，沿著一行清晰的梅花瓣狀腳印進入了荒無人煙的黑森林。中午時分，牠和主人終於在一棵參天大樹下發現了一隻松雉。

潔白的雪地裏，五彩繽紛的松雉顯得格外醒目。主人撅起嘴唇，剛要向牠吹響朝松雉撲擊的口哨，突然，意外的事情發生了，從主人背後那片小樹林裏，鑽出一頭狗熊，直立著身體，揮舞著毛毿毿的熊掌，怒氣沖沖地朝主人撲去。看得出來，這是一頭被大雪帶來的饑餓逼得快發瘋了的狗熊。

牠驚慌地尖嘯一聲，拍拍翅膀升上天空。

主人達魯魯沒長翅膀，無法升空躲避。他也無法像穿山甲那樣能掘洞入地，只能掉轉槍口對準狗熊。

雖然狗熊的智商很低，兇殘不及豺狼，敏捷不及虎豹，卻比一般的虎豹豺狼更難對付。狗熊蠻橫不講理，只要誰進入牠的覓食區域，也不管是否招惹了牠，牠都要跟你玩命。更可怕的是，狗熊喜歡在松樹上蹭癢，蹭了一身黏乎乎的松脂，又到沙地裏打滾，滾了一身沙子，又到松樹上蹭一身松脂，又到沙地裏滾一身沙子，結果，本來就堅韌厚實的熊皮就像穿了件特製的鎧甲，老式火銃噴射出來的鉛彈極難打穿。

牠還是頭一次跟主人進山狩獵，缺乏經驗，也缺乏獵雕應有的膽魄和氣度；牠在危難關頭不知道該怎麼辦。牠飛在半空中淒厲長嘯，朝主人發出毫無用處的報警聲。

牠看見主人背靠著一棵大樹，端起火銃，朝十多米外的狗熊打了一槍。訇然一聲巨響，樹林裏飄起一股青煙。旋轉的鉛彈裹著一團火球，直刺狗熊心窩那塊月芽形的白斑。但鉛彈射在熊皮上，就像撞在彈簧上一樣，被彈了回來。狗熊被巨響嚇了一跳，怔了怔，低頭看看自己胸口，那塊月芽形白斑已被火藥噴焦了。牠勃然大怒，瘋狂地吼叫著，大步流星朝達魯魯衝來。

這頭狗熊直立起來足足比主人高出一個頭，膘肥體壯，兇相畢露。十米、九米、八米、七米……主人仍然屹立在大樹下，巍然不動。牠在半空中急出一身虛汗，恨自己沒有足夠的力氣把主人淩空擢起，躲開狗熊殘忍的襲擊。牠在主人頭頂盤旋著，驚叫著，催促主人趕快躲避，主人仍然像座石雕一樣紋絲不動。

牠還是雛雕時，曾親眼見過狗熊襲擊獵人的悲慘事件。野蠻的狗熊會用結實的熊掌把獵人一掌拍翻在地，或者一掌把獵人的頭皮和臉皮一起撕掉，然後用肥敦敦的熊屁股坐在獵人身上，不停地扭動熊腰，像沉重的石磨一樣把獵人碾成肉泥。

主人使用的火銃是那種每射擊一次就要重新填充一次火藥和鉛巴的老式獵槍。要在狗熊致命的巴掌落到身上前重新往槍管裏裝上火藥鉛巴，顯然是來不及了。主人唯一的生路就是逃跑。

牠還在當野雕時，曾見過一位獵人也是處在和狗熊面對面衝突這種尷尬的情景中，那獵人像丟掉一根擀麵杖一樣把手裏的火銃扔掉，抱著腦袋轉身逃命，鞋子跑掉了也顧不得去撿，只恨爹娘少生了兩條腿，絕對標準的抱頭鼠竄。雖然其狀可笑可悲可嘆，既滑稽又倒威風，灰溜溜有失尊嚴，卻不失爲一種明智的選擇。因爲只有這樣才能保全性命。大自然裏所有的飛禽走獸，包括人類在內，生命都只有一次，狼狽不堪的逃命總比白白送死要好得多。

逃命吧，主人！

但主人卻仍然直挺著腰桿和脊梁，站在大樹下。

莫非主人是被嚇呆了，失去了理智？牠惶恐地想。可牠朝主人臉上望去時，又覺得他不像是被嚇傻了嚇癡了。牠看見主人瞳仁裏流光溢彩，閃爍著一種壓倒一切的氣勢。主人面部表情極其生動，頰肌有規律地跳動著，嘴角蕩漾起一絲譏諷的笑，堅毅的下巴瀟灑地朝前翹挺，在狗熊躥到離他站立的位置只有四步遠的地方時，從容不迫地將火銃輕輕擱在樹幹上，嗖地一聲抽出佩掛在腰間的獵刀。長長的獵刀在陽光下閃動著一片耀眼的寒光。

嘿——主人大喝一聲，那是發自丹田的喝叫，雄渾有力，帶著野性的衝動和理智的光輝，具有一股強大的威懾力量。牠看見，隨著主人聲震雲霄的喝叫，狗熊兩條後腿打了個趔趄，彷彿被一條無形的繩索絆了一下似的。但狗熊畢竟是山野猛獸，憑著龐大的身軀和巨大的蠻力，又朝主人猛撲過來。三步、兩步、一步……

眼看熊掌就要摑到主人的腦袋了，狗熊兩隻小小的眼睛裏流露出一種殘忍的獰笑，熊嘴傻乎乎地張開著，露出滿口結實的牙齒和一條粉紅色的肥大的舌頭。說時遲那時快，主人鋒利的目光噴吐出人類所特有的自信和凜然不可侵犯的尊嚴，縱身躍起，雙腳踩在身後那棵大樹上，猛地往前一蹬，用力將獵刀往熊嘴刺去。

金色的朝霞罩在主人身上，主人矯健的身軀閃耀著一層炫目的光彩。主人橫亙在天和地之間，挾帶著浩然正氣，代表著天剛地柔，朝狗熊，不，是朝邪惡，朝死神，朝逆境，朝命運，奮勇衝刺！

牠那顆年輕的雕心被深深感動了，這非凡的一瞬間永遠定格在牠的腦子裏，改變了牠的信仰，改變了牠對人類的看法。過去，牠覺得人類之所以能稱霸這個地球，是靠那發達的大腦和大腦所產生的智慧，牠覺得人類之所以能統治這個世界，是靠手中的武器和工具。人類身上的毛早褪盡了，只能靠衣裳來禦寒，人類牙齒早蛻化了，只能靠火將食物煮爛才能勉強嚼食，人類的四肢嬌嫩得只能靠穿上鞋子才能在山野走路。牠既崇拜人類的智慧，又蔑視人類的孱弱。牠覺得人類是野性退化的結果，是四肢綿軟頭腦發達的怪物，是生命本能的異化，是自然功能的萎縮。但主人朝狗熊嘴腔刺出獵刀的這一動作，卻徹底糾正了牠對人類的偏見。

主人彈跳得比猿猴更敏捷，氣勢磅礡如猛虎出山，凌空搏擊如蛟龍下海，聚合著自然界中所有猛獸猛禽的力量的精華。

獵刀扎進狗熊的口腔，噴濺出一汪殷紅的熊血。狗熊被強大的衝力撞得往後退了兩步。

牠狂怒地揮起右掌，撕拉主人的手臂。主人的衣袖很快被撕爛了，皮肉被撕破了，淌著鮮血。但主人並沒有被噴濺在臉上的熊血和自己手臂上滲流出來的熱血所嚇倒，相反，主人眼睛裏燃燒起野性的渴望見到流血和死亡的光芒。他雙手緊緊握住刀柄，將獵刀在熊嘴裏攪動，兩條腿繃得像兩根樹樁，抵擋著狗熊凶蠻的衝擊。

牠看得眼花撩亂。終於對人類有了嶄新的認識。從荒蠻的森林裏走出來的人類雖然體魄上有所退化，但精神上仍然保有食肉類動物那種雄渾的力量，仍然具有強悍的生命力。人類憑藉發達的頭腦和出眾的智慧，博採眾長，將猴的敏捷、虎的兇猛、狐的變幻和狼的生死觀融於一身。人類身上有著無限豐富的潛能，在危急關頭這種潛能便噴湧而出。

最可貴的是，人類具有一種俯瞰世界的崇高境界，具有一種氣貫長虹的精神力量，這是其他任何動物都不可能具備的。人類不愧是天地之間所有生靈的精英，是世界的主宰，是弱肉強食叢林法則進化出來的傑作。

主人和狗熊還在相峙著。牠從沉思中驚醒過來。牠想起自己的職責，有義務也有責任幫助主人擺脫困境化險爲夷。牠高叫一聲，勇敢地俯衝下去，對準那雙惡毒的熊眼，用自己尖利的雕喙，狠狠啄下去……

外表強壯凶蠻的狗熊，終於倒在主人的腳下，不，是倒在人類所特有的那股精神氣勢下。牠飛棲在主人肩膀上，用自己頸窩處最柔軟的羽毛，摩挲著主人傷痕累累的手臂。

牠爲自己有這麼一位主人感到驕傲。牠被主人非凡的英雄氣概徹底征服了。牠覺得自己暗中設想的要逃回日曲卡雪山重新做一隻野雕的想法，是多麼可笑和愚蠢。牠雖然嚮往自由，但作爲金雕，更崇拜力量。牠覺得做達魯魯豢養的獵雕並沒什麼委屈，相反，是一種榮幸。牠怎麼可能背叛主人達魯魯！

雖然牠覺得主人在陷阱邊想把別人擒獲的香獐占爲己有是錯誤的，但並沒動搖牠對他的敬仰和崇拜。牠覺得主人就像一塊璞玉，有一塊小疵點，並不損害這塊璞玉的整體美，並沒黯淡這塊璞玉的璀璨光華。

可主人卻一天幾次對牠進行荒謬的考驗。牠感到難堪，感到委屈，但還是忠實地一絲不苟地執行著主人無聊怪誕的指令，牠害怕和主人之間的誤會越來越深。牠希望用自己的行動來融化牠和主人心靈之間橫亙著的那道冰牆。

牠的委屈求全到底起了效果，幾天後，主人對牠的態度明顯緩和，不再用冷眼瞅牠，有一次牠在火塘邊不小心踩著一塊火炭，疼得嗷嗷怪叫，主人被逗得嘿嘿笑了呢。

無聊的考驗也越來越減少，似乎已快接近尾聲了。

遺憾的是，牠沒經受住最後一個考驗。

那是一個寂寞的黃昏，夕陽把白皚皚的日曲卡雪峰染成一片炫目華麗的橘黃色。主人把牠帶到寨後一塊荒僻的野地裏，從一棵老朽的龍血樹上掰下一根枯樹枝，扔在地上，朝牠吹響了表示出現了緊急獵情的口哨。

牠愣愣望著這根枯樹枝，不明白是怎麼回事。

「巴薩查，我說，這是一條響尾蛇！」主人一本正經地宣稱道。

把一截沒有生命的枯樹枝指爲毒蛇，主人的想像力也太豐富了些。牠傷心地叫了一聲，朝那截枯樹枝撲去，懶洋洋地用雕爪把枯樹枝抓住，用嘴殼朝枯樹枝啄咬了兩下，然後把枯樹枝帶到半空，又扔了下來。牠雖然很不情願，但爲了顧全大局，還是違心地做完了一整套金雕擒蛇的動作。當然，牠因爲抱有不滿情緒，更主要的是因爲面對的確確實實是一截引不起牠任何搏殺興趣的枯樹枝，牠的動作顯得隨意輕鬆，敷衍了事。

「停！」達魯魯朝牠大喝一聲，「你這個畜生，你想唬弄我不成？」他繃著下巴大聲罵道，「你這是在獵蛇嗎？你是在演戲！」

確實像在演戲，牠承認。

「重新來。」主人說，「你聽清楚了，巴薩查，這是一條響尾蛇，我說了，是條響尾蛇！你信不信，這是一條響尾蛇！」

好吧，就算是條響尾蛇，牠想。牠又做了一套擒蛇上天的動作，比剛才認真了許多。

「不行！」達魯魯還是極不滿意。「你到底信不信我的話，這是一條響尾蛇！牠有毒，會咬死你的！我說的話，你到底是真信還是假信？你要是真信，你就會害怕得尖嘯，在毒蛇周圍飛來繞去，弄得毒蛇精疲力盡才會下手去捉，過去你不都是這樣去捉蛇的嗎？」

牠明白了，主人並非在爲牠進行模擬訓練，也不是一般性的考驗。他指樹爲蛇，是要牠從心底裏確信眼前那截枯樹枝就是噴吐著信子、暴露著毒牙、尾部會鳴叫、咬一口百步之內便會中毒倒斃的響尾蛇！他是在用特殊的手段對牠進行特殊的考驗，考驗牠是否把他說的話，那怕是徹頭徹尾的假話都當作聖旨來執行。也許他覺得，主子把雪說成是黑的，奴僕就應該確信世界上沒有白的雪。

牠的忍耐是有限度的。牠早已厭煩了這類荒唐的考驗。牠耿直的雕的脾性也不允許牠昧著良心把謊言視爲永恆的真理。雪是白的就是白的，誰也不能顛倒這鐵的事實。任何忠誠都應該建立在真理的基礎上，違背真理的忠誠是虛僞，牠無法把謬誤奉爲神明。

牠產生了嚴重的抵觸情緒。牠悲涼的心境無法言說。牠產生了一種豁出去的想法。不相信我的忠誠麼？要殺要砍請隨便！牠索性邁著悠閒的步伐走到那截枯樹枝面前，蹲了下來，

讓枯樹枝觸碰到牠的胸脯和頸窩。

瞧，這不是響尾蛇，牠不會用劇毒的蛇牙噬咬我。它是枯樹枝，它就是枯樹枝！

牠看見主人達魯魯臉色變得慘白，像見到瘟疫似地兩眼發直。「我早知道，你腦袋後面長著反骨！我早知道，你根本就沒把我達魯魯放在眼裏。」他囁嚅著嘴唇，喃喃地說道。

牠真想流一串雕淚。

突然，達魯魯衝過來，飛起一腳，朝牠踢來。牠完全可以躲閃的，但牠沒躲閃。牠被踢得在地上打了兩個滾。牠不反抗，但牠也不屈服。主人悻悻地走了。

過了一會兒，牠紊亂的心情逐漸平靜。牠又開始懊悔，不該跟主人嘔氣的。都怪那頭困在陷阱裏的該死的香獐，才導致牠和主人關係惡化的，牠想。瞧，主人愁眉緊鎖，惆悵地望著漏頂的瓦房。雇工們因爲沒有瓦片已經歇工回家了，新房場院顯得空曠蕭條。也難怪主人會怨恨牠，要不是牠的阻攔，主人早已獲得了那隻困在陷阱裏的香獐，已經用香獐身上取出的麝香換回了一筆可觀的錢，已經買回了急需的瓦片，蓋起了屋頂，說不定現在正吹蘆笙喝米酒，喜氣洋洋賀新房呢。雖然牠是出於正義和好心，但客觀上，是牠造成了主人的經濟損失。牠覺得牠和主人產生磨擦的根源，就是這頭值錢的香獐。什麼鑰匙開什麼鎖，假如牠能設法再替主人弄回一頭價值昂貴的香獐，問題不是就能從根本上解決了嗎？

牠很高興自己能想出這麼個絕妙的主意來。

翌日清晨，牠沒得到達魯魯的同意，就私自出獵，飛到尕瑪爾草原碰碰運氣。

下午，牠飛到鹼水塘上空，恰巧遇到幾隻豺狗在追攆一頭香獐。豺狗是異常貪婪異常兇猛的傢伙，能像螞蟥一樣緊緊地叮在飛奔的野牛背上，用尖細的豺爪捅進野牛的肛門，活活掏出五臟六肺。連狗熊、雪豹這樣的猛獸見了豺狗群都要謙讓三分。再優秀的獵人也不敢去招惹豺狗群。

香獐在草原上驚慌失措地奔逃著，五隻豺狗嚎叫著尾隨追擊。

從豺狗群中奪食，是拿生命作賭注的一場冒險。但香獐十分稀少，有時牠在尕瑪爾草原連續巡飛十天半月也難得見到一頭。機會難得，牠不敢再猶豫，在高空兜了個圈，繞到奔逃的香獐前頭，突然俯衝下來，一把將香獐攫抓住，在豺狗們憤怒的嚎叫聲中凌空飛起。好險哪，有一隻獨眼公豺狗差不多就撲到牠身上來了。

黃昏，牠飛回丫丫寨，哈，主人還坐在漏頂瓦房前，悶悶不樂地一鍋接一鍋抽著水煙筒。煙霧籠罩著主人淒苦的臉。牠飛到主人身邊，將那頭已昏死的香獐扔在主人面前。

請收下吧，主人，不要再爲瓦片的事發愁了。這頭黑褐色的香獐和幾天前困在陷阱裏的那頭土黃色香獐相比，也是發情期的雄性，個頭還更大些，麝香腺還更飽滿更發達些，足夠

彌補主人家的損失了。

牠昂著頭，拍拍翅膀，顯得有些得意。牠想，主人見到牠冒著生命危險擒獲的香獐，一定先是感到意外，馬上就會驚喜地跳起來，把牠攬進懷裏，讚揚牠的忠誠，讚揚牠的勇敢。牠和主人之間那道無形的冰牆立刻會融化消失。

主人看著睡在地上的香獐，反應卻十分古怪。他先是咧嘴笑了笑，那笑容像流星，轉瞬即逝。然後，他的眼光從地上的香獐移到牠身上，又從牠的身上移回香獐，像在探究什麼秘密，主人的眼光越來越陰沉，越來越可怕，滿臉仇恨、憎惡和羞憤的表情。

牠懵了，怎麼也想不通主人爲何惱羞成怒。

牠金雕的直線型思維很難理解人心的曲折和人心的奧秘。牠完全沒想到，主人達魯魯是從一個相反的角度來看待牠這次私自出獵的。他覺得牠是存心在羞辱他。他覺得牠是在用行動告訴他：別靠偷竊獲得香獐，應當像我那樣靠智慧和力量到草原去擒獲香獐！本來，牠的主人就對牠昨天不願把枯樹枝當作真正的響尾蛇在生牠的氣，這下更是火上澆油了。

「畜生，你竟敢來教訓我！」他跺著腳吼叫起來。

牠不明白自己做錯了什麼。牠不懂，牠的行爲就像一面鏡子，無情地照出了牠主人達魯魯變形的靈魂和有缺陷的心靈。但就像所有長相醜陋的人一樣，沒有人願意承認自己是醜的，而總是責怪鏡子把自己醜化了。牠的主人達魯魯就把牠當作一面魔鏡，或者說當作一面哈哈鏡了。

深夜，牠在大青樹椏的雕巢裏睡得正熟時，突然，一陣窸窸窣窣的輕微的聲響把牠驚醒。開始牠以爲是蛇在爬動呢，這倒不錯，牠想，準是一條笨蛇，費勁前來送死。牠剛想從雕巢裏探出腦袋去看個究竟，雕巢那扇可以活動開啓的門砰地一聲被關上了。牠透過竹壁的縫隙一看，是主人在雕巢外。

牠十分驚訝。牠不明白主人半夜三更爬到大青樹上來幹什麼。牠輕輕叫了一聲，意在提醒主人千萬別大意摔下樹去。主人卻似乎被牠的叫聲嚇壞了，慌忙從懷裏掏出把鐵鎖，喀嗒一聲把雕巢的門給鎖死了。

牠跟隨主人兩年多，還是第一次享受被鎖在雕巢裏的滋味呢。

也許是主人怪牠桀驁不馴想關牠禁閉，也許是主人怕牠逃跑在採取預防措施，牠想。

直到第二天中午，主人家來了位精瘦的老頭，交給主人一疊鈔票，然後把牠連同雕巢一起從大青樹上卸下來，裝上一匹騾子的馱鞍上，牠才恍然大悟，主人達魯魯拋棄了牠，把牠賣給了這位瘦老頭。

後悔已經晚了。牠被囚禁在雕巢裏，一切掙扎和反抗都是徒勞的。

五　成為幫兇

巴薩查的新主人姓馬，已活過半百了。十年前，他上山狩獵，稀里糊塗踩中別的獵人設的捕獸鐵夾，把右腿給夾斷了，醫好後，右腿比左腿短了一寸多，走起路來瘸瘸跛跛，別人都叫他馬拐子。馬拐子長得奇瘦，胸脯上的肋骨一根根顯山露水，尖削的臉上剔不出三兩肉來，真正的皮包骨頭。

馬拐子年輕時也打過幾年獵，卻從來沒敢去獵過狗熊雪豹老虎這樣的猛獸，只獵過岩羊草兔馬鹿之類的食草動物，屬於獵人中最沒出息的庸常之輩。自從壞了右腳，他就典賣了獵槍再也不打獵了，改行做起了誘捕的營生。先是誘捕松雉，後來看看松雉不如金雕賺錢，就想著誘捕金雕了。

日曲卡雪山的金雕屬稀有猛獸，羽毛呈金紅色，威武華麗，具有極強的裝飾性，和孔雀羽毛同樣珍貴。國內外動物園和各級動物研究機構及富豪人家、高級賓館都爭相出大價錢來購買。一隻活的上等金雕相當於一輛農用小汽車的價錢。因此，捕獵金雕成了日曲卡雪山一帶山民們一項很走紅的副業。

但金雕一般生活在海拔四五千米的高山，且生性機敏，數量又少，性情又野，極難捕捉，不會像松雉那樣被幾粒穀米引誘而鑽進獵人的捕獸鐵夾或金絲活扣裏來。但兩足直立行走的人類畢竟比兩翅飛翔的金雕聰明得多，總想得出絕招來降伏這種稀有珍貴的大型猛禽的。也不知從哪一代獵人開始，發明了誘捕法，就是將一隻雄金雕作爲誘餌，用雄金雕身上的氣味和豔麗的羽毛和嘹亮高亢的叫聲，把隱蔽在高山岩壁間，盤桓在九霄雲層中的雌金雕勾引過來；或者把另一隻性情暴躁的雄金雕激怒，前來爭鬥。誘雕的主人趁機把那些或因愛情或因妒嫉而喪失了警覺的金雕們擒獲住。

馬拐子把巴薩查買來，就是讓牠當誘雕。

巴薩查的兩條雕腿被一根細長的鐵鏈子拴住，綁在一塊岩石上。牠身後是一堵絕壁，絕壁上掛著一張巨大的尼龍絲網。透明的尼龍絲網本來就不易看清，貼在灰白色的石灰岩上，更模糊了視線。

馬拐子不愧是幹了十來年誘捕營生的老手，機關佈置得如此精妙。他就埋伏在絕壁旁一

叢斑茅草裏，手裏捏著一根能控制尼龍網升降的繩扣。只要有金雕上當，來到牠身邊，馬拐子就會拉動聯結在一隻小滑輪上的繩扣，那張巨大的尼龍絲網便會以迅雷不及掩耳的速度罩落下來，把上當受騙的金雕籠罩住。

開始，巴薩查拼命掙扎，雕腿上的羽毛被鐵鏈子磨掉了許多，皮肉也被磨破了，滲出一滴滴血。但無濟於事，鐵鏈子無法掙斷。牠只好停止這徒勞的努力，靜靜地臥在岩石上，緊閉著眼和嘴，不看也不叫，像隻死雕。

牠無論如何也不會去幹這種誘騙的勾當的，牠想。只有卑鄙無恥的野驢和沒有頭腦的松雉才會去做這種戕害同類的醜事。牠是金雕，牠從來就光明磊落，深惡痛絕一切形式和內容的陰謀詭計。

日曲卡雪山就在牠的背後，宏大的冰川，晶亮的雪野，氣勢恢宏的冰峰雪巒，蜿蜒曲折的雪線，構成雄偉壯麗的雪山景色。高山湍急的氣流把一團團雲朵刮得像疾奔的白駿馬。猛禽喜疾風，這裏是金雕覓食和遊戲的理想之地。

臨近中午時，牠聽到翅膀扇動的聲響，憑感覺，像是一隻野金雕在離牠不遠的天空翱翔。牠微微睜開眼瞼，果然，在左側兩座巍峨的山峰間，徐徐飛來一隻金雕。牠吃不準來者是偶然路過此地還是有意朝牠飛來的。牠趕緊閉起雕眼，耷拉下翅膀，不敢喘息，也不敢動彈。牠生怕對方看出牠是隻活雕，冒冒失失飛到牠身旁來，自投羅網。

牠決不能幫助馬拐子捕獵牠的同類。

飛翔聲越來越響，那隻金雕已飛臨牠的頭頂了，擦著絕壁在盤桓。牠還是像隻死雕那樣趴在岩石上紋絲不動。突然，頭頂跌落一串嘯叫，「嘰嘰——嘰嘰——」叫聲尖厲短促，像在咒罵。牠一聽就明白，這是一隻心高氣傲的雄金雕，雄金雕的巢就修築在附近山崖上，出於猛禽與生俱來的領地意識，習慣於把這方圓十幾里的天空都視爲自己的領空，視爲神聖不可侵犯的生活圈。雄金雕之所以朝牠憤慨地嘯叫，既是同性間的相斥，又是對入侵者的警告，想把牠驅逐出境。

假如牠巴薩查現在是自由的，牠才不稀罕這座山峰呢。世界無限廣闊，哪兒都能找到理想的棲身之地。

那隻雄金雕慢慢降低著高度，咒罵得也更厲害，更難聽，把一串串嘶啞的刻毒的叫聲劈頭蓋臉般朝牠擲下來。牠也是血肉之軀，牠也是血性雄雕，要是在平時，牠絕對受不了這樣的侮辱和奚落，會不顧一切朝這隻狂妄的傢伙反擊的。但此刻，牠卻只能像是懦弱的山羊遇見老虎挑戰一樣，被罵得狗血淋頭也不敢頂撞還嘴。牠知道，此時只要牠稍一動彈，那隻憨頭憨腦的雄金雕便會不顧一切地撲飛下來同牠廝鬥，懸掛在絕壁上的尼龍絲網就會無情地把

雄金雕罩住。

牠寧可受到同類的侮辱，也不想成爲馬拐子的幫兇。

那隻憤慨的雄金雕在牠頭頂囂叫了一陣，見牠沒任何動靜，還真以爲牠已經死了呢，拍拍翅膀飛走了。

牠鬆了口氣。

不用猜也知道，躲在斑茅草叢中偷看的馬拐子一定氣歪了鼻子。眼看到手的獵物飛跑了，他能不惱火嗎。馬拐子很精明，當然會看出牠是在故意搗亂，是故意採取不合作的態度。這很好，牠想，牠就是要激怒馬拐子，讓他把牠看成窩囊廢，看成是喪門星，看成是鬼投胎。極有可能馬拐子會滿面怒容揮舞起藤條鞭子，把牠狠狠鞭笞一頓。假如真是這樣，牠決不會在淫威下屈服的。牠是剛正不阿的金雕，牠寧可站著死也不願跪著生。當呼嘯的藤鞭落到牠身上，連毛帶血捲走牠身上金色的羽毛時，牠一定不呻吟不躲避，而要勇敢地挺起胸膛，朝馬拐子那張如老榆樹般粗糙的臉發出刻毒的仇恨的嘯叫，要深深地激怒他，惹惱他，讓他發瘋發狂喪失理智，或者拔出獵刀一刀削落牠的雕腦袋，或者把牠轉手賣掉，無論哪種結局都比強迫牠當戕害同類的誘雕要好得多。

那隻幸運的雄金雕飛得無影無蹤後，馬拐子一瘸一拐從斑茅草叢裏走出來，完全出乎牠的意料，他並沒生氣。他似乎對牠的反抗早有充足的心理準備。他臉上掛著一絲苦笑，來到牠面前，用悲憫的眼光望著牠，自言自語道：

「是啊，巴薩查，你是隻有血性的雄雕。我早就料到了，你不肯幫我忙的。唉，要是我腿腳還靈便，要是我還有力氣進山狩獵，我一定會讓你做獵雕的。可惜，我馬拐子這輩子只能幹誘捕的營生了，你巴薩查這輩子也只能做一隻誘雕了。我曉得你很委屈，可我總不能為了成全你的氣節，自己白白餓死呀。」

牠擰著雕腦袋不予理睬。哼，別指望用幾句軟話就能感化金雕剛烈的性格，牠想。

「你會叫的，巴薩查，你會成爲一隻好誘雕的，你會幫我馬拐子忙的。」馬拐子很有信心地說。

牠只當他是癡人在說夢話。

馬拐子說完，退到絕壁下，在陰影裏席地而坐，慢條斯理地開始捲老草煙吸。

牠不明白馬拐子的用意。也許，他想讓牠有個反省的時間吧。這挺好笑的，牠想。即使等上一百年，牠也不會屈服淫威的。

晨嵐消褪，豔陽當空。雖然是在海拔很高的半山腰，但氣溫還是隨著中午來臨而升高。乾燥的熱風和溫熱的陽光吸乾了牠羽毛間的水汽。牠口乾舌燥，很想喝點水。但牠被綁在岩

石上，無法動彈。

也許是一種巧合，也許是馬拐子故意想刺激牠。就在牠翕動著嘴殼露出乾渴狀時，馬拐子解下繫在腰間的葫蘆搖晃著，葫蘆裏傳來叮咚叮咚水的晃蕩聲。那是一葫蘆清水啊。牠咽了一口發黏發澀的唾液，用期待的目光望著馬拐子，希望他能恩賜給牠一口水喝。

馬拐子拔掉葫蘆口上的軟木塞子，往自己嘴裏灌了兩口，很解渴地咂咂嘴唇。「唔，巴薩查，想喝水嗎？嘿，只要你答應幫我的忙，把你的同伴們叫喚來，你想喝多少我都能滿足你。」

牠明白了，馬拐子是在用乾渴來威脅和要脅牠。哼，牠寧可渴死，也不會妥協的！

馬拐子並不著急，又把葫蘆繫回腰間。

太陽偏西了，牠肚子開始咕咕叫起來。現在要是能逮隻斑鳩來充饑就好了，牠想。但牠被一條鎖鏈禁錮在岩石上，無法去獵食。馬拐子卻在絕壁下燒起一堆篝火，從筒帕裏掏出一大塊麂子肉乾，用一根竹棍串起，上面撒層鹽巴在火上烤。不一會兒，歡笑的火苗將麂子肉乾烤出一層油花，空氣中彌散開一股撲鼻的香味。牠聞到這股肉食的香味，饑餓感被撩撥得更加強烈，饞得直咽口水。牠猛烈地掙動著鐵鏈，傳達自己也想進食的願望。

馬拐子捏著烤熟的麂子肉乾，篤悠悠來到牠面前，當著牠的面咬了一口肉乾，在嘴裏巴嘰巴嘰地大聲咀嚼起來。他的嘴角泛起一層油膩。他似乎陶醉在美味佳餚裏了，舒坦得連眼睛都眯成了一條縫。

牠痛苦得全身抽搐。牠恨不得能撲飛過去從他手中搶來那塊麂子肉！

馬拐子狡黠地笑笑，說：「巴薩查，想吃嗎？很簡單，你只要同意當誘雕，我馬上餵飽你。」

牠狠狠心把視線從馬拐子手中的麂子肉乾上移開。哪怕是餓死，牠也要挺住。

牠在岩石上整整曝曬了一天。終於，太陽落山了。牠雖然又饑又渴，但總算熬過來了，沒有用靈魂作交易去換取肉食和水。牠心裏油然產生一種勝利的豪情。雖然肚子餓得慌，但牠總算挫敗了馬拐子的計謀。

黑夜比白天稍稍好受些，濃濃的夜霧雖然無法解渴，卻緩解了渴得要冒煙的那種難受的感覺。

馬拐子用塊豹皮作墊褥，睡在絕壁下，陪著牠在山野露宿了一夜。牠曉得馬拐子是想用斷水斷食的辦法來逼牠就範。牠覺得他是打錯了算盤。牠早就把生死置之度外，牠連死都不怕，還怕饑渴嗎？

翌日，馬拐子仍然不給牠餵一滴水，也不給牠餵一口食物。

黃昏時分，牠已餓得頭暈眼花，快虛脫了。雕嗉一陣痙攣一陣劇痛，繼而一陣麻木。連唾液都被陽光和熱風吸收乾了，喉嚨口像卡著一塊火炭。牠已不希望馬拐子會發慈悲施捨給牠一點吃的喝的。牠只希望牠能早點渴死餓死，早點結束這種難以忍受的折磨。

爲了減輕痛苦，牠閉起雕眼，趴睡在岩石上。

突然，牠聽見叮——嗒、叮——嗒的聲音。這是水珠濺落在岩石上的聲音。水，珍貴的水，救命的水！開始牠以爲是自己因渴極而產生的一種幻覺。但叮——嗒、叮——嗒的聲響是那麼真切，不像是夢幻中的想像。牠睜開眼一看，是馬拐子。他蹲在牠面前，在離牠嘴殼一寸遠的地方，提著那只葫蘆，將葫蘆裏的清水一滴一滴緩慢地往外倒。

水珠穿透空氣，在牠嘴殼前滾過，牠便嗅到了一股水的芬芳與甘甜，一種生命的氣息。沒有水就沒有生命。水珠跌落到堅硬的岩石上，濺起一個個小型水花，在陽光下閃爍起一小片七彩虹霞。牠感覺到嘴殼四周乾燥的空氣被水珠滋潤了。叮——嗒、叮——嗒。世界上再也沒有比流水聲更美妙更動聽的音響了。

那是一首生命的小夜曲。

又一粒水珠跌落下來，牠完全是出於一種本能的反應，迅速伸出嘴殼去啄食。可惜，還差那麼一毫米的距離而啄空了。牠只啄到一縷似有似無的水汽。牠遺憾極了，怪自己動作不夠敏捷，脖子伸得不夠長，未能啄到水粒。

牠急切地嗷嗷叫著。

馬拐子的嘴角漾起一絲若有若無的笑紋。他又微微抖動懸在牠頭頂的葫蘆，葫蘆口裏又滾出一粒水珠。這次，牠學乖了，計算好距離，準確地把水珠啄進雕嘴。

牠永遠也無法形容在牠斷水兩天後突然啄到一粒水珠的那種感覺，愜意得就像撐著翅膀被和煦的春風輕輕托舉著在天空中隨意遨遊。牠從來沒嘗到這麼甜美的水，彷彿是用濃縮的蜂蜜特製成的。當牠的舌尖舔到水粒時，就像舔到了水晶，細潤冰瑩，沁入心肺，產生一種飄飄欲仙的快感。一瞬間，牠差不多因饑渴而枯萎了的心田陡地滋生出一種強烈的生的渴望。可惜，只有一粒水珠。太少了，太少了！

馬拐子像位深諳生命奧秘的心理學家那樣，寬厚而又慈祥地朝牠笑笑，又繼續緩慢地抖動懸在牠頭頂的葫蘆，一粒又一粒滾溢出水珠。牠貪婪地啄食著，連同對生命的愛惜和珍視，一起吸進乾渴的胸膛。

牠一口氣啄食了七八粒水珠，剛剛夠滋潤渴得冒煙的嗓子。乾渴感勉強緩解了，但饑餓感卻因爲乾渴緩解而更加突顯出來。牠一旦放棄了求死的念頭，那股強大的抗饑餓的精神力量便煙消雲散。精神妥協了，肉體便放肆地想吃東西。精神支柱垮了，肉體便以十倍猛烈的

饑餓感來折磨牠。牠什麼也不想了，就想能得到一塊裹腹的肉食。

馬拐子不愧是訓練誘雕的行家，不失時機地將葫蘆收回，然後從筒帕裏掏出一隻小篾籠，啓開盒蓋，牠看見裏面裝著一隻活蹦鮮跳的牛蛙。牛蛙全身翠綠，個頭碩大，尤其兩條後腿，肉質飽滿而肥嫩。馬拐子捏著牛蛙的後腿，在牠面前晃了晃。牠的視線像被磁石吸引了似的，順著馬拐子的手勢移動。牛蛙大概已感覺到了危險，哇——哇——發出響亮而又悲切的叫聲。這叫聲對牠這樣的食肉類猛禽來說，是一種無法抵禦的誘惑，是一種從精神到肉體的雙重刺激。牠情不自禁地滴下了涎水。

「唉，巴薩查，你是隻通靈性的雕。」馬拐子嘆了口氣，用低沉的聲音緩緩說道，「我跟你說吧，我也曾像你一樣想去死。那是十年前，我剛摔斷腿，我老婆跟一個做木耳生意的湖南老闆跑了。我老婆長得像山茶花，誰見了誰愛。她跑了，撇下我跑了。我孤苦伶仃，覺得活著沒意思了，就拄了根拐棍跑到百丈崖，想跳下去，就什麼煩惱也沒有了。我剛要跳，可我又想，要是我老婆知道我要跳下去，說不定會拍手笑呢。那湖南老闆準會高興得喝兩盅。沒人會可憐我同情我。而我呢，再也看不見雪山，再也看不見太陽，再也看不見森林了。我幹嘛要白白去死，我雖然活得很苦，總比死好嘛。巴薩查，相信我馬拐子的話，活著總比死好。」

牠覺得馬拐子的話也不是沒有一點點道理。沒有哪隻金雕會欣賞牠的忠貞和勇敢。甚至沒有哪隻金雕會知道牠是爲了保護同類免遭誘捕而餓死的。牠得不到理解和同情，死了等於白死。

馬拐子繼續捏著牛蛙在牠面前晃蕩。

假如馬拐子手中捏著的只是一塊鮮肉，牠也許還能抑制住自己的食欲衝動。牠本來就有被餓死的心理準備。但馬拐子手中捏著的是一隻活的牛蛙。牛蛙的四肢每一次掙扎，都引起牠強烈的捕食興奮，牛蛙發出的每一聲絕望蛙鳴，聽起來都像是在召喚牠去把牛蛙一口吞進肚子。牠無法抗拒捕獵活物的快感。

「巴薩查，你是極聰明的雕，你曉得該怎樣才能吃到這隻牛蛙的。」馬拐子說。

牠當然知道吃這隻牛蛙需要付出什麼代價。牠想搖頭拒絕，但這種想法軟弱渺小得就像一片樹葉掉進漲潮的大海裏，很快就被饑餓的大潮淹沒了。牛蛙的肉是何等鮮美，那滑溜的蛙皮，富有彈性的蛙背，不用咀嚼就可以咽進肚去！

「吃吧，巴薩查。」馬拐子把牛蛙送到牠的雕嘴邊說，「我曉得你同意我的看法了，雖然活得很苦，可還是要活下去啊。」

牠的心還在猶豫，但牠的雕嘴卻閃電般地啄住了那隻倒楣的牛蛙。牛蛙在牠的嘴殼裏掙扎著，更刺激了牠的食欲。牠一口把牠咽進肚去。那翻江倒海般的饑餓感消失了。雕嗉停止了痙攣，血液又開始洶湧流動，生命之火燃燒起來了。

人爲財死，鳥爲食亡。這也許是無法違背的客觀規律，牠想。

活著，是多麼美好。

六　屈服

牠不是有意要引誘雄金雕落網的。雖然牠已放棄了饑渴而死的想法，但牠並沒有鐵起心腸要幫助馬拐子來捕獵同類。牠不過是在求生不能求死不得的境況下，抗不住水珠和牛蛙的誘惑，作了無可奈何的妥協和讓步而已。說得具體點，就是牠不再像死雕一樣趴在岩石上紋絲不動了。牠開始朝天空鳴叫，開始拍扇翅膀。

牠覺得作爲一隻活雕，總是要叫，總是要拍扇翅膀的。牠沒有理由一定要裝死。不再裝死和故意引誘同類上當受騙，是兩碼子事。從牠內心講，牠真心希望所有的金雕都離牠遠遠的。

這隻倒楣的雄金雕偏偏找上門來了。

還是前天來過的那隻雄金雕。前天巴薩查閉著雕眼趴在岩石上裝死，沒看清這傢伙的尊容。現在看清了，是隻老雕，雕冠紫紅色，下巴頦上的那撮鬍鬚焦黃泛黑，腹部的絨羽差不多禿光了，露出粉色的皮肉。看來，老雕的巢穴就在附近山崖的某個角落，牠剛試探地嘯叫了三五聲，老雕就出現在牠的頭頂，帶著一種同性相斥的原始仇恨，氣勢洶洶地朝牠飛來。

牠沒法躲閃，也沒法逃跑。牠的身體被鐵鏈牢固地拴在岩石上，牠只能面對面迎接對方的攻擊。

不幸的是，牠這個姿勢引起了老雕更深的誤會和更強烈的憎恨。

一般來講，一隻陌生的雄金雕闖進另一隻雄雕盤踞的山崖和天空，有兩種可能，第一種可能是誤入，第二種可能就是有意冒犯和侵略。按金雕界約定俗成的規矩，假如是誤入的話，當稱霸這方的雄雕出現時，外來者便要仄轉尾羽，用身體的側面對著霸主，轉身飛離，這樣霸主就能很快識別出對方只是偶然路過或無意間闖入，氣勢洶洶的撲擊就會立刻演變成虛張聲勢的形式上的驅逐。假如外來者面對面迎接攻擊，說明牠是有意來搶奪這方山崖和天空，霸主就會認真對付，不可避免地發生一場流血的格鬥。

老雕把牠看成是真正的侵略者。老雕那對淡褐色的雕眼裏閃動著咄咄凶光，厲聲嘯叫著，翅膀底下扇起一團團強勁的旋風，雕關節一伸一縮，嘎嘎作響。瞧牠的來勢，巴不得能一下攫斷牠的脖頸。現在，牠就是想裝死也不行了。

牠急促地朝老雕叫著，想告訴對方這裏極其危險，有暗藏的尼龍網。可惜，金雕的語言

功能十分貧乏，無法表達複雜的感情和訴說曲折的事件，只能靠音調的高低和頻率的長短表達憤怒、喜悅、饑餓、求偶、報警等有限的幾種情緒和訊息。其中，報警和憤怒都是短促的尖嘯，很容易聽混淆。牠是警告老雕不要過來，剛愎自用的老雕卻誤以爲牠在向自己示威和挑戰了，愈發勇猛地撲飛過來。

終於，老雕恐怖的投影籠罩住牠的全身。嘎呀——嘎呀，老雕發出一陣獰笑。牠曉得老雕笑什麼，老雕是在笑牠愚蠢，笑牠缺乏格鬥經驗，因爲按常規，當兩隻雄雕格鬥時，誰飛得高誰就佔據了優勢，掌握了出擊的主動權，俯衝的威力足以使對方受到重創。牠靜止不動地趴在老雕身底下的岩石上，等於在白白送死。

這隻老雕，一心想儘快收拾掉牠，忘了該仔細觀察一下四周動靜了。

巴薩查心急如焚，拼命扭動身體，把鐵鏈弄得嘩嘩響，想提醒老雕注意。但老雕把牠的好心當作了驢肝肺，挾帶著一股疾風撲飛到牠頭頂，伸出一雙雕爪，惡狠狠朝牠抓來。

老雕的爪子離牠還有兩三寸時，呼哨一聲，寂靜的山野爆響起鐵器叩擊的脆響，緊接著，一張巨大的透明尼龍網從天而降，朝老雕罩落下來。老雕這才發覺中了圈套，想偏斜翅膀從旁邊飛走，但已來不及了，尼龍網不偏不倚地落到老雕身上。老雕想掙動，尼龍網像蜘蛛絲一樣黏住卡住纏住了老雕的翅膀，使老雕無法動彈。老雕用雕爪撕扯，尼龍絲柔韌結實，怎麼也撕不破。

馬拐子很快從斑茅草叢裏走出來，很俐落地把老雕捆綁後關進一隻大竹籠裏。

老雕在被關進竹籠前，朝巴薩查投來最後一瞥，充滿了鄙夷、唾棄和憎惡，就像在看一個內奸，看一個叛徒。巴薩查趕快別轉頭去，牠沒有勇氣和老雕對視。

牠終於讓馬拐子如願以償了，馬拐子很高興，回到家裏，他用一對斑鳩慰勞牠。雖然斑鳩肉香味醇厚，雖然牠饑腸轆轆，卻沒有一點食欲。只要一閉上眼睛，老雕在尼龍網裏苦苦掙扎的情景就會在牠腦子裏浮現出來。老雕是自作自受，老雕太蠢太傻太兇太惡，所以才掉進羅網的，牠企圖這樣安慰自己。但這種安慰，虛弱得就像陽光下的一層薄霧。牠還沒學會自己欺騙自己。牠無法否認老雕其實是被牠叫聲引誘才誤中圈套的。牠覺得自己很卑鄙，靈魂很骯髒。

牠痛苦得徹夜難寐。

第二天早晨，當馬拐子又把牠鎖在絕壁前的岩石上時，牠覺得自己應該再度鼓起猛禽的勇氣，堅挺猛禽的意志，忍受饑渴的折磨，裝成死雕。可是，牠抗得住水粒和牛蛙的誘惑嗎？牠擔心地問自己。

馬拐子似乎看透了牠的矛盾心理，坐在牠身邊，用一隻枯黃、青筋畢露的手慢慢捋順牠身上的羽毛。

「巴薩查，我曉得你現在心裏很苦。唉，要活命，沒法子啊。你反正已經做了一次誘雕了，再做十次也是這樣，再做一百次也是這樣。就像下了一次水，濕了衣裳，再下十次水，也同樣是濕衣裳。何必想那麼多，爲難自己，作踐自己呢。」

是的，現在要改邪歸正，恐怕已經來不及了。牠已經被馬拐子用計謀拉下水了。牠的靈魂已經沾染上了污點，後悔也不會讓靈魂漂白的。牠想。

對人類而言，一旦跨上賊船，要下也難，對金雕而言，一旦下水做了誘雕，要改也難。

牠又一連誘捕了好幾隻金雕，有雄的也有雌的。開始，每當這些毫無戒備的同類被尼龍網罩住時，牠心裏還會因內疚而痛苦。特別是當第一隻雌金雕在牠充滿雄性魅力的嘯叫聲中，帶著芬芳的愛，帶著溫馨的情，帶著兩性之間的自然吸力，帶著繁殖後代的原始衝動，帶著玫瑰色的夢幻和對未來的美好憧憬朝牠飛來，結果卻被無情的尼龍網罩住時，牠覺得自己簡直是世界上最下流的東西，牠爲自己利用雌雕熾熱的情愛把其送進網羅而感到羞愧，難過得整整一天沒咽進水和肉食。

但隨著一隻又一隻金雕落網遭難，牠的內疚和痛苦越來越淡薄。牠的靈魂因震顫的次數太多而變得不那麼容易震顫了。牠麻木地用叫聲勾引牠們來鑽牠和馬拐子共同設置的圈套，牠又麻木地望著牠們在尼龍網織成的樊籠裏掙扎哀叫。

人會變的，雕也會變的。兩個月後，牠完全變了。牠不再需要馬拐子誘捕前在牠耳畔喋喋不休地做宣傳鼓動工作，也不再需要他用饑渴來脅迫牠。牠已由被迫轉化為機械地服從。當牠被綁上那塊赤褐色的半風化的岩石時，不用馬拐子催促和懇求，牠就會自動仰天鳴叫，將帶著雄性威嚴的穿透力極強的雕嘯播向廣袤的天空，刺激和引誘那些在天際遨遊和覓食的同類。

即使落網的是雌雕，也不再引起牠憐憫。在牠眼裏，不管是雌雕還是雄雕，都是牠誘捕的對象，都是牠理想的獵物，都是牠換飯吃的商品。再後來，牠甚至為自己有能耐有魅力勾引牠們上當受騙而感到得意。

牠的靈魂被扭曲了。牠已被異化成半雕半妖的東西了。

七　愛侶白唇雕

牠一早醒來就覺得心情格外煩躁，有一種被困在沙漠裏找不到水源的乾渴感。牠一口氣喝了一竹筒清泉水，那種火燒火燎般的乾渴感非但沒有消失，反而更加劇了。牠曉得這是精神上的一種乾渴，即便喝下整條白龍泉也無濟於事的。

同往常一樣，馬拐子用一種男人生硬的動作把牠鎖到岩石上；突然間，牠早已痲木的心靈顫動起來，莫名其妙地覺得自己被灌進了石磨，轉動的石磨把牠碾成了粉末。牠想把心情沮喪的原因怪咎到天氣上去，天氣惡劣，情緒也會變得惡劣。但天空碧藍如洗，紅豔豔的太陽從紫黛色的山峰背後冉冉上升，太陽四周籠罩著一層輕薄的雲霓，就像一位豆蔻年華的少女穿著一件薄如蟬翼的紗衣，美極了。暖融融的陽光灑滿山谷、河流、草原和雪山，大地金碧輝煌，顯得生機盎然。

天氣好得無可挑剔。牠不明白自己今天是中了邪還是著了魔。無端的恐懼使牠變得極其敏感，緊張地注視著天空。

白唇雕來了。望著白唇雕嬌美的倩影，牠突然明白了自己今天早晨的心情爲何會突然變壞。牠似乎同人類一樣，也有一種神秘的心靈感應。

當白唇雕在對面山峰沿著彎彎曲曲的雪線飛翔時，牠就認出來了。其實白唇雕離牠還相當遙遠，看上去就像一隻蝴蝶般大小，又因爲是逆光，只看得見一個模模糊糊的黑色的剪影。但牠還是一眼就認準是白唇雕。牠太熟悉白唇雕了，毫不誇張地說，即使牠瞎了眼，也能憑感覺認出白唇雕來。

白唇雕是牠的驕傲，是牠的寶貝，是牠的又一個天空——專供牠雄性的靈魂自由翱翔的天空。牠永遠也不會忘記牠們第一次邂逅相遇時的情景。

那是三個月前一個陽光明媚的下午，主人達魯魯和女主人莫娜都到蕎麥地裏去鋤草了，牠閒得無聊，就順著古戛納河谷強勁的氣流飄出日曲卡雪山北麓，一直飛到神女峰。牠在高空逍遙地平展翅膀，盡情地享受著陽光的溫暖和春風的甜美。

突然，神女峰背後傳來兩聲尖厲的雕嘯，牠繞飛過去一看，一隻白唇雕正和一條銀環蛇在空中鏖戰。

看得出來，這是一隻初出茅廬缺乏捕獵經驗的金雕，雖然雕爪攫抓住了蛇，卻沒能攫住蛇的要害部位。老練的金雕擒蛇，要麼抓住蛇的七寸，使蛇腦袋無法轉動噬咬，要麼抓住蛇的尾尖，飛到空中立刻搖擺抖動，把蛇骨抖散。抓蛇最忌諱抓中段，看上去抓了個正著，卻無法置蛇於死地，反而給蛇造成許多反撲的機會。此刻，這隻白唇雕正錯誤地抓住蛇的中腹部。

一般來說，金雕是蛇的剋星。但世界上任何事情都不是絕對的，都有例外。假如一隻年輕、擒蛇技藝生疏的金雕碰到一條足智多謀的老蛇，結局就往往會出現可怕的逆轉。金雕體內沒有抗蛇毒的免疫力，只要不小心被蛇咬一口，照樣要中毒身亡，變成蛇的一頓美餐。

牠一眼就看清，被攫在空中的是一條脫過七層蛇皮的老蛇，有半丈來長，比酒盅還粗，黑色的軀幹上有幾十道銀白色的節環，三角型的腦袋上，兩隻蛇眼賊亮賊亮，顯得異常老練，一尺多長的尾部繞了兩個圈，緊緊纏在白唇雕的右腿上，這樣白唇雕就無法鬆開雕爪，把其從空中摔下來。蛇頭倒豎著，火紅的蛇信子一吞一吐，舔著白唇雕的左腿，劇毒的蛇牙差一點就要噬咬到雕腿的肌肉了。

顯然，白唇雕和這條銀環蛇已在空中糾纏很久。白唇雕翅膀滯重，顯得有點氣力不支，煩躁地嘯叫著，一會兒用嘴殼朝蛇頭亂啄亂咬，一會兒上下頡頏大幅度地旋轉翻飛。銀環蛇敏捷地躲避著啄咬，用蛇尾做力點，頑強蠕動著，一毫米一毫米地將身體從雕爪下掙脫出來。突然，蛇脖子朝上一弓一挺，在白唇雕左腿上咬下一片金色的羽毛，銜在蛇嘴裏，高擎在空中，像舉著一面勝利的旗幟。

情形十分危急，再這樣僵持一會兒，這條該死的老蛇肯定會在雕爪下掙脫出足夠長的脖頸，咬中雕腿。白唇雕就會在十秒鐘之內慘叫一聲，從高空墜落地面。

牠迅疾地撲飛過去。現在，要把白唇雕從險境中解救出來，是非常困難的，老蛇差不多有一尺長的脖頸可以自由扭動伸縮，只要稍有疏忽，不但救不了白唇雕，反而會把自己的命也搭上的。但牠不能眼睜睜看著自己的同類慘遭蛇的殺害而無動於衷。牠飛到白唇雕的下面，儘量貼近老蛇。牠前後撲扇翅膀，朝蛇頭扇去一團團讓對方心驚膽顫的雄風，牠亮出雕喉，拋出一聲聲令爬行動物喪魂落魄的尖嘯。牠要製造出一種恐怖，摧毀銀環蛇頑抗的意志，使銀環蛇由沉著變得驚慌，由驚慌變得絕望。

生命之間的搏殺實際上是意志的較量。

老蛇的眼裏流露出恐懼，虛張聲勢地朝牠矯健的身影猛咬了幾口。蛇牙只咬到空氣，空氣是不會中毒的。

白唇雕見牠前來相救，精神大振，均勻地扇動翅膀，平穩地朝前緩飛。牠小心翼翼地朝白唇雕的爪子靠近，再靠近。牠用嘴殼朝蛇信子試探性地啄了一下，老蛇用一種同歸於盡的

神態惡狠狠弓挺脖子朝牠咬來。又咬了個空。

就在蛇脖後縮的一瞬間，牠閃電般伸出嘴殼、咬住了蛇的下巴頦。白唇雕鬆開雕爪，牠用力往後一拽，整條蛇都被牠叼在嘴上了。老蛇還想垂死掙扎，捲起一米多長的軀幹，朝牠翅膀纏繞過來，牠一鬆嘴殼，把老蛇從高空摔了下去。

白唇雕「嘎——嘎——嘎——」發出勝利的歡叫，一斂翅膀從雲端扎下地去，啄食那條已被牠摔得奄奄一息的銀環蛇。

這時牠才看清，牠解救的是一隻年輕的雌金雕。白唇雕身材頎長，脖頸嬌細，全身金色的羽毛細密光滑，散發著雌性特有的芬芳氣味；嘴殼與眾不同，白得透明，像是用冰雪塑造成的。好一隻美麗的雌雕！

白唇雕已從地上叼起死蛇飛回空中，飛到牠身邊，將半條蛇吞進肚去，然後朝牠使勁搖晃著露在白嘴殼外的下半截蛇。白唇雕的意思很明白，就是邀請牠來同享這美味佳餚。

牠有權分享這條蛇的，因爲是牠幫白唇雕擒獲了這條蛇。牠的肚子也確實有點餓了。可牠猶猶豫豫不敢將嘴殼伸過去。一雌一雄兩隻金雕互相幫襯，共同狩獵，又一起進食，這似乎已經超越了同類之間純粹的合作關係，變成了玫瑰色的友誼。牠還是情場新手，有點膽怯。

白唇雕仍固執地貼著牠身邊飛行，一個勁搖晃銜在嘴殼裏的半截蛇。牠不好意思再客氣了，一面繼續飛翔，一面扭過頭去，張嘴啄住了吊在空中的半截蛇。牠的嘴殼無意間和白唇雕的嘴殼碰撞了一下，一股溫柔而又強烈的電流把牠那顆雕心燒得滾燙。多麼美妙的身體接觸！

牠想將蛇攔腰扯斷，但蛇的皮肉和脊骨都有一定的韌性，得雙方向相反的方向同時用力才能扯得斷。可白唇雕卻在牠拼命扯撕時，順著牠的力將身體傾斜過來，使牠花了很多時間很多力氣都未能把蛇扯斷。

牠和白唇雕比翼飛到一塊盛開著五彩繽紛野花的草坪上空，白唇雕大概是累了，收斂翅膀降落下去。牠只有跟著停棲下來。這樣也好，牠想，在地面上就更有力量把這條銀環蛇扯斷了。牠不再需要朝相反方向用力，只要站立在原地，用雕爪攫住草根和泥土，咬緊嘴殼用力朝後一蹬，立刻可以分解了這條死蛇。

可是，白唇雕卻仍然像在空中那樣，牠只要一用力就似乎站不穩似地朝牠傾斜過來。牠不大相信白唇雕連站穩的力氣也沒有了。瞧白唇雕神態，朝牠調皮地眨巴著眼睛，金褐色的瞳仁含情脈脈。這裏頭有鬼，牠想，當然是牠渴望而又喜歡的鬼把戲。

牠又將死蛇扯拉了好幾次，牠的嘴殼和白唇雕的嘴殼一次又一次叩碰撞擊，牠的翅膀

也和白唇雕的翅膀一次又一次磨擦纏綿。好極了，牠希望這是一條永遠也扯不斷的蛇。牠希望這條蛇變成一根永遠也扯不斷的紅絲線，紅絲線的一頭拴著牠的心，另一頭拴著白唇雕的心。

啪——蛇皮、蛇肉和蛇骨終於經不起長時間的擰、拉、絞、扭，在牠最不願扯斷的時候攔腰斷成了兩截。一截在牠的嘴裏，一截在白唇雕的嘴裏。身體之間美妙的碰撞和接觸被迫中止了。

牠怔怔地望著白唇雕，白唇雕也怔怔地望著牠，彼此都覺得有點尷尬。牠很快就將半條蛇吞進肚去，白唇雕也蠕動著喉管，把半條蛇咽進去了。

老蛇已經扯斷，食物已經分享，牠似乎已沒有理由再逗留在白唇雕身旁了。牠極不情願地拍拍翅膀，飛上天空，準備離去。就在這時，牠聽見白唇雕朝牠發出一聲長嘯。這嘯叫聲非常特別，音調委婉綿長，似有一絲哀怨，又有幾分依戀；好像是在呼喚和挽留，又好像是在坦露熾熱的情懷。

牠滿懷信心地重新降落到草坪上。白唇雕臉上帶著雌雕特有的羞赧，朝牠迎來……

哦，陽光是那麼溫暖，草坪上姹紫嫣紅的野花開得那麼鮮豔，好一個理想的婚床。從此，牠在生活中扮演了兩種角色。牠既是主人達魯魯忠實的獵雕，又是白唇雕多情的丈夫。

牠並沒有因爲對白唇雕的愛而影響爲主人擒捉獵物，但只要一有空閒，牠就飛到神女峰去，享受家庭的溫馨。

白唇雕活潑淘氣，一會兒要同牠比賽，在寬廣無垠的草原上誰先能擒到奔突逃竄的黃鼬，一會兒貼在牠的身旁，讓牠一遍又一遍或用清涼的雪水或用晶瑩的晨露幫自己梳理羽毛，一會兒要與牠一起飛到風雪瀰漫的雪山椏口去探險，一會兒又要與牠一起在漆黑的夜晚登上山峰，觀看瑰麗的日出景象……夫唱婦隨，琴瑟和諧，生活變得豐富多采，充滿了令牠醉迷的情趣。

可惜，好景不長，蜜月還沒過完，牠就被主人鎖進雕巢賣給了馬拐子。牠失去了行動自由，無法再到神女峰和白唇雕相會了。

現在，白唇雕正沿著山峰彎曲的雪線朝牠飛來。

牠撐開翅膀趴在岩石上一動也不敢動。牠閉起雕眼把腦袋埋在翅膀底下。牠唯一的辦法只能是裝死。牠希望白唇雕別看見牠，即使看見了也別認出牠來。自從牠被賣給馬拐子做了誘雕後，日夜想念白唇雕，想得苦極了，但牠不願和白唇雕在這種場合團聚。這兒有羅網、有陰謀、有生命危險。牠更不願意讓白唇雕看見牠正在扮演可恥的誘雕角色。

牠聽見翅膀扇動的聲音越來越響，「嘎啞——啞；嘎啞——啞」，山野響起一串牠十

分熟悉的嘯叫聲，如悲似泣，像在叫魂。牠不知道，自從那個漆黑的夜晚牠被達魯魯鎖進雕巢，兩個多月來，白唇雕飛遍了整個日曲卡雪山和尕瑪爾草原，到處尋找牠的蹤影。白唇雕的翅膀飛累了，嗓子叫啞了，豐滿的身材也愁得消瘦了一圈。

牠多麼想睜開眼來看看白唇雕，多麼想發生奇蹟，讓牠從鎖鏈下掙脫出來飛到白唇雕身邊去，和白唇雕一起回到野花盛開的神女峰，和白唇雕形影相隨，永相廝守，迎著朝霞同白唇雕一起外出覓食，披著夕陽同白唇雕一起歸巢，過自由自在的野雕生活。但牠知道，這幻想是不可能實現的。

牠不敢睜眼，也不敢喘息。牠知道，只要牠稍一動彈，白唇雕銳利的雕眼就會發現牠，就會興奮地朝牠歡叫，就會隨著山風的節奏翩然舞蹈，就會帶著生離死別的思念，不顧一切地飛到牠身旁，用情意繾綣的眼光凝望著牠，用雌性溫熱的翅膀摩挲牠的脖頸。但只要一飛到牠的身邊，白唇雕就會成爲馬拐子網中的獵物。

白唇雕，千萬別過來，千萬別看見我，你就當我已葬身狼腹或遭雷擊死亡，把我忘掉，重新再找一隻雄雕作伴吧。牠在心裏暗暗祈禱。牠此刻唯一的願望就是真的死去，讓白唇雕斷絕找牠的念頭。遺憾的是，牠求死不能。

怪這可惡的天氣太晴朗了，怪山野沒有污染的空氣透明度太高了，白唇雕到底還是發現了牠，「嘎嘎」厲聲嘯叫起來。牠聽到頭頂上空傳來振翅飛翔的聲音。牠杌隉不安，等待著命運的判決。現在，唯一的希望，就是白唇雕因爲牠腦袋縮在脖子底下而認不出牠來，把牠誤看成是一隻陌生的死雕。從白唇雕剛才的嘯叫聲來判斷，尖厲而不淒慘，驚訝而不哀戚，也就是說，白唇雕現在還沒有認準牠就是巴薩查。

牠知道，一旦白唇雕認出牠巴薩查來，即使牠真的已經死去了，白唇雕也不會扭頭就飛走的，白唇雕是一隻重感情的雌雕，會撲飛到牠身上，用嘴喙輕輕梳理牠身上凌亂的羽毛，用淒厲的哀鳴替牠弔喪，然後用雕爪攫住牠的翅膀，把牠送到連雪豹都無法攀越的雪山頂上，不讓貪婪的豺狗和兇惡的禿鷲啃食牠的屍體。

「嘎、嘎、嘎、嘎——」突然，白唇雕的嘯叫聲變得短促尖銳，像是悲切，像是號啕。糟糕，白唇雕認出牠來了。雖然牠把腦袋埋在翅膀底下，但牠身上特有的氣味和羽毛特有的光澤還是被白唇雕認出來了。牠們是一對伉儷，白唇雕太熟悉牠的氣味和牠羽毛間的特徵了。

「嘎、嘎、嘎、嘎——」白唇雕真以爲牠已命歸黃泉，哀叫著朝牠僵臥的岩石撲飛下來。

牠知道，只要白唇雕的爪子一落到岩石上，尼龍大網就會無情地將其罩住。牠不能讓愛妻成爲犧牲品，牠必須及時制止白唇雕的衝動！牠不能再繼續裝死了。牠猛地將腦袋從翅膀底下鑽出來，伸長脖子，來了個起死回生，「嘎嘎——呀！嘎嘎——呀！」朝離牠頭頂僅幾米遠的白唇雕發出了報警的叫聲。

白唇雕被牠的突然甦醒嚇了一大跳，偏仄翅膀，一個急拐飛離了絕壁。牠鬆了口氣。

但白唇雕飛出沒多遠，便又掉頭飛回來，悲泣變成了歡呼，爲牠還活著而欣喜萬分。

此時此刻，牠是多麼希望能讓白唇雕雌性的翅膀撫慰自己受傷的心靈，多麼希望能將自己沉重的頭顱靠在白唇雕柔軟的頸窩間，用金雕特有的語言訴說牠這段時間所遭受的委屈和苦難。但牠怎麼能爲了自己的精神需要而把愛妻送進火坑呢。牠必須趕走白唇雕。

牠一面繼續發出尖銳的嘯叫以示警告，一面拼命掙動身體，把身上的鐵鏈子抖得嘩啦啦響。這動作是對牠目前處境的最好說明。

果然，白唇雕的視線落到拴住牠雕腿的那根鐵鏈子，雕眼裏久別重逢的喜悅消失了，恐慌地嘯叫著，在離牠幾十公尺高的天空盤旋轉圈，既不離去，也不降落。

「啞啞嘎——啞啞嘎——」牠兇狠地催促白唇雕趕快離開。白唇雕在牠的頭頂盤旋了一陣，突然，猛地收斂翅膀，像箭一樣筆直降落到牠身旁，兩隻雕爪攫住綁在牠身上的鐵鏈子，拼命撕扯，嘴殼啄住鐵鏈子，又咬又啃，活像在對付一條兇惡的毒蛇。遺憾的是，這是一條用鐵製作的毒蛇，十隻金雕也無法弄斷。

白唇雕的嘴殼被鐵鏈磨得裂開了，流出乳白色的體液；雕爪尖利的指甲被摳斷了兩顆，滲出殷紅的血，但仍然發瘋般地攫住鐵鏈又撕又咬。白唇雕想把牠從鐵鏈下拯救出來。

「哐啷！」牠聽到背後傳來一聲金屬的叩擊聲。牠太熟悉這可怕的聲響了，這是馬拐子躲在暗處拉動繩扣後，尼龍絲網即將籠罩下來的聲響。牠來不及細想，急忙用腦袋頂著白唇雕的尾部，用力把牠彈撞出去。白唇雕驚叫一聲，拍扇翅膀飛上天空。

嘩啦，巨大的尼龍絲網在鉛墜子的拉牽下，將牠躺臥的那塊岩石罩了個嚴嚴實實。好險哪，網的邊緣扣在了白唇雕的尾羽上，又滑空下來。假如再慢半秒鐘，牠心愛的白唇雕就成了牠的又一隻犧牲品。

白唇雕被嚇壞了，飛出很遠才掉過頭來。

這時，馬拐子從隱蔽的斑茅草叢裏走出來，一路嘆息，「可惜了，多好的一隻雌雕，準賣大價錢。唉，我老嘍，動作慢了點，讓牠給跑囉！」他懊惱地自責著，從岩石上收起尼龍網，重新掛在絕壁上，佈置好機關。

這一切，盤旋在空中的白唇雕都看得一清二楚。巴薩查心裏放寬了許多。白唇雕已經知道這裏有羅網有陰謀，還有暗藏的捕雕人，已經知道牠現在的身分是誘雕，是不可能再重蹈

覆轍了，牠想。沒有哪個傻瓜會在同一個地方摔第二跤的。

果然，牠看見白唇雕悲鳴著在牠頭頂繞了三圈，就振翅朝山谷外飛去。去吧，牠想，飛得越遠越好，不要回頭。

白唇雕果真沒有再回頭，一直朝山外的尕瑪爾草原飛去。白唇雕的身影在藍天白雲間越變越小，像片金色的葉子，最後消失在一片輝煌的日光裏。牠很高興白唇雕能這樣做，可牠心裏又油然升起一種失落感。牠覺得喉嚨裏堵著一團苦澀，牠仰天長嘯三聲，也未能把苦澀吐盡。

絕壁恢復了寂靜。這也許是牠和白唇雕今生今世最後一次見面了，牠想。但願白唇雕不要因爲牠被迫當了誘雕，又差點使自己誤中捕雕人馬拐子的圈套而記恨牠一輩子。

在馬拐子的催促下，牠又懶洋洋地開始工作。今天運氣不太好，牠叫了兩三個時辰，仍然不見同類的影子。

太陽開始西沉了。馬拐子一臉晦氣從斑茅草叢裏鑽出來，用葫蘆給牠餵了幾口水，還餵了牠半隻竹鼠，神色陰鬱地對牠說：「巴薩查，我們已經三天沒收穫了，今天要是再落空，唉，家裏就要窮得揭不開鍋了。」

牠對馬拐子的窮困潦倒沒有興趣，但牠也不願被他看成是無能之輩，既然已下海做了誘雕，就不能白吃捕雕人的食。牠吃了竹鼠和水，不再磨洋工，開始朝天空和雪山深處發出極具誘惑性的鳴叫。

「嘎——呀——咕，嘎——呀——咕……」對同性是挑戰、對異性是挑逗的叫聲連續不斷地在山谷間飄蕩迴響。

牠的辛勞沒有白費，瞧，在山谷的盡頭，沿著蜿蜒的山脊線，有一個金色的小圓點，頂著強勁的山風，朝這兒疾飛。穿過一團柳絮似的白雲，掠過一片燦爛的陽光，金色的小圓點逐漸放大。從來者的飛行高度、速度和姿勢看，牠立刻斷定是牠的同類。

不錯，牠想，果然有笨蛋會來上勾的。牠愈發叫得起勁。

來者和夕陽形成一條水平線，在較遠的距離外，牠只看得見對方金色的輪廓。金色的輪廓穿過炫目的陽光，飛進一片山峰的陰影裏，突然間，巴薩查的聲帶僵住了，再也發不出半點聲音來。當來者身上那圈刺眼的光暈消失後，牠看清了牠的容貌，竟然是白唇雕！

這不可能，巴薩查想，這一定是幻覺。是因爲牠對白唇雕刻骨銘心的思念，是因爲牠疲勞傷神，頭暈眼花，所以才會將另一隻陌生的雌雕錯看成白唇雕的。牠眨巴著雕眼，再仔細看去，一點沒錯，細脖兒紅爪子還有那隻罕見的白嘴殼，確確實實是牠心愛的白唇雕！

牠驚得目瞪口呆。

白唇雕怎麼可能再飛轉來呢？白唇雕已經曉得這裏有羅網有陰謀有捕雕人，爲什麼還要來自投羅網呢？

牠不知道，對一隻癡情的雌雕來說，愛侶比自己的生命更重要。

牠不知道，對白唇雕來說，看著牠被綁在岩石上做誘雕，比死更難受。

牠不知道，只要還有半絲希望，白唇雕絕不會放棄把牠從鎖鏈下拯救出去的努力。

牠不知道，剛才白唇雕飛離山谷，是去尋找食物，塡飽肚皮後，好來對付這條比毒蛇還可惡的鐵鏈子。

白唇雕飛到牠頭頂，長嘯一聲，落到牠身旁，用尖利的嘴殼和雕爪撕咬拴住牠身體的那根鐵鏈子。白唇雕顯得十分從容鎭定，沒有慌亂，也沒有恐懼，彷彿已把剛才險遭不測的事給忘得一乾二淨了。白唇雕也太健忘了。

牠急得用嘴殼朝白唇雕身上猛啄，用腦袋使勁頂白唇雕的背部，想把白唇雕從岩石上攆走。牠厲聲嘯叫著，提醒白唇雕這兒是名副其實的死亡之地。但牠的努力是徒勞的。白唇雕忍受著牠的啄咬，仍然專心致志地對付那條無法對付的鐵鏈子。

終於，那預示著尼龍網即將下落的鐵器撞擊聲響起來了。巴薩查已望見頭頂一張透明的大網正迅速籠罩下來。牠將腦袋頂在白唇雕胸口，使出全部力氣，猛一用力，白唇雕被牠從岩石上撞彈開去。白唇雕完全可以借此機會振翅高飛的，這是白唇雕逃命的最後一絲希望了。可是，白唇雕卻發瘋般地撲向尼龍網，用嘴用爪用整個生命同這透明的怪物進行殊死的搏殺。

完了，一切都完了，尼龍網無情地罩落下來。馬拐子得意地笑著從斑茅草叢中鑽出來，不費多大力氣就把白唇雕捉進竹籠子裏。

巴薩查掙扎、嘯叫、抗議、詛咒，把鐵鏈子搖得哐啷哐啷響，但一切都無濟於事。

牠知道，明天一早，馬拐子就會把白唇雕送到鎮上的交易市場去。白唇雕不是成為人類餐桌上的名貴佳餚，就是變成實驗室的標本，或者成為高級賓館的華麗裝飾，或者成為城裡動物園的展示品。厄運是免不了的。

是牠誘惑了白唇雕，是牠害了白唇雕，是牠把白唇雕引入羅網的！牠的心像被扔到油鍋裏煎，比死難受一百倍。想到白唇雕明明知道這裏有天羅地網，明明知道這裏暗藏著殺身之禍卻仍奮不顧身前來救牠，相比之下，牠更覺得自己為了苟活甘當誘雕是何等卑鄙渺小。

牠決心用死來贖罪，來洗刷自己的恥辱。牠又一次拒絕進食進水，牠又一次躺在岩石上不叫也不動。

「唉，老毛病又犯啦。」馬拐子說。他大概很迷信上次成功的經驗，又故伎重演，把牠

綁在絕壁下的岩石上，讓太陽曝曬，等牠渴得嗓子冒煙時，用葫蘆在離牠嘴殼一寸遠的地方倒出一粒粒清泉水，讓牠嗅水的清香，聽水粒砸地的脆響。

假如沒有白唇雕，牠也許又會經不起這種折磨而屈服了。但當牠意志剛開始動搖，眼前就浮現出白唇雕的倩影，於是，牠心田裏流淌出一股甘甜清亮的小溪，乾渴消失了。牠坦然地望著馬拐子手中的葫蘆。

「見鬼，你怎麼變得不怕渴了？」馬拐子用陰鷙的眼光望著牠，「好哇，看究竟誰拗得過誰。」

馬拐子又將一隻肥碩的牛蛙用線拴住，吊在牠面前。牠早已餓得心虛眼花，牠恨不得將牛蛙一口吞進肚去。尤其是當牛蛙在牠面前驚慌地掙動四肢，牠除了難以遏制的食欲外，還平添了一種獵食的本能衝動。但牠一想到牠將爲貪吃這隻牛蛙再次出賣雄雕的靈魂，饑餓感便神秘地消失了。

「怎麼，你真想餓死？」馬拐子惡狠狠地嚷道，「好吧，我成全你。」

牠被綁在岩石上整整三天三夜，牠無數次挫敗了馬拐子用葫蘆滴水和線拴牛蛙的誘惑。牠已餓得快虛脫了，睜開眼來，樹變成了紅色，太陽變成了藍色，連視覺都模糊變形了。牠知道自己快因衰竭而死亡，牠沒有什麼遺憾，也沒有多少痛苦。牠平靜地等待著死神將牠收容去。

牠又想錯了。

第四天早晨，馬拐子無可奈何地長嘆一聲，把牠從岩石上鬆解下來，關進竹籠，馱在騾子上，來到離雪山鎮不遠的一個小山坳裏，以可觀的價錢轉手賣給了一位姓程的女人。馬拐子稱這位三十來歲的女人叫程老闆，街坊鄰居稱她爲程姐。

馬拐子並不是對牠動了惻隱之心才不把牠餓死的，他是捨不得白丟一筆錢。

程姐是雪山鎮一帶有名的養雕專業戶。牠是被作爲種雕買來的。

巴薩查開始了一種新的生涯。

八　另一種生涯

和牠誘雕的生活比較起來，種雕生活是舒適而又快樂的。誘雕生活就像在地獄，種雕生活就像在天堂。

那根沉重的拴得牠無法動彈的鐵鏈子永遠從牠身上卸掉了。雖然牠還是被關在鐵籠子裏，但相對來說，牠獲得了比當誘雕時大得多的自由。鐵籠子足有四、五間木屋這麼大，裏面有假山假湖假樹，還有供夜裏睡覺的草窠，雖說規模都小得可憐，但至少可以使牠產生一種生活在大自然裏的感覺。

這種感覺對身心備受摧殘的牠來說，是特別珍貴的。牠可以振翅飛翔，當然是在有限的空間裏，但總比翅膀被鐵鏈拴住要舒服得多。鐵籠子是用細鐵絲編織成的，網眼碩大，望得見蔚藍的天空和飄浮的白雲，割不斷徐徐春風，擋不住熠熠陽光。牠甚至可以隔著鐵籠子欣賞院子裏的鳥語花香，眺望遠處的山巒疊翠和遼闊的草原。最關鍵的變化是，牠再也不用味著良心去幹引誘同類上當受騙、誤入陷阱自投羅網這樣的罪惡勾當了。

程姐待牠的態度和馬拐子待牠的態度也有天壤之別。馬拐子爲了賺錢，罵牠揍牠、餓牠渴牠、想盡法子逼迫牠，把牠當作奴隸。馬拐子身上集中著男人的粗暴和山民的野蠻，脾氣乖張，性格暴烈，有一種恨不得把牠的骨髓都榨出來去換錢的貪婪和自私。程姐的態度卻剛好相反。牠被馬拐子送到程姐手裏時，已虛弱得連叫都叫不出聲來了。牠不相信馬拐子會把牠送到天堂來享福，牠以爲牠是被從一個地獄轉押到另一個地獄。

牠對突然出現在牠面前的新主人抱著一種天生的敵意。牠用冰涼的眼光瞅了她一眼，就又闔起眼皮。牠不耐煩去看她。牠也差不多沒有力氣去看她了。竹門被打開了，一雙手把牠從竹籠裏抱了出來。牠仍然閉著雕眼，卻產生了一種異樣的感覺，抱牠的這雙手和馬拐子的手截然不同。馬拐子的手粗糙，這雙手細膩。馬拐子抱牠時，手指只有力量而沒有情感，毫不理會是否會捏痛牠的翅膀，是否會戳疼牠的骨頭，怎麼方便怎麼抓，常常把牠本來挺順的羽毛抱得凌亂不堪，常常把牠抱得翅膀腋窩下軋出淤血。馬拐子抱牠就像抱一塊石頭那樣隨便。但這雙手卻不同，十根手指輕輕伸到牠的翅膀下托住牠的腋窩和胸部，用力均勻，小心翼翼的，就像在抱一件珍貴易碎的玻璃器皿。

這是牠最愜意最舒服的被抱部位，沒有一點疼痛，翅膀還能自如地擺動。牠過去的主人達魯魯和女主人莫娜就是這樣抱牠的。牠已好久沒享受到如此溫馨可親的摟抱了。突然間，牠沙漠一樣乾涸的心田裏像被注入了一泓溫泉。

牠躺臥在新主人右臂彎裏，緊緊貼在她溫暖的心窩上。她的左手從牠腋窩下抽了出去，隨即又輕輕落到牠的頭頂，順著脖頸滑向脊背，滑向雙翅，滑向尾羽；五根纖細的手指就像一把精緻並富有彈性的梳子，輕輕地細心地梳理牠凌亂的羽毛；那五指輕重緩急，錯落有致，極有靈性，傳遞著一種真摯的情感。

突然，牠聽到一串銀鈴般的聲音：「這該死的馬拐子，那麼狠心，把你折磨成這個樣子。唉——」接著，牠又聽到輕微的唏噓聲，一粒又一粒沉重的水珠滴落在牠的頂羽。

牠以爲是老天下雨了，但水珠微燙，老天爺不可能下熱雨呀！牠好奇地睜開雕眼，原來是程姐在哭泣。牠曉得，對人類而言，眼淚是感情的結晶，無論是悲是喜，是愛是恨，都要漲至高潮引向極限才會化成淚珠溢流出來的。

看來，程姐確實是在爲牠的不幸遭遇而傷心。牠被感動了。牠的眼眶裏也漲出了滾燙的淚。牠覺得再也沒有必要去絕食尋死了。爲愛牠的人活著，生命是有意義的。

牠被關在鐵籠子裏。不，不能說是關，應當說是養在巨大的鐵籠子裏。牠享受到貴賓的禮遇，偌大的鐵籠供牠獨居靜養，安逸舒適。一日三餐都由程姐親自奉送，活兔、活鼠、鮮魚、羊肉，花樣翻新，香甜可口。牠每天養尊處優，什麼都不用幹，吃飽了就在假山假湖邊散步，或者蹲在鐵籠中央的蟒蛇形枝杈上曬太陽。程姐一有空閒就鑽進鐵籠來陪牠，她總是用一種母猴摟抱幼猴的姿勢把牠抱將起來，用手掌在牠的脊背上撫摸，連同愛和祝福，一起融進牠的心懷。

在程姐的悉心照料和愛撫下，牠被誘雕生涯折磨得已經異化的心靈逐漸恢復了正常，虛弱的身體也很快恢復了強壯。牠灰暗的羽毛重新變得閃閃發亮，憂鬱的雕眼重新閃爍起青春的活力，暗啞的嗓子也重新恢復了雄性的高亢和嘹亮。

「巴薩查，你太漂亮了。」兩個月後的一天早晨，程姐一面給牠餵食一面誇獎道：「瞧你的眼睛，藍得像一潭湖水；瞧你那身羽毛比太陽還要鮮亮；瞧你翅膀上那兩道白羽，白得就像日曲卡雪山上的積雪。我敢說，你是世界上最漂亮的雄金雕！」

牠矜持地搖晃著尾羽，接受程姐的誇獎。牠早就知道自己形象俊美，牠過去的主人達魯魯就常這樣讚賞牠的。牠體格魁偉，羽毛緊湊，長著一雙與眾不同的深藍色的眼珠子，飛翼外基部有兩排十分對稱的雪白的硬羽。牠雙翅撐開時，線條粗獷有力，雙翅合攏時，又透出瀟灑風度。金褐色高聳的頂羽呈波浪狀，像戴著一頂皇冠。牠爲自己的樣貌感到驕傲。

「巴薩查，你的後代也一定會像你那樣長得英俊漂亮。」程姐笑吟吟地說道，「我曉得，你獨自待在鐵籠子裏，一定很寂寞的，是嗎？我給你找個伴，好嗎？」

牠的種雕生涯，終於開始了。

在從事誘雕生涯時，牠感覺到一種強烈的屈辱感，牠覺得自己卑鄙渺小，是雄性的墮落，是猛禽的叛逆。牠是昧著良心爲了苟活而去誘惑同類的。但當牠開始從事種雕生涯後，沒有絲毫的屈辱感，恰恰相反，產生了一種虛榮心得到極大滿足後的飄飄然。

假如種雕是一種職業的話，那麼，這是一種享受型的工作，每天都充滿了藝術化的生活情趣。一隻又一隻雌金雕被送進牠的鐵籠子裏，愛情不斷更新。新郎是做不厭的。牠的工作就是用情和愛去開啓這些雌金雕的心扉，讓牠們芳心搖曳，春情動盪，讓牠們接受牠熾熱的情愛，讓牠們受孕，讓牠們生下牠遺傳的後代。牠是種雕，顧名思義，就是傳種接代，就是盡最大的努力繁衍子孫。

牠經過了惡夢般的誘雕生活，突然搖身一變成了種雕，就像童話世界裏一位貧困的牧羊少年被魔杖點化變成了王子一樣。牠覺得自己很幸運，工作也就相當熱情主動。牠很快就進入了種雕角色，並演得得心應手。

牠沒有辜負程姐的厚愛和期望，凡被送進牠的鐵籠子來的雌雕，沒有哪隻能抗拒牠年輕英俊的相貌和富有雄性魅力的體魄，牠們都甘心情願地做了牠愛情的俘虜。牠們無一例外地產下雛蛋，又將雛蛋孵化成雛雕。程姐興奮得幾乎發狂。

「成功了，哈呀，我的養雕場終於辦成功了！」她把牠抱進懷裏親了又親，就像母親在親一個功成名就的兒子一樣。

後來牠才曉得，程姐如此興奮是有原因的。原來，在牠巴薩查到來之前，程姐也曾用重金買了好幾隻雄金雕來做種雕，但第一隻買回來的名叫黑爪的雄雕性子太烈，一連幾天都撲飛到鐵絲網眼上，用爪子撕，用嘴喙咬，自己把自己折騰死了。第二隻買回來的名叫阿甲的雄雕脾氣倒挺溫順，但年老體衰，無法討得雌雕們的歡心。第三隻買回來的名叫蠻子的雄雕，性格孤僻，很不合群。第四隻買回來的名叫山滿子的雄雕，歪嘴吊睛像個醜八怪，孵出來的雛雕賣不出價……對一個養雕場的老闆來說，沒有一隻理想的種雕就像蓋房子沒有大梁一樣。程姐為尋覓優秀的種雕四處奔波，絞盡腦汁，還花了不少錢。所以，當牠出色地扮演了種雕角色後，程姐真有點欣喜若狂了。

光蔭荏苒，牠的第一批後代逐漸長出了羽毛。真是種瓜得瓜，種豆得豆，那些可愛的雛雕長得幾乎跟牠一模一樣，都有漂亮的流線型身材，都有金褐色的頂羽，都有一雙碧藍的眼睛。程姐疼愛地把雛雕輪流捧在手掌心端詳著，欣賞著，笑得合不攏嘴。

「巴薩查，太棒了！瞧這些小寶貝，簡直和你是一個模子裏燒出來的。瞧小寶貝的眼珠，藍得像天空，藍得像湖水，太可愛了，好像是進口的西洋種。哈，挺稀罕的。我都捨不得賣掉牠們了。」

隨著雛雕開始出售，巴薩查在養雕場裏的地位愈來愈高。一天三餐都是活蹦鮮跳的小動物，任牠撐開肚皮吃飽。如果哪天早晨牠精神稍微顯得有點萎靡，立刻就成了養雕場裏的頭條新聞，程姐就會套上馬車到雪山鎮獸醫站請醫生來給牠診治。牠成了程姐的掌上明珠。

有時候，牠也爲不能飛出鐵絲網到天空自由翱翔而感到壓抑，但這種壓抑感很快就會被一種更實際的想法所替代。牠想，作爲金雕來說，活著究竟爲了什麼呢？說來說去無非是兩種目的，一是覓食，二是繁殖。覓食是爲了生存，繁殖是動物的本能。說穿了就是保持生命和延續生命。那些生活在鐵籠子外面的野金雕們，爲了填飽肚皮，每天要早出晚歸到森林和草原來回飛巡，疲於奔命，還要冒險和獵物進行殊死的拼搏，爲了尋找到異性伴侶，經常要和另一隻妒嫉心極強的雄雕打得頭破血流。更不用說險惡的叢林裏，每時每刻每個角落都潛伏著危機。而牠現在，不用勞精費神就能得到豐盛的食物，想吃就吃，想睡就睡，日子過得逍遙太平，安全得就像鎖進了保險櫃，牠繁衍後代的本能也得到了極大的滿足。牠還有什麼可挑剔的呢。

牠找不到憂愁的理由。牠活得快快樂樂。

九　籠中鳥

巴薩查並沒有把花水背當回事。說實話，牠接觸的雌金雕太多了，假如可以自由選擇的話。牠會把花水背棄之路旁不予理睬的。

牠和所有的雄性動物一樣，喜歡兩種類型的雌性，一類是容貌姣好，一類是年輕活潑。牠的擇偶標準就是樣貌和年紀。但是，這隻雌雕的名字雖然叫花水背，聽起來挺悅耳，其實卻一點也沒有花的容顏姿色；嘴殼四周有一圈很明顯的黑線，耳垂連接面頰處皮肉鬆弛，有兩塊細密的皺斑，飛翼外基部三枚白羽和尾羽上的黑邊白絨早已褪盡，全身的羽毛缺乏光澤，是灰暗的土黃色；不但老，還醜得可以，脊背上不知是被同類抓傷的還是被食肉類走獸咬傷的，留下一條不規則的極難看的傷疤，也許這就是花水背名字的由來吧；尾羽凋零，像一把破扇子，擺動起來沒有一點美感。

這隻名叫花水背的雌雕可說是要樣貌沒樣貌，要年紀沒年紀。因此，當程姐把花水背送進鐵籠子，牠對對方並沒產生感情上的波瀾。牠冷漠地看了花水背一眼，甚至產生一種委屈感，覺得和這麼一隻又老又醜的雌雕傳宗接代有辱牠金雕王子的身分。

牠十分勉強地走到花水背面前。牠沒有通常遇到雌雕所應有的激情。牠只有義務。既然主人程姐把花水背送進牠的鐵籠，牠就有義務和花水背親近，使其產下雕蛋並孵化雛雕。

牠向花水背走去，完全是一副公事公辦的樣子。牠相信花水背一定會受寵若驚的。憑花水背這副相貌和這把年紀，能和像牠這樣年輕英俊風度瀟灑的雄雕喜結良緣，應當說是命運的恩賜，是一種幸運。幸運並不是每天都有的。

牠走到花水背面前，抖了抖被充足的營養和優閒的生活養得像金子般熠熠閃光的羽毛，發出一聲充滿雄性活力的嘯叫。牠想，花水背聽到牠的叫喚後，內心肯定會泛起愛的漣漪。

當然，花水背有雌性的矜持，表面上也許會表現出羞赧的神態，會側轉身向鄰近的假山奔兩步，做出一種欲逃未逃的姿勢來。牠巴薩查已經是十分老練的種雕了，牠清楚雌雕的這種把戲，看上去似乎是在抗拒，實際上是百分之百的願意。

可是，牠發現，花水背佇立在鐵籠邊面無表情，好像沒有聽見牠那充滿雄性活力的叫喚。莫非花水背是個聾子？牠湊近花水背的耳朵，又使勁叫了一聲：「嘎呀——」

花水背慢慢扭過頭來，望了牠一眼。這足以證明花水背已經聽見了牠的叫喚。

不是聾子就好。來吧，過來吧，算妳走運。

出乎牠的意料，花水背又冷漠地把頭扭回去了。

見鬼了，莫非花水背自慚形穢，不相信牠這樣一隻俊美的雄雕會對自己感興趣，怕自己露出雌性的熱情後被牠恥笑羞辱，所以才無動於衷的？

牠高高翹起尾羽，灰白色的鑲著一圈深紫色邊紋的尾羽像一柄嶄新的摺扇，輕輕搖曳著，扇出一股帶著濃厚雄性氣息的風。這是雄雕求偶前的典型動作，花水背不可能不知道的。但花水背還是毫無表情地佇立著。

牠氣得差點沒用犀利的爪子去撕花水背毫無光澤的羽毛。妳這隻又老又醜的雌雕，妳也配在我面前拿蹺嗎？牠忿忿地在心裏罵道。

牠完全可以也完全應該用冷漠來回敬花水背的冷漠，用雄性的高傲來羞辱花水背雌性的矜持。牠本來就不願意理睬花水背的，牠本來就對花水背衰老的身體抱有一種生理上的厭煩。那麼，就讓花水背孤零零地待在鐵籠子裏好啦。牠根本就對花水背不感興趣。

牠停止向花水背召喚，用一種厭惡的神態朝花水背吐吐舌頭扮了個鬼臉。牠故意將視線長時間逗留在花水背身上顯出醜態的標誌——脊背那條不規則的傷疤，牠又用一種審醜的眼光看花水背身上衰老的標誌——眼瞼那塊皺斑。

牠知道作為一隻雄雕來說，欣賞雌雕身上的缺陷，無疑是一種不禮貌的行為。牠是故意不禮貌的，牠就是要讓花水背在牠的凝視下意識到自己的醜陋和衰老，牠就是要打擊花水背的自尊。牠認為像花水背這把年紀、這副尊容，是不應該有這種自尊的。

花水背既沒理會牠的蔑視，也沒在意牠的污辱，只管仰著頭，凝視天空。

莫不是天空發生了什麼新奇有趣的事，吸引了花水背的注意力？巴薩查暗忖道。牠循著花水背的視線也仰頭望去，碧空如洗，萬里無雲，也見不到一隻飛鳥。天空正常得不能再正常了，根本沒有發生任何值得特別注意的事。

牠覺得花水背的架子也端得太大了。牠決計不再理睬花水背，牠扭過頭來，突然，牠看見程姐正站在鐵籠子外，臉貼在鐵絲網上，緊張地注視著牠。程姐稜角分明的嘴緊抿著，小巧玲瓏的鼻子上沁出了一粒粒汗珠，那雙美麗的單鳳眼裏透出憂慮和焦急，扣抓住鐵絲網的十根纖指微微痙攣著。

牠很熟悉程姐的這副表情。半年前，當程姐第一次讓牠扮演種雕角色時，她也是站在鐵籠子外，用這副表情來觀察牠的。牠曉得程姐的心思，她期待著牠能施展全部雄雕魅力征服這隻又老又醜的雌雕。她希望表情冷漠的花水背也能做母親，孵出她所需要的雛雕來。

程姐待牠這麼好，牠怎能辜負了程姐的期望呢？為了讓牠所愛戴的程姐高興，牠也要想

辦法征服這隻該死的雌雕。

牠張大嘴殼，使勁吸了一口空氣，把生理上的厭惡吞咽了進去，重新回轉身來，面對著花水背。牠尋思著降伏花水背的辦法。

看來，花水背是隻缺乏自知之明的雌雕。花水背不懂得青春和容貌是衡量雌性價值的兩個最重要砝碼，不明白自己已到了落花流水春去也的年齡階段。一句話，花水背不懂生活，是隻笨雕。花水背一定還以爲自己很年輕很漂亮，就像所有虛榮心很強的雌性動物一樣，總是過高地估計自己。對付這樣缺乏自知之明的雌雕，不能傷害雌性的自尊，只能順桿爬，只能投其所好，只能以虛僞對付虛榮，也就是說，只能閉起眼睛，權當花水背是一隻豆蔻年華、情竇初開、美麗非凡的雌雕，用恭維來滿足花水背無聊的自尊和虛榮，才能俘虜花水背的心。

牠迅速調整了自己的戰略戰術。

牠抖抖脖頸上的絨羽，把鄙夷的神態藏了起來。牠不再用居高臨下的眼光去看花水背。

「嘎——」牠叫了一聲。跟剛才相比，牠這聲叫喚，音調、音量和音頻都變了，變得柔和溫宛，客客氣氣，不再是王子召喚牧羊女般的命令式叫喚，而是像一隻雄金雕遇到一隻看得上眼的雌金雕那樣，是一種自報家門式的叫喚，是一種戰戰兢兢的試探，表達了雄性的謙虛和謹慎。

牠已經把自己的身分降格到和花水背平等的地位上了。花水背這下總該有所反應了吧，牠想。但花水背還是木然地凝望著天空。

看來，花水背還嫌牠的姿態不夠道地，不夠謙遜，還沒滿足雌性發酵膨脹的虛榮心。牠怒火填膺，但也沒辦法。除非牠願意讓程姐失望，放棄自己種雕的職責，牠只能順著花水背的好惡來表現自己。姿態還要放低，熱情還要升溫。

牠高亢嘹亮地吐出一串「嘎啞——嘎啞——」的叫喚，表示牠見到花水背興奮欣喜的心情。牠耷拉下雙翅，蓬鬆開脖頸上的絨羽，牠用一隻雕爪站立，另一隻雕爪收縮進腹部，牠翹起尾羽使勁擺動著，從喉嚨裏發出一長串咕嚕咕嚕的哼叫聲，這是金雕吟唱的情歌……牠靦腆得像隻初涉情場的新雕，把對方當女王一樣頂禮膜拜，在乞求垂憐，在讚美對方的容貌和青春，在膽顫心驚地表達自己的愛慕之情。

牠表演得恰到好處，十分逼真。除非是白癡，花水背一定已滿足了虛榮心。牠相信花水背很快會用女王恩賜臣民的態度來撐開雙翅，接納牠的熱情的。只要能達到目的，只要能使程姐高興滿意，暫時受點委屈又算得了什麼。

果然，花水背把視線從虛渺的天空收回來，扭頭望著牠。花水背脖頸上的絨羽微微顫

動，「呀嘎兒——呀嘎兒——」吐出一串平緩冷淡的叫聲。牠不是傻瓜，牠馬上聽出來了，花水背這是在客客氣氣地回拒，在有禮貌地謝絕。花水背褶皺很深的眼皮往上挑，眼角那叢絨毛陡峭豎起，似乎對牠的荒唐感到驚詫。花水背的眼光明顯地缺乏熱情，很生疏，很陌生，有一種拒離於千里之外的冷漠。

也許，這是一隻講究實惠的雌雕，巴薩查想，重視物質而輕視精神，看來得變變策略，精神開路物質殿後，投其所好方能奏效。牠瞥了一眼花水背的雕嗉，正癟著呢。牠從食槽裏銜起一坨新鮮羊肉奉送上去。這雖然有點俗氣，卻殷勤而實惠。肚皮餓了吧，吃吧，這是愛情的見面禮，感情的誘餌。

牠覺得面前就是一棵枯樹，也會被牠感動得長出嫩枝綠葉來的。但花水背卻固執地把頭扭開。牠又向花水背跨近一步，花水背索性一拍翅膀飛到蟒蛇形樹杈上去了，繼續凝望鐵籠外碧藍的天空。

牠表演得夠充分了，也累壞了，牠退縮到鐵籠邊緣，爲自己無法征服一隻又老又醜的雌雕感到沮喪。

程姐從鐵絲網外伸進一隻手來，從牠後腦勺到肩胛骨反覆來回撫摸。牠知道，程姐是在用動作語言安慰牠，試圖熨平牠弄皺的心境。程姐越是這樣，牠越覺得自己完不成使命是一椿特別遺憾的事，越覺得自己如不能征服花水背，簡直就像欠著重債無法償還一樣難受。人類給予動物的恩寵對動物來講，是一種沉重的精神負擔。

「巴薩查，別著急。」程姐細聲勸慰道，「慢慢來嘛，我讓牠在你的籠子裏待一段時間，你先和牠處熟了，再想別的。談戀愛總要有個過程嘛，嘻嘻。」

牠遵照程姐的吩咐，耐心等了十天。十天裏，牠表現得像個君子。食槽裏的食物，總是先讓花水背挑吃，然後牠再吃花水背吃剩下的。酷暑炎熱，牠經常啄起水池裏一串串清水灑在花水背身上，替花水背洗去燠熱和塵土。牠還在籠內有限的空間頡頏盤旋，表演高難度的飛行技巧，給花水背解悶。夜晚，牠總是咕嚕咕嚕唱著金雕特有的情歌為花水背催眠入睡。牠從沒對花水背輕薄，表現得像紳士一樣彬彬有禮。

十天後，花水背的態度終於緩和下來，不再用驚恐的眼光看牠，也不再為牠站得稍離得近些就避閃躲開。有一次牠為花水背灑水時，無意間翅膀觸碰到了花水背的翅膀，花水背也沒有生氣。精誠所至，金石為開，牠心裏暗暗高興。看來，花水背的戒心消除了，不再討厭牠，水到渠成，到了攻破最後一道防線的時候了。

第十二天清晨，紫羅蘭色的晨曦灑滿了養雕場，鐵籠子沉浸在溫情脈脈的氛圍中。這是

大自然最多情的時刻，柳絲般的晨霧嫋繞在天地之間，草木傳遞花粉，蟲鳥百獸也都兩情相依交流著生命的情趣。牠覺得這是征服花水背的最佳時機。牠覺得自己很有把握，牠已做了十多天準備，進行了大量的鋪墊，就是一塊冰，在牠的高溫處理下也該溶化了。

花水背正臥在假山頂上，睜著一隻雕眼閉著一隻雕眼，一副欲醒未醒的模樣。牠曉得，此刻花水背的身心均處在鬆弛狀態，極容易被激情鼓舞而點燃愛的火焰的。牠試探著朝花水背靠近。牠雕爪落地的聲響傳進了花水背的耳膜，牠身上那股強烈的雄雕氣味漫進了花水背的鼻孔。花水背朝牠望了一眼，沒有表現出吃驚或者慌亂，仍然一隻眼睛欣賞著黎明，一隻眼睛凝視著黑夜。

牠覺得花水背是默許了牠的靠近。牠心花怒放。十二天的時間沒有白費。

牠一直走到花水背身旁，和花水背並排佇立在假山頂上。花水背沒有退讓。牠放大了膽子，伸出一隻翅膀搭在花水背的翅膀上。

這種肌膚相連的親暱舉動，明確地傳達了牠的心願。此時，假如花水背也伸出一隻翅膀，搭還在牠身上，回報牠同樣的熱情，說明花水背早就在渴望和等待牠的親近了。牠十分注意花水背那隻靠近牠身體的翅膀，微微撐起，又慢慢垂落。牠理解爲花水背是想向牠伸過翅膀來，卻又不好意思。牠是害羞哩，牠想。

牠用細長的脖頸向花水背的脖頸纏去。交頸廝磨是鳥類特有的親暱動作。所有的鳥類脖頸上的羽毛都特別柔軟細膩，是整個身體中感情最豐富的區域，尤其是正面脖頸連接胸部的交會處，那塊圓形的凹部，毛色純淨，細密柔滑，有一股如麝如蘭的芬芳，是最敏感的部位。對雌鳥來說，這是禁區。

牠將下巴頦上的鬍鬚朝花水背頸窩處伸去。花水背立刻就會激動得全身顫慄的，牠想。

但牠錯了。牠的下巴頦剛剛觸碰到花水背的頸窩，花水背突然像大夢驚醒似地跳起來，迅速將自己身上感情最豐富、最敏感的圓形凹部從牠面前挪開，猛地勾下腦袋，並向前聳動胸脯，將頸窩深深掩藏了起來。對雌雕來說，朝雄雕掩藏起頸窩，就意味著關閉了愛的心扉。

牠怔怔地望著花水背，完全被花水背反常的舉動弄懵了，不明白花水背爲什麼會在最後一秒鐘變卦了。

咕呼，咕呼，牠喉嚨深處發出一串混濁的嘆息。牠收回了演員式癡迷柔和的眼光，用惡狠狠的責問的眼光望著花水背。牠已付出了十二天的代價，牠仁至義盡，像一切雄性動物一樣，送出了熱情和殷勤，理所當然希望能得到回報和補償。牠有一種受騙上當的感覺。牠現在的心情，就像人類到銀行去存錢，期望能獲得利息，能使貨幣增值，起碼也要保值，結果

卻不但沒得到利息，連本金也取不回來了。

牠憤慨嘯叫，惡毒詈罵，暴跳如雷。

牠怒視著花水背，目光如閃電般犀利。牠要洞穿花水背真實的內心世界，要知道花水背爲什麼會對牠冷若冰霜。

花水背耷拉著尾羽，勾著腦袋，表現出一種自知理虧卻又不得不這樣去做的無可奈何的表情，也咕呼咕呼從喉嚨深處吐出一串嘆息，哀怨淒婉，如泣如訴。

花水背的身體雖然同牠的身體保持著一定距離，卻並沒有故意要躲避牠的意思，更沒有生理上的厭惡。花水背甚至伸過一隻翅膀來輕輕撫摸牠的脊背，當然是不帶任何情愛成份的撫摸。花水背是在用身體語言告訴牠，自己不討厭牠，從某種角度來說，還有點喜歡牠，但出於特殊的原因，自己不能接受牠的愛。

牠不知道花水背葫蘆裏究竟裝的什麼藥。

這時，火紅的朝霞從雪峰背後冉冉升起，在雲霧和晨嵐的折射下，東方天際閃耀著赤橙黃綠青藍紫七彩光斑，一片輝煌。在養雕場竹籬笆外的荒灘上，有幾隻白鷺從水草叢中振翅起飛，牠們興許是被輝煌的曙光撩撥起內心強烈的激情，興許是想在這個寧靜的黎明翺翔天際，讓涼爽的晨風和瀰漫著粉塵般細小水珠的霧嵐，洗去翅膀上殘留著的夜的痕跡，興許是想讓這童話般的七彩霞光振奮起精神來，牠們朝著那輪水淋淋的像個紅蘿蔔似碩大無朋的朝陽飛去。牠們一路上「嘰赫呀——嘰赫呀」高聲叫喚著，飛得自由而忘情，像一群被大自然寵壞了的孩子，任性而又淘氣地在空中互相追逐著，嬉戲著，向東方的太陽飛去，撒下一串圓潤飽滿的鳴叫。

花水背目不轉睛地盯著那群白鷺，目送著牠們在眩目輝煌的霞光中越飛越遠，最後變成一群小白點，融化在七彩霞光中。

巴薩查發現，花水背的神態急遽發生了變化，稀疏難看的頂羽像中了魔似的生氣勃勃地豎立起來，這是金雕內心特別激動特別興奮的標記。花水背朝天際自由飛翔的白鷺發出一串充滿羨慕和嫉妒的囂叫，叫聲越來越響亮，向著藍天白雲，向著荒灘草原，向著自由的風和隨意飄蕩的霧，向著童話般的七彩霞光，宣洩著澎湃的激情。

巴薩查朦朦朧朧感覺到了花水背之所以要拒絕牠求愛的原因，似乎是出於一種超越了覓食和繁殖這兩大生存目的的另一種生存目的，是一種具有崇高美感的目的。但究竟是一種什麼樣的目的，牠一下子還無法想透徹。

這時，花水背的表情又發生了變化，伸長脖頸，朝著廣袤的天空眺望，妒嫉的眼光變成譏諷，滿臉鄙夷，發出一串孔雀嘲笑烏鴉，雄鷹嘲笑草雞，雄獅嘲笑鬣狗般的叫聲。

巴薩查驚訝地再次循著花水背的目光望去，哦，原來是剛才迎著太陽飛去的那群白鷺又踅轉回來了。白鷺們高聲尖叫著，都半瞇著眼睛，背向著朝陽似乎是受不了太陽那炫目的光彩，似乎是無力擁抱這壯觀的黎明景象。牠們飛回到養雕場前那塊荒灘上，一頭扎進高高的水草叢，那兒還是一片陰影，滯留著夜的混沌。

巴薩查完全理解花水背對那群白鷺的嘲笑，像白鷺這種羼弱的飛禽，是不配迎著朝陽飛翔的。牠們細小缺乏光彩的眼睛，絕對經受不住太陽光線的直射；牠們的羽毛太白，無法承受太陽強烈的愛撫，牠們的肌肉太嫩，害怕被陽光烤化；牠們的靈魂太單調，害怕在變幻無窮的光的海洋中喪失了自我。牠們是群沒出息的草禽，牠們也嚮往七彩陽光組合的璀璨的黎明世界，但牠們沒有膽量也沒有魄力盡情朝太陽飛翔，牠們即使心血來潮結伴朝太陽飛去，也往往半途而歸，淺嘗輒止。牠們熱愛太陽，卻又害怕太陽，牠們討厭黑夜，卻又依戀黑夜。牠們追逐太陽，不過是一場遊戲，一種生活的點綴。

金雕的風格和這群白鷺迥然不同。每天清晨，當日曲卡雪山升騰起一片玫瑰色的晨曦，金雕就從夜霧茫茫的懸崖振翅起飛，帶著對漫漫黑夜的厭倦，帶著對白晝的渴望，朝冉冉升起的太陽飛去。金雕睜大著明亮的眼睛，凝視著朝陽；朝陽旋轉出一片片夢幻般的光斑，光斑與空氣中的霧嵐和雪山山頂飄拂下來的雪塵撞擊，迸濺出一道道刺眼的亮線；金雕的瞳仁像塊乾燥的海綿，盡情地歡快地吸收這炫目的光彩。那雙巨大的翅膀被沉重的霧氣打濕，又被陽光曬乾，乾了濕，濕了乾，就像鋼刀在爐膛和鏇水中反覆鍛鑄淬火一樣，每一次反覆都增強了雙翅的強度和韌勁。

當飛得離太陽越來越近時，太陽似乎執意要考驗金雕的意志和耐力，在雪山頂上打了個滾，變成橘黃色的火球，朝一切向牠飛翔，試圖接近牠的飛禽們，噴射出億萬根金箭似的光線。金雕雖然具有吸力極強的瞳仁，也被刺得難以睜眼。這是嚴峻的關頭，所有那些起初和金雕一樣被瑰麗的日出景象所吸引的其他各類飛禽，都被這十分刺眼的光線挫敗，瞇著眼偏仄著翅膀，在天空劃出一個漂亮的圓圈，然後順著原路退回來。只有金雕，忍受著雙眼疼痛，勇敢地繼續朝太陽飛翔。太陽越來越強烈的光線將金雕的眼睛刺出淚水，混濁的雕淚滴落在莽莽山野裏。

終於，金雕飛進了用七彩陽光和耀眼的雪光組合成的輝煌的光的世界。雕眼吸收了大量的太陽光線，就像蓄電池補充了電能一樣，閃耀著寶石般的光亮。金雕全身的羽毛和雙翅吸收了足夠的陽光，重塗了一遍太陽的色調，更加金光燦爛。

年復一年，日復一日，一代又一代的金雕在這朝太陽飛翔的過程中，練就了一雙火眼金睛，無論是背朝著太陽還是臉朝著太陽，無論是幽暗的晨昏還是明亮的中午，無論是在潔白

的雪地還是在碧綠的草坡，都能一眼就發現獵物。相傳金雕最初的羽毛是灰白色的，是被太陽耀眼的光斑染成金色的。對金雕來說，每天黎明時分朝太陽飛翔，就像伊斯蘭教徒朝拜聖地麥加一樣，是莊嚴的典儀，具有宗教的熱情和虔誠，是一種生存的需要。

白鷺永遠也享受不到被太陽同化，被恢宏的日出景象純淨了肉體和靈魂的樂趣。

難道說，花水背之所以沒有興趣和牠談情說愛，是因爲一顆雕心全被朝太陽自由飛翔的衝動和渴望占滿了，沒有剩餘的心可留給牠？

彷彿是爲了證實牠的想法，花水背突然拍扇翅膀，朝天空那輪火紅的朝陽飛去。花水背當然無力衝破用細鐵絲編織的籠子，腦袋和飛翼撞在鐵網上，折斷了好幾根羽毛，身體又重重地被彈回地面。但花水背又掙扎著站起來，再次拍扇翅膀朝天空飛去，再次被結實的鐵網彈回地面。花水背這樣反覆朝朝陽衝刺了七次，又反覆失敗了七次，直到跌在地上無法再站起來，這才甘休。

花水背蹲在地上，從胸腔裏發出一串嘶啞的叫聲，這是在詛咒這鐵籠子！

巴薩查終於明白了花水背幾次三番拒絕牠雄雕熱情的真正原因。花水背覺得自己是身陷囹圄的囚犯，是被剝奪了自由的奴隸，不願接受被關在鐵籠子裏的變質變味的情愛。

剛剛弄明白花水背內心真實想法的最初一刻，巴薩查鬱結在胸膛間的憤慨似乎悄悄得到了緩解。牠想，花水背並非因爲相不中牠獨具雄性魅力的容貌而拒絕牠的，也不是因爲不欣賞牠的雄性的殷勤而不願理睬牠的。換句話說，假如現在沒有這鐵籠子阻礙花水背飛向朝陽，假如花水背現在恢復了野雕的自由，那麼，花水背是極願意也巴不得和牠巴薩查比翼齊飛結爲伉儷的。從這個意義上說，花水背拒絕牠的求愛是事出有因，可以得到原諒。在自由和愛情前面，花水背選擇了自由。雕各有志，牠理應尊重花水背的選擇，何必涎著臉去強逼花水背就範呢。

牠從花水背身邊跳開去一步。牠想放棄對花水背的征服。牠已爲程姐征服過好幾隻雌雕了，可說是已經立下了汗馬功勞，即使牠放棄花水背，程姐頂多會覺得有點遺憾，決不會因此而責怪牠的。牠又跳開去一步，離花水背更遠了。

但突然間，巴薩查產生了另一種截然相反的想法，改變了想要放棄花水背的念頭。牠想，牠此刻的處境和花水背的處境是完全相同的。花水背被囚禁在鐵籠子裏，牠也是被囚禁在鐵籠子裏；花水背失卻了自由，牠也失卻了自由。花水背爲了反抗囚禁、渴望恢復自由而甘願犧牲甜美的愛情，牠呢？牠卻在鐵籠子裏賣力地施展雄性的魅力。花水背高尚的情操反襯出牠靈魂的齷齪。即使花水背不是有意在奚落牠，客觀上也把牠的價值觀念和生活信仰貶得一錢不值。

牠用狐疑的眼光重新審視花水背的神態，瞧，牠靠近鼻翼的那塊紫醬色的眼皮皺成花蕊，分明是在嘲笑牠嘛。牠似乎聽見了花水背的心聲：

——你失去了自由還有心思談情說愛呀，你真是隻沒有靈魂的金雕！

——你是否知道，對智商很高的猛禽金雕來說，失去了翱翔天空的自由，生命也就失去了意義！

——你苟活在鐵籠子裏，枉有一副雄雕的軀殼和一身金光燦燦的雕毛，其實就像一隻麻雀，渺小而膽怯。

牠突然又覺得自己無論如何也應該征服這隻又老又醜的雌雕。牠不是單純爲了恪守種雕的職責而去征服花水背，牠是爲了維護自己的信仰，爲了維護自己賴以生存的精神支柱而去征服花水背的。

牠高傲地長嘯一聲，用一種誇張的動作撲扇翅膀飛升到鐵籠頂，然後以一種泰山壓頂的凌厲姿勢，朝花水背撲去。

牠要靠野性的力量去征服花水背，牠一定要迫使花水背就範。牠不但要使花水背的身體就範，牠還要讓花水背在身體就範的同時，追求自由的精神支柱也訇然折斷。牠一定要讓花水背的靈魂和肉體都順從牠的意志。牠要讓花水背改變對這座鐵籠子的看法。這座鐵籠子不是囚禁自己的牢獄，而是安全的避風港，幸福的安樂窩，溫暖馨香的婚床！牠要讓花水背懂得，唯有吃食和繁殖才是金雕真實的生存目的，除此以外，其他任何生存目的都是虛假的夢幻。牠要使花水背清醒過來，自由對金雕來說是一種奢侈，是一種多餘的擺設。牠要讓花水背懂得，靠主人餵食的日子遠比自己在山野覓食要方便舒適得多。

花水背沒來得及躲閃，牠騎在花水背的背上，蠻橫地啄住花水背的頂羽，使勁把花水背的腦袋往泥地上揿。花水背踢蹬著雕爪，撲楞著翅膀掙扎著。但這是徒勞的，牠比花水背年輕，比花水背強壯，有足夠的力氣任意擺佈花水背。牠沉重的身軀壓得花水背無法動彈，牠發出一聲雄赳赳的鳴叫，屈服吧，順從吧，翹起妳的尾，敞開妳愛的心扉！

禽類合歡也被叫作交尾。花水背趴在地上，頑強地耷落著尾羽。牠又添了把力，把花水背的嘴殼連同半張臉一起按進泥地裏。花水背的雕爪痙攣著，身體痛苦地抽搐著，翻著白眼，差不多要窒息了，可仍然緊緊地閉闔著尾羽。

這真是隻執迷不悟、頑固不化、死也不肯悔改的雌雕！巴薩查因自己沒有能耐讓花水背屈從而惱羞成怒。牠真恨不得立刻用犀利的爪子將花水背撕扯成碎片方解心頭之恨。但牠不能讓花水背現在就死，牠不能讓花水背帶著花崗岩腦袋去見上帝！牠不能讓花水背自由高於一切的價值觀念凝固在死亡的身體裏！假如花水背此刻咽氣了，那麼牠巴薩查雖然活著，卻

成了永遠的失敗者，花水背雖然死了卻是永遠的勝利者。牠那顆高傲的雕心無法忍受這種失敗的恥辱。牠要讓花水背活，起碼在改變信仰前，花水背必須活著。

巴薩查鬆開了牠的嘴殼。花水背埋在泥土裏的臉抬了起來，喘著粗氣，從半窒息的狀態中恢復過來，抖抖身上凌亂的羽毛，定定地望著牠。

牠以爲當花水背從牠的強暴中解脫出來後，立刻會像躲避瘟神一樣躲避牠的。花水背會對牠產生驚恐、慌亂甚至駭怕，會用仇恨或者厭惡的眼光看牠，因爲牠剛才像猙獰的死神一樣在欺負花水背。

可牠想錯了。花水背沒有離開牠，花水背仍然待在牠身旁。花水背望著牠，眼光不同凡響，沒有仇恨和憎惡，也沒有怨懟和斥責，眼波比平常更柔和，充滿了憐憫之情。那眼光告訴牠，我在可憐你。可憐牠竟然不懂自由的價值，可憐牠竟然有興趣在牢籠裏尋歡作樂。

這是一種居高臨下的俯視，是一種強者對弱者的垂憐。

巴薩查差不多要氣瘋了。牠無法忍受這種奇恥大辱。牠是雄雕，好比人類中的男子漢，豈能被小女子所可憐？牠再次粗暴地撲飛過去，用嘴殼啄住花水背的脖頸，在原地像陀螺似地拖曳著花水背旋轉。花水背脖頸上的絨羽被牠一片片啄了下來，雕皮上滲出一粒粒殷紅的血珠。起先花水背還清醒地哼叫著，不屈服地耷落著尾羽。但不一會兒，花水背就被牠拖曳得精疲力竭，被牠旋轉得頭暈眼花，身體變得軟綿綿，昏昏眩眩連站也站不住了。花水背終於半死不活地趴在地上，喪失了反抗能力，牠趁機跳上了花水背的背，完成了交尾。

牠沒有纏綣的情意，只有征服者的快感，只有侵略者攻陷城堡後的得意。

十　自由的代價

幾天後，花水背在鐵籠中央蟒蛇形樹杈上那個盆形的草窠裏，產下了兩枚雕蛋。雕蛋比鵝蛋稍大些，兩頭渾圓，白裏透紅；略嫌粗糙的蛋殼上，均勻地散佈著芝麻大小的茶褐色的斑點。不管花水背是否喜歡，這兩枚雕蛋是牠們倆生命交流後的產物。兩枚雕蛋並排躺在柔軟醇香的稻草中，顯得安靜而又美麗，陽光照在半透明的蛋殼上，隱隱約約望得見裏面被蛋青包裹著的金紅色的蛋黃，就像一輪藏在濃霧裏的小太陽。

花水背似乎很不喜歡自己產下的這兩枚雕蛋，好幾天過去了，還不肯去抱窩。花水背甚至不願捱近草窠，總是待在離草窠最遠的鐵籠南隅上端用竹棍搭成的跳梗上。程姐憂心忡忡地說：「唉，要是牠堅持不肯抱窩，這蛋又有什麼用呢！」

巴薩查覺得程姐的憂慮是多餘的。牠不相信世界上還有討厭自己生的蛋的雌雕。孵卵是一切雌性鳥類的本能，牠不相信花水背就能抗得住這種母性的本能衝動。其實牠早就看出蹊蹺來了，花水背雖然遠遠地躲開草窠，但她的視線卻像被磁石吸住了，癡情的眼光長時間逗留在兩枚雕蛋上。即便是飛到水池邊飲水，喝一口，花水背也要看草窠一眼。花水背凝望籠外藍天白雲太陽的時間明顯減少了。對產卵期的雌雕來說，美麗的雕蛋才是牠們心中的太陽，才是牠們真正的精神寄託。牠不相信花水背能是個例外，其實躲避草窠這行爲本身，就說明花水背內心虛弱，經不起誘惑。

那天夜晚，花水背仍然像往常那樣，棲息在跳梗上。巴薩查睡在假山頂。半夜，巴薩查突然被一陣窸哩窣囉的異常響動驚醒，睜眼一看，朦朧的月光下，一隻碩大的山老鼠從網眼鑽進鐵籠來，賊頭賊腦地爬進草窠，想偷雕蛋吃。

山老鼠偷蛋本領極高，用四隻鼠爪摟抱住蛋，身體弓成肉球，從高處滾落地面，然後長長的鼠尾像繩索一樣捆繞住蛋，拖回鼠穴。此刻，這隻山老鼠已趴在草窠邊緣，兩隻前爪摟住了一枚雕蛋，正要朝外搬運呢。

牠站起來，剛想撲過去攫抓這隻該死的山老鼠，突然，寂靜的夜空響起一聲尖銳的雕嘯，花水背像陣風一樣從跳梗上撲飛過來，在雕蛋即將被山老鼠摟出草窠的一瞬間，一把擒住了山老鼠。

好險哪，那枚雕蛋在草窠邊搖晃了幾下又滾回稻草中間。花水背用力一捏，山老鼠在雕爪下吱地發出一聲微弱的慘叫，便被捏得骨碎腸斷，嗚乎哀哉了。花水背還不解恨，狂怒地朝已經斷氣的山老鼠又撕又啄，搗鼓成了肉泥。然後，牠小心翼翼地跳進草窠，輕輕伏在兩枚雕蛋上面。咕嚕咕嚕咕嚕，牠喉嚨裏發出一串又一串輕柔的鳴叫，這是愛的心聲，這是母雕吟唱的搖籃曲·安慰著受驚的小寶貝。

從此，花水背開始孵卵了。

要是沒有這隻山老鼠，花水背遲早也會跳進草窠去的，巴薩查想，山老鼠這個偶然事件不過是加速了事情發展的進程罷了。

一旦母雕開始抱窩，除了死亡，任何力量也無法再將母雕和雕蛋分離了。花水背表現得和其他母雕沒什麼兩樣，每天除了早晚兩次飲水啄食，從不離開草窠一步。花水背用赤裸的溫熱的胸腹部不停地摩挲雕蛋，把綿綿無盡的熱能和母愛，滲透到蛋殼內去。花水背的臉因興奮而變得酡紅，一有風吹草動，便警覺地向四周張望，並發出恫嚇的嘯叫。

花水背不再做出任何想逃離籠子的愚蠢舉動。兩枚雕蛋拴住了花水背的野性。看來，花水背已徹底放棄了虛幻的理想和僵死的信念，變成養雕場安分守己的順民了。巴薩查贏了，牠重新塑造了花水背的靈魂。巴薩查覺得很痛快。程姐也挺高興，多次誇獎牠巴薩查是隻不可多得的天才種雕。

一晃就是三十天過去了，再過五天，一對毛茸茸活潑可愛的雛雕就要蹭破蛋殼降臨世界了。這天傍晚，當花水背到水池邊飲水時，牠趁機瞥了草窠一眼，兩枚雕蛋毛糙的外殼已被花水背的胸脯摩挲得光滑晶亮，裏面已有小生命在蠕動。花水背胡亂喝了兩口泉水，便又急急忙忙踅回草窠，發現巴薩查站在假山頂上窺望，便兇狠地朝牠嘯叫一聲。這是典型的母性妒嫉，花水背已把即將出世的小寶貝當作自己生命的一部分，連被巴薩查偷看一眼都覺得很不放心。

好極了，巴薩查想，花水背終於脫胎換骨重新做雕了。

巴薩查壓根兒就沒想到，事情會在第三十一天早晨發生一百八十度的大轉變。

巴薩查醒得很晚，睜開眼，已是霞光滿天了。牠聽見鐵籠外傳來一陣強有力的翅膀搏擊的聲響，抬頭望去，原來一雌一雄兩隻成年野金雕，正攜帶著兩隻半大的雕娃，在鐵籠外一座小山包上練習飛翔呢。兩隻雕娃翅膀還沒長硬，飛得歪歪扭扭。母雕親暱地喝斥著。過了一會兒，母雕和父雕各自帶著一隻雕娃，朝太陽升起的地方疾飛而去，留下一串自由而又歡樂的嘯叫聲。

牠慵懶地睜著雕眼，目送著這家野金雕遠去。突然，牠聽見草窠裏「嘎——」地傳來一聲沉重的悲嘆。牠扭頭望去，哦，花水背也在遙望著這群金雕。牠心裏格噔了一下，莫名其妙地產生一種恐慌感。

突然，花水背撲楞翅膀飛離了草窠，緊貼著籠子的鐵絲網，逡飛了一圈又一圈。對正在孵卵的雌雕來說，這舉動十分反常。牠忐忑不安地望著花水背，不知該怎麼辦才好。

事後牠想，假如那天清晨鐵籠子外面沒出現那家子金雕，也許花水背就平平安安把一雙雛雕孵化出來了。假如那天清晨沒有霞光也沒有太陽而佈滿陰霾，也許，花水背已被母性意識所壓抑下去的叛逆性格就不會突然爆發。偏偏是個晴朗的天氣，偏偏有壯觀的日出景象，偏偏一家子野金雕路過養雕場！這大概就是所謂的命運吧。

不難想像花水背當時的心理活動。當看到那家子野金雕在鐵籠外飛翔時，花水背大夢初醒，意識到此時此地，自己仍被囚禁在鐵籠子裏。三十天來，兩枚美麗的雕蛋迷住了她整個心靈，差不多忘了自己的處境。特別是最近一兩天，雛雕在蛋殼裏已基本成形，夜闌人靜便會從蛋殼裏傳出嘰嘰嘰嘰小寶貝微弱的呼叫，在呼叫著母愛，在呼叫著光明的世界，還會感覺到小寶貝不斷地用身體蹭動蛋殼內壁，似乎是急不可耐地想破殼而出，鑽入母雕翼下接受撫愛。

花水背的靈魂沉浸在即將做母親的高度興奮和巨大喜悅中，忘了鐵籠子的存在。可突然間，花水背望見了那家子在鐵籠子外自由翺翔的野金雕，一瞬間，花水背的靈魂從彩色的夢幻跌回到冰涼的現實。花水背回憶起自己也曾經是隻無拘無束的野金雕，被捕雕人捉住後關進這該死的鐵籠。小寶貝很快就要出殼了，牠們一出世就是籠中鳥，就是小囚犯，長大後也免不了或成爲貿易市場供交換的商品，或成爲人們酒足飯飽後觀賞的玩具。花水背覺得這樣活著比死還痛苦。在交織著強烈的愛和恨的感情支配下，花水背做出一樁令牠巴薩查瞠目結舌、驚心動魄、一輩子也無法忘懷的事來。

花水背貼著鐵絲網逡飛了幾十圈，然後，落回蟒蛇形樹杈，站在草窠邊，長時間凝視著兩枚雕蛋。花水背的心在滴血，母性的靈魂撕裂了。最後一秒鐘，花水背還在猶豫。但終於，花水背的面部表情變得像日曲卡雪山頂上終年不化的積雪一樣冷酷，一樣嚴厲。花水背朝兩枚雕蛋「咕——嘎——啞；咕——嘎——啞」發出一串嘯叫，叫聲清幽委婉，像是在懺悔，像是在哀求，像是在訣別。然後，花水背抬起嘴殼，猛地朝兩枚雕蛋啄去。

巴薩查想飛過去阻攔，但已經來不及了。噗，噗，蛋殼發出炸裂的悶響聲。

巴薩查看見，兩隻還沒有最後成形的雛雕從潮濕的蛋殼裏滾出來，帶著一身黃膿似的黏液，在草窠裏掙扎蠕動，沾了一身草灰。牠們的眼睛還沒有發育成熟，灰白的眼窩裏只有一顆淡黃色的模糊不清的小肉球，牠們的皮囊透明得像層塑膠紙，望得見綠的膽，紅的肝，和跳動的心臟。牠們踢蹬了兩下可憐的小腿，便僵然不動了。

花水背是個瘋子，巴薩查想，是魔鬼投的胎。

花水背望望已經死了的雛雕，又鑽回草窠，微微撐開翅膀，伏臥在破碎的蛋殼和冰涼的屍體上。花水背還要繼續抱窩！

這時，程姐送早餐來了。她用木勺把半盆小魚臼進食槽，喜滋滋地對牠說：「巴薩查，再過兩天，雛雕就要出殼了，你要好生照顧花水背，別跟她嘔氣！」

不知道爲什麼，巴薩查不想讓程姐現在就瞭解雕蛋已經被糟蹋的事。牠的心在劇烈地顫抖，牠覺得悲劇並沒有演完，高潮還在後頭。

果然，從啄破蛋殼起，花水背再也沒有飲過一滴水，再也沒有吃過一口食物，一動也不動地伏在草窩裏，目光癡呆，就像隻植物雕。

第三天，花水背就虛弱得連站立起來的力氣也沒有了。巴薩查把小魚叼到花水背嘴邊，花水背也不吃，巴薩查把泉水滴在花水背嘴殼上，花水背也不喝。花水背淡褐色的雕眼裏生命之光在逐漸熄滅。巴薩查實在想不通，難道衝出鐵籠迎著朝霞飛翔的願望，真的值得用兩代雕的生命去交換嗎？牠總覺得，假如生命結束了，一切也就完蛋了，包括自由，也包括紅彤彤的朝陽和水淋淋的霞光。

巴薩查既憎恨花水背的頑固，又有點佩服花水背的堅強。作爲種雕，牠覺得花水背是罪孽深重的異己，作爲野生金雕，牠覺得花水背是品格高尙的英傑。牠在兩種截然相反的看法中搖擺，矛盾得想發狂。

第四天夜暮降臨時，花水背已經氣息奄奄了。巴薩查蹲在蟒蛇形樹杈上，默默陪伴了花水背一夜。黎明前，天黑得像個大墨缸，花水背豎直的脖頸終於再也支持不住了，慢慢地垂下來，那雙呆呆望著夜空的雕眼，也慢慢閉闔。終於，花水背癱倒在草窠裏，紋絲不動了。巴薩查以爲花水背已經死了，死在最黑暗的黎明之前。

過了一會兒，附近村寨裏的雄雞此起彼伏地啼叫起來。漆黑的天幕突然間像被一柄天斧斫砍，在東方尕瑪爾草原遙遠的地平線砍出一條白色的裂縫，裂縫中流淌出一片橘黃色的光，把四周烏黑的雲層染成鉛灰色。覆蓋著濃重夜霧的大地，似乎被這一線活潑的光芒所刺醒而翻滾扭動著。原先混沌一片的天與地，被這線變幻莫測的光割開，裂變成陽剛的天穹和柔美的大地。那線光逐漸在擴展，形成一條狹長的光帶，水紅、桃紅、桔紅、玫瑰紅，變幻著鮮豔的色調。東方的天際熱鬧得像座舞臺，西方、北方、南方的天空連同整個大地猶如觀眾席，靜穆地虔誠地觀望著時空舞臺的表演。山峰、草原和森林在逐漸明亮的雲層的映照下，浮顯出朦朧的輪廓。世界萬物都在等待著一個莊嚴偉大的時刻。

突然間，東方的地平線噴濺出一片透明的通紅的光焰，像熊熊燃燒著的生命之火，大片鉛灰色的雲層被鑲上了一層金邊。一隻碩大無朋、色彩純淨得沒有一絲雜質的火球，用一種異常優雅的姿勢從地平線上跳躍出來。太陽出來了。太陽帶著對黑夜的嘲笑，對世間萬物的體恤，帶著溫暖，帶著馨香，出來了。太陽永遠是時光舞臺上的主角。它通體噴發出來的豔麗的光斑，立刻吞沒了陰沉沉的殘夜。雪山變得潔白，雲層變得輝煌，草原變得碧綠，森林變得生機盎然。

多麼美妙的日出景象！巴薩查覺得花水背死得很不是時候，牠覺得花水背應該再多活半個時辰，最後看一次瑰麗宏大的日出景象。可惜，花水背已經永遠閉上眼睛了。牠遺憾地朝僵臥在草窠裏的花水背瞄了一眼。

突然，已經僵死的花水背蠕動了一下。牠驚訝不已。當太陽在絳雲彩霞的襯托和陪伴下，在大地深情的等待中躍然而出的一剎那，花水背竟然高昂起頭顱，面朝新生的太陽站立起來。花水背一雙雕眼熠熠閃亮，像塗了一層生命的彩釉。花水背那幾片稀疏的頂羽被霞光染成玫瑰色，渾身上下漾溢著一股蓬勃的生命力，絕對看不出有一絲垂死和衰竭的痕跡。

花水背用嘹亮的聲音激情飽滿地朝太陽嘯叫了一聲，就像是在傾訴積蓄已久的思念與渴望。她把兩隻還未成形已經腐爛發臭的雛雕溫柔地銜在嘴殼裏，走出草窠，登上蟒蛇形樹杈，矯健地拍扇起翅膀，飛翼下湧出一團強勁的風。

巴薩查料想花水背一定又要振翅飛翔，向被隔在鐵籠子外的朝陽飛去。巴薩查用一種說不清是幸災樂禍還是擔憂發生意外的心情，等待著花水背被冷漠而又無情的鐵絲網撞得頭破血流。巴薩查等了一會兒，卻什麼動靜也沒發生。牠奇怪地將眼光重新投向花水背，花水背還是那副振翅欲飛的姿勢，還是圓睜著雕眼蓬張著頸羽，還是高昂著頭顱堅挺著胸脯，然而……花水背再也不能飛翔了。花水背死了。

花水背生命微弱的燭光其實早就該熄滅了，巴薩查想，花水背是憑藉對太陽的神聖的信念才奇蹟般地延長了自己的生命，才從黎明前的黑夜活到太陽初升。

巴薩查曾在日曲卡雪山和尕瑪爾草原見過許多動物自然死亡的死相。岩羊總是四仰八叉四蹄抽搐而死；香獐臨死前愛把腦袋埋進草叢或淤泥裏，大概以爲這樣就可以躲避死神的追逐；草兔大多倒斃在自己挖掘的洞穴裏，雪豹總是尋找荒無人煙的冰山雪原側身躺臥咽氣的，野象在預感到自己即將死亡時，都要長途跋涉到連最精明的獵手都無法尋找到的世襲墓地——象塚去坐以待斃的。

在一切動物中，老虎的死相歷來被人類所稱道，俗話說「虎死威不倒」，就是人類在讚美虎死時的雄姿。巴薩查曾有幸觀瞻過一次罕見的老虎涅槃。那是一隻衰老的雄性華南虎，

虎牙濁黃，虎眼塞滿了眵目糊，消瘦得皮包骨頭。時光無情地耗盡了牠當年的銳氣，奔跑起來搖搖晃晃，連一隻草兔都追攆不上。牠也無法再對野牛斑羚使出撲、掀、剪三手絕招了。整整半個月，牠靠泉水和別的食肉獸吃剩拋棄的腐肉骨碴勉強苟活。

終於有一天清晨，牠虛弱得連站也站不起來了。牠曲著四膝，艱難地攀爬上一座隆出地面一丈來高的螞蟻包。牠大概知道自己快被嚴峻的自然界淘汰了，神情哀戚。牠默默注視著草木葳蕤的大地，似乎在追憶自己稱霸山林的光輝一生。不知牠是不願讓藏匿在四周的小動物窺見自己臨終前的痛苦，還是想最後重溫一遍虎的威勢和虎的氣概，牠張嘴吼叫了一聲。

虎的吼叫又稱虎嘯，虎嘯、龍吟、象吼；鹿鳴、牛哞、羊咩、蛇嘶、鳥叫、雞啼、鼠吱……在所有會發聲的動物中，虎嘯排列第一。果然厲害，氣勢磅礴而又穿透力極強的虎嘯聲把四周的樹葉震得紛紛飄落，松鼠、鵪鶉、蛤蟆、蜥蜴等小動物被驚嚇得四散逃命。一頭正在鹼水塘飲水的吠鹿被虎嘯嚇得蹦跳起來，慌不擇路，倉惶奔逃，一頭撞在一塊隱蔽在草叢的岩石上，猝然倒斃，成了虎的殉葬品。

那虎嘯殺氣騰騰，雄渾有力，完全沒有瀕臨死亡的衰微和頹敗的跡象。但虎嘯過後，那隻華南雄虎再也沒有動彈。牠虎視著前方，穩穩地臥在螞蟻包上，昂著那飾有王字型黑色線紋的頭顱，仍然是那副不可一世的驕橫相。整整一個多月，沒有哪隻動物膽敢走近這隻早已氣絕身亡的猛虎。只有蒼蠅敢叮在玻璃球似的虎眼上。一百多隻禿鷲憑著靈敏的嗅覺聚飛在螞蟻包上空，像把巨大的黑傘遮住了半個天空，但連續幾天都不敢輕易落下來。

直到有一天，尕瑪爾草原十分厲害的紅螞蟻蛀空了虎的骨架，僵硬的虎的軀體終於傾斜仄倒，像石頭一樣從螞蟻包上滾下來，禿鷲們這才膽顫心驚地像盜屍者一樣撲向老虎偉岸的軀體。

巴薩查目睹了雄虎死時的姿態，當時牠的心靈被震顫了。牠覺得虎不愧爲百獸之王，其死相可列爲世界壯觀之最。即使黑色的死神也無法褫奪其威勢和尊嚴，這真可稱得上是美麗的死，雄偉的死，壯麗的死，雖死而猶生。

但此刻望著花水背振翅欲飛的死相，牠突然覺得那隻華南雄虎的死相其實很一般，並不值得特別讚嘆。是的，「虎死威不倒」，足以嚇退眾多的食草類動物和喜食腐屍的禿鷲，但虎的威勢來源於斑斕的虎皮和生前顯赫的名聲，來源於一種恐懼的慣性，也許還來源於虎身上那股強烈的腥臊味，一句話，是憑藉肉體的自然優勢。雄虎的精神實際上同肉體一起死亡了，所以才會在臨終前表現出哀戚的神態。

花水背沒有虎的威勢，也沒有虎的名聲，更沒有象徵著死亡與征服的斑斕虎皮，但是，花水背肉體死亡了，精神卻還活著；花水背無所畏懼地面對死亡，在生命最後時刻，仍嚮往

著鐵籠外自由自在的野雕生涯，仍在追求著紅彤彤的太陽。花水背死後那振翅欲飛的神態，把不屈不撓愛恨分明的豐富的精神世界傳神地表達出來了，並永遠凝固在雕眼裏。黑色的死神可以無情地剝奪花水背的生命，卻無法剝奪花水背的靈魂的追求；命運可以粉碎花水背賴以生存的物質世界，卻無法摧毀花水背的獨立無羈的精神的世界。

巴薩查久久地望著早已停止了呼吸的花水背。花水背真像一尊雕像，一尊充滿永恆的藝術生命力的雕像。

十一　夢魘

花水背的屍體早就被程姐從鐵籠裏拿出去了。巴薩查視爲別墅、視爲天堂的鐵籠子，恢復了往日的寧靜。表面上，牠的種雕生活依舊，沒有發生任何變化。花水背的出現和死亡不過是個小小的插曲。牠仍然按程姐的吩咐，和那些被擒捉並被關進鐵籠來的雌金雕繁衍著子孫。牠仍然像王子那樣一日三餐被鮮美的肉食餵養著。牠仍然最大限度地滿足自己的吃食和繁殖兩大本能。程姐仍然親切地稱呼牠爲「我的心肝寶貝」，陽光仍然明媚，天空仍然湛藍，雲朵仍然潔白。但牠心裏很清楚，牠的精神世界發生了某種傾斜，心理已經失衡，再也無法保持過去那種寧靜的心態了。

牠總覺得花水背其實並沒有死絕，花水背還活著。只要一閉上眼睛，牠就會看見花水背佇立在那根蟒蛇形的樹杈上振翅欲飛。於是，牠就會痛苦地想到，自己是一隻籠中之鳥，花棱形的鐵絲網割斷了牠自由翱翔於天地之間的天賦權利。牠也清楚，花水背絕對是死了，牠親眼看著程姐像提隻死雞那樣把花水背提出籠去的，牠看見花水背的倩影不過是牠的一種幻覺。過度思念才會產生幻覺。

牠不該思念花水背的，牠想，花水背並非是牠所鍾愛的雌雕，牠同花水背的關係短而淺，而且恨多於愛，牠應該把花水背遺忘掉。但感情是匹脫韁的野馬，很難用理智去控制。牠只要一看見這根蟒蛇形的樹杈，就會有一種觸目驚心的痛苦，心緒就會變得紊亂，心情就會變得煩躁，就會產生一種恨不得去用嘴喙啄穿什麼或用利爪撕碎什麼的衝動。彷彿這根蟒蛇形樹杈上住著一位無形的魔鬼。

牠曉得這完全是一種心理作用。樹杈光禿禿的和過去一模一樣。花水背孵窩的那只盆形草窠早換了新稻草，聞不到花水背半絲殘留的氣味。牠心理變態了，蟒蛇形樹杈才變得猙獰可怕的。牠一定要戰勝自己被扭曲的心靈，牠想。

那天黃昏，當牠無意中又來到蟒蛇形樹杈前，渾身的羽毛又被無端地刺激得聳立起來時，牠咬緊牙關，撲扇翅膀飛將上去，棲落在盆形草窠裏。牠覺得克服自己心理障礙的最好辦法，就是把這根蟒蛇形樹杈攫抓在自己的雕爪下，戰勝了夢魘，也就戰勝了自己。牠的雙爪剛剛攫抓住樹枝，就像被毒蛇噬咬似地疼得鑽心，一股熱麻麻的電流從爪子傳導到胸腔，刺得牠渾身痙攣顫抖，好像不是停棲在木質樹杈上，而是停棲在被雷電擊中並燒得通紅的鐵

條上，心靈和肉體都被灼傷了。牠痛苦地呻吟著，尖嘯一聲，逃也似地飛離了這根蟒蛇形樹杈。

牠只好儘量避開這根樹杈，但鐵籠內空間有限，不可能完全避開。有一次，牠正在履行種雕義務，和一隻年輕貌美的雌金雕纏綿交頸，無意間又瞥見了這根蟒蛇形的樹杈，立刻，歡樂失重，樂趣走味，激情洩漏，滿嘴苦澀，甜蜜的義務變成沉重的苦役，不知內情的雌雕恨得直朝牠嚷嚷。

牠必須擺脫花水背的幽靈，不然，牠沒法在這鐵籠子裏正常生活下去了。要徹底擺脫花水背的幽靈，必須先除掉這根讓牠神經過敏的蟒蛇形樹杈。牠瘋狂地撲到樹杈上，又撕又咬，把樹杈搖晃得嘩啦嘩啦響。但樹杈是埋在土裏的，比牠想像的還要牢實些，一時半刻無法拔得掉。

牠啄咬樹杈的聲響驚動了程姐，她匆匆趕到鐵籠邊，驚訝地望著牠問：「巴薩查，你怎麼啦，怎麼啦？」牠無法像人類那樣用語言來表達自己複雜的心境。牠只能繼續朝蟒蛇形樹杈啄咬搏擊。

「巴薩查，那不是蛇，是樹杈！」程姐焦急地說，「你爲啥要同樹杈過不去呢？你是不是餓了，想吃蛇？我現在就去給你買活蛇來。」

牠憤怒地豎立起脖頸上的絨羽，愈發搏擊得兇猛了。

「巴薩查，你會傷著自己的爪子，傷著自己的嘴殼的。我求求你，別幹蠢事了，聽話！」程姐說。

牠毫不理會她的規勸，牠大有一種不把這根樹杈撕爛啄倒決不甘休的氣勢。

「好了，好了，巴薩查，你要是真的不喜歡這根樹杈，我把它挖掉，行嗎？」程姐終於在牠近乎瘋狂的舉動下讓步妥協了。

不一會兒，鐵籠子裏進來一位身強力壯的漢子，用十字鎬很快將這根樹杈連根挖掉了，並用新土把坑填平了。

牠以爲牠的煩惱也被連根挖掉了。

黃昏時分，夕陽灑照在鐵籠內，把蟒蛇形樹杈挖掉後留下的土坑痕跡映照得一清二楚。新土鮮豔的赤褐色和舊土骯髒的灰褐色無法混淆起來。不知是命運的有意嘲弄還是偶然巧合，新土不規則的邊緣，極像一幅金雕的肖像畫，高昂的頭顱，堅挺的尾羽，振翅欲飛的姿勢，活脫脫就是花水背靈魂的再現！

牠打了個寒噤，剛剛恢復平靜的心又被攪得七零八碎。牠再次尖嘯起來，瘋狂地對地上新土形成的圖案撕抓啄咬。

程姐再次被驚動，來到鐵籠邊，嗔怪道：「巴薩查，你又怎麼啦？樹杈都挖掉了，你還有什麼不滿意的嗎？」

牠飛快地用雕爪刨扒著剛剛填平的土坑。

「你這是什麼意思？巴薩查，難道你要我把地都挖掉嗎？」程姐蹙著眉尖問。

把地挖掉，顯然是不明智的。

巴薩查第一次萌生出想要逃出鐵籠的念頭。牠決不是抱怨伙食差，也不是對主人程姐有什麼意見。牠覺得只有衝破頭頂那層鐵絲網，在廣袤無際的天空自由翺翔，才能徹底擺脫花水背對牠靈魂的糾纏。

牠仔細思考著逃跑的可能性。這個鐵籠子異常結實，靠蠻力是無法衝出鐵絲網的，只能智逃，牠想。鐵籠子右側有一扇門，是程姐遞送食物和來打掃衛生進出用的。牠仔細將程姐進門和出門的動作過程分解開來，在頭腦中過濾了一遍，覺得有一個機會可資利用。

每天早晨，當太陽升上樹梢後，程姐就會端著瓦盆開鎖進門，牠剛被送進這只鐵籠子當種雕時，程姐進出這扇門相當謹慎。每次一進來就反手把門從裏面插上鐵銷，並用鐵鎖鎖死了，然後再將瓦盆端到假山下的食槽來。但後來，程姐大概是覺得牠並沒有逃跑的企圖，也可能是嫌端著瓦盆反鎖鐵門太麻煩，不再那麼謹慎，進得門來，只是反手把鐵門虛掩上，不再插銷，也不再掛鎖。

鐵門雖然是向鐵籠內開啓的，但牠想點辦法完全可以把鐵門拉開的。牠可以在程姐向食槽走去的當兒，迅速撲飛到鐵門上，用嘴殼叼住門的把手，用雕腿蹬蹬門框，就像撕扯一塊肉排那樣，把鐵門撕拉開！爲了保險起見，牠在夜闌人靜時演習了幾次，很理想，頂多幾秒鐘的時間，牠就能站到洞開的門口了。而從門口走到食槽，有二十米遠，等到程姐轉身發現牠的企圖，牠早就鑽出鐵籠遠走高飛了。

牠決定明天就動手。

一切都跟牠設想的一樣，翌日早晨，程姐端著半瓦盆竹鼠肉來到鐵籠邊，喀嚓一聲開啓門鎖，邁著輕盈的腳步走了進來，隨手砰的一聲把鐵門虛掩上，微笑著朝牠呶呶嘴：「巴薩查，你餓了吧，來，快吃吧。」牠佯裝著跟在她後面，像個饞鬼似地咕咕叫著。剛走了兩步便按照計畫突然轉身躍到鐵門上。鐵門比牠想像的還要輕巧些，被牠用力一撕拉，很快便開了。牠順順當當地走出了鐵籠子。

要是程姐不發出一聲絕望的呼叫，要是牠沒回頭去望她一眼，要是牠心腸不過於柔軟的話，牠早就脫離鐵籠，拍扇翅膀飛升天空，成爲自由自在的野金雕了。是程姐那聲撕心裂肺般的呼叫害了牠。不，是牠因長期跟人類接觸而沾染了太多的人性人情害了牠，使牠在最後關頭功虧一簣。

程姐的反應比牠想像的還要快，當牠的雕爪踢蹬門框，門框發出第一聲輕微的震響時，她就敏感地扭頭觀望。她似乎立刻意識到發生了什麼事，扔下手中的瓦盆，像雪豹擒食般朝牠飛奔過來。但她畢竟是兩足行走的人，她的速度再快也是有限的。當她飛奔到門邊時，牠已經跨出門檻，擺脫了精神和肉體的雙重束縛。

程姐也許是出於絕望，事後牠想，也許是出於痛悔自己的疏忽，也許是痛心牠的叛逃，也許是看到搖錢樹飛掉而急火攻心產生了暈眩，也許是悲憤至極而神志不清，總之，她哀叫了一聲：「巴薩查……」

假如僅僅這一聲叫喚，牠是不會回頭張望的。牠已決心要逃離鐵籠子，不會輕易猶豫彷徨的，雖然這叫聲淒涼哀怨，像條柔軟的絲線，正要捆綁牠的靈魂。假如這聲叫喚過後，傳來追捕牠的跫然足音，牠會毫不猶豫展翅起飛的。奇怪的是，那聲叫喚後，背後突然一片寂靜，既沒有呼喊和咒罵，也沒有追捕的腳步聲。這種寂靜顯然是很反常的，牠想。牠好奇地想弄明白反常的原因。於是，牠收斂已半撐開的翅膀，扭頭望去。

牠沒想到，這扭頭一望又改變了牠命運的航道。

在動物的一生中，有時會因爲一個偶然的動作，一個小小的失誤，而改變整個命運的。

牠看見，程姐像驕陽下的雪人，靠在門框上，軟綿綿地順著門框癱下去，一直癱倒在地。她眼睛瞇成一條縫，臉上凝固著一絲苦笑，神情顯得異常淒涼，臉色蒼白得像用石灰糊了一遍，額角佈滿了豆大的冷汗。她向牠伸出一隻手，手指彎曲著，不知是想向牠招手呼喚，還是想要抓住牠。

她昏倒了。

當她順著門框癱滑下去，快接近地面時，又發生了一件小小的意外，她的額角撞在門的插銷上，插銷的銳角勾破了她的皮肉，劃出一道血口，溢出幾粒血珠，順著額角流淌下來，像條細細的紅絲線。

鐵籠子四周靜悄悄的，沒有人影。突然間，牠動了惻隱之心。牠怎能扔下昏死過去的程姐不管而自己飛走呢？不管怎麼說，程姐把牠從馬拐子變態的虐待和血腥的鎖鏈中拯救了出來。程姐待牠不薄，頓頓餵牠好吃的，還常常摟抱著牠，深情地撫摸牠金色的羽毛，讚美牠是她的寶貝。牠覺得自己感情上欠著她一筆債。現在，程姐有難，昏倒在鐵籠子裏了，四周又沒人來解救，很有可能會發生意外的，牠怎能見死不救呢？

當然，最好是既解救了程姐，又不耽誤飛逃出鐵籠子，兩全其美。並不是沒有這種可

能，牠想，牠跳進鐵籠去，從水池裏啄起一串清涼的泉水，噴灑在她的臉上，她就會甦醒；在她欲醒未醒的當兒，牠還有足夠的時間重新跑出鐵籠子來的。

牠想得確實很周到。

牠踅回鐵籠子內，飛到水池邊，汲起一嘴殼泉水，剛要轉身飛回程姐身邊去，突然聽到門口傳來異常的響動，扭頭望去，是程姐在動彈，她在她最不應該甦醒的時候突然就甦醒了。她身上還是軟綿綿的，沒有力氣站起來，靠坐在門框上。她望著牠，使勁揉揉眼睛，似乎在懷疑自己是不是看花了眼，是不是因強烈刺激而引起了幻視。霎時間，她眼光變得欣喜若狂，就像在馬路邊撿到了一隻大錢包一樣。

牠和程姐對視著，猛然醒悟到自己危險的處境。她已經甦醒了，她隨時會關閉那道現在還開啓著的鐵門的！牠已經沒必要再滯留在鐵籠子裏了，牠想。牠急急忙忙縱身彈跳起來，朝門口飛去。

程姐不愧是兩足直立行走的人，智商要比牠高得多。她在牠彈跳離地拍扇翅膀的一瞬間，伸手抓住鐵門的把手，喘著氣，吃力地將門虛掩上了；她沒有力氣插緊鐵銷掛上鐵鎖，就把軟綿綿的身體趴在門框上，用一種令人毛骨悚然的聲音尖叫著：

「來人哪——來人哪——幫幫我——」

情形萬分危急。牠知道，程姐恐怖的呼叫聲很快便會召引來身強力壯的愛管閒事的男人。一般來講，在動物和人類發生矛盾衝突時，人類總是不問青紅皂白地站在人類的立場上的。門已被關攏，但只是虛掩著，並沒被鎖死。現在唯一的補救辦法，就是再次把虛掩的門踢蹬開。

當然，比起第一次踢蹬開門來，增加了一層困難，就是要攆走趴在門上的程姐。但這並不是很難辦到的事。牠很清楚，在徒手格鬥中，人遠遠不是金鵰的對手，更何況，程姐是個柔弱的女性。只要牠撲上去，用鵰爪輕輕抓住她的頭髮，朝後一拉，她便會呻吟一聲仰面跌倒的。假如她還頑強地趴在鐵門上不肯讓路的話，牠用尖喙朝她臉上輕輕啄一下，絕對會教她嚇得魂飛魄散。牠相信程姐雖然捨不得牠逃走，但在生命受到威脅時，她會首先想到要保住自己的性命的。

牠輕而易舉地就能將她從門邊趕開的，牠想。

牠徑直朝她飛去。牠飛臨她頭頂，剛想伸出鵰爪來揪她的頭髮，但一種更爲強大的抑制力量迫使牠縮回已伸出去的鵰爪。她是牠的主人，牠怎麼能去傷害她呢？獵鵰服從的本能和對主人無條件尊重的職業道德動搖了牠的決心。不錯，牠會儘量掌握好襲擊分寸，不去嚴重傷害她的，但牠的鵰爪和尖喙在多年的狩獵生涯中已磨煉得十分銳利，只要落到她身上，難免會撕掉一把頭髮，會啄出幾道血痕。

牠巴薩查怎能無情無義到用對付蛇蠍和豺狼的爪喙去對付愛牠疼牠的程姐呢？

牠猶豫了，牠動搖了。牠急速歪斜像舵一樣的尾羽，雕爪在她頭髮梢掠過一道弧線，拐了個彎，又飛離了門口。

牠在鐵籠子有限的空間繞飛了一匝又一匝，想找到一個既不侵犯程姐又能重新開啓鐵門的辦法。但世界上好像不存在這麼個兩全其美的辦法。

「快來人哪——幫幫我——」程姐還在一個勁呼叫。

很快，從鐵籠子對面那幢紅磚青瓦的樓房裏衝出兩個男人，像救火般地朝這兒飛奔。牠錯過了最後的機會。

十二　衝出牢籠

牠等待著牠的叛逃行爲所必然會帶來的懲罰。但半個多月過去了，什麼也沒發生。程姐照樣一天三餐送來牠愛吃的各種野味肉食，照樣將需要配種的雌雕送進鐵籠來，照樣親切地稱牠爲寶貝。程姐的寬容和大度使牠感動，牠差不多就想永遠放棄逃跑的念頭了，什麼花水背的幽靈，去他的吧，花水背愚蠢地爲太陽而死去，並不值得牠效法。有這麼好的主人，有這麼舒適優美的生存環境，牠還想怎麼樣呢！

就在牠死心塌地想做隻好種雕時，姍姍來遲的懲罰卻降臨到牠頭上。

那是一個白霧瀰漫的早晨，程姐像往常一樣笑吟吟地端著瓦盆進鐵籠來給牠餵食。稍有不同的是，程姐身後跟著一個四肢發達的男人。男人手裏拿著一把掃帚。牠並沒太在意，常有男性清潔工進鐵籠來清掃糞便和垃圾。

牠把腦袋埋進食槽啄食起來。食槽有點深，擋住了牠的視線。牠感覺到有兩隻手輕輕地按在牠的翅膀上，牠還以為是程姐在親暱地愛撫牠呢，牠沒有動彈，乖得像隻雞。突然，按在牠翅膀上的這雙手猛地加力，把牠緊緊地按翻在地上。牠扭頭一看，不是程姐在按牠，而是那個四肢發達的男人在按牠呢。

牠試圖掙扎，但那男人的力氣極大，手指像鐵箍把牠死死卡住，牠連動都動不了。牠忍無可忍，想動用牠的嘴殼，啄咬臭男人的手指。還沒等牠扭轉脖頸，程姐就伸過一隻手來，攥住牠的下巴頦，堅決地把牠的脖頸固定在半空中，再也無法前後左右擺動了。

還沒等牠明白過來他們這是要幹什麼，程姐已從衣兜裏掏出一把明晃晃的剪刀，探進牠翅膀底下。牠的翅膀被男人粗暴地捋開了，隨即傳來剪刀絞剪的喀嚓喀嚓的聲響。牠沒有感覺到疼痛，只是微微有點不舒服。剪子聲停止後，那男人猛地鬆開手，倉惶跑出鐵籠子，又急急忙忙砰地一聲把鐵門鎖死。程姐也鬆開了攥住牠下巴頦的那隻手。

牠一下沒反應過來究竟發生了什麼事。牠懵懵懂懂站起來，習慣性地抖抖身體，拍拍翅膀，想梳理一下被弄亂了的羽毛。咦，奇怪得很，翅膀好像突然間失去了應有的重量，變得輕飄。牠偏仄腦袋，朝自己身體側面望去，一顆雕心抽搐了一下，牠沒看見應當看得很清楚的翅膀，而看見了平時不易看見的被翅膀覆蓋著的後脊背。牠再看看地上，赤褐色的泥地裏鋪了一層金色的羽毛，就像許多塊太陽的碎片。

牠明白了，牠被剪去了翅膀。

牠不相信這是真的。牠不希望這是真的。牠使勁扭著脖頸，把腦袋貼在肩胛上，在原地旋著圈圈，想看到自己那對漂亮的飛翼還長在自己身上。讓牠痛心的是，牠只看到被剪刀絞過的亂七八糟的羽毛斷渣。殘酷的事實不容牠再懷疑了，牠被剪斷了翅膀。

牠像突然掉進深淵，像突然撞著黑風暴，像突然被利箭刺透心臟，真比死了還難受。

金雕之所以成爲主宰天空的猛禽，全部價值就在於那對巨大的翅膀。翅膀使牠能翺翔天空，高高在上，俯瞰世界。翅膀使牠能在懸崖築巢，與白雲作伴，在雪線飛巡。金雕被剪去翅膀，就像猛虎被拔掉了牙齒，就像大象被鋸斷了鼻子，就像雪豹被斫短了後腿，威風頓失，銳氣喪盡。

牠拍扇著殘翅，翼羽斷渣發出叭嘰叭嘰難聽的聲響。以前牠拍扇翅膀，噗隆噗隆，聲音雄渾有力，立刻會造成食肉類猛禽特有的氣勢。牠又搖拽了幾下硬羽完全被剪去了的光禿禿的翅膀，扇出來的風絲絲縷縷，柔弱得幾乎沒有力量。以前，牠略微拱形的翅膀密不透風，翼下穹窿蓄滿了上升的氣流，牠只要拍動翅膀，飛翼下便雄風激蕩。牠咬緊嘴殼，發狠地用最快頻率拍扇殘翅，要是過去牠雙翼齊全完美時，身體早就騰空升起來了，但此刻，牠翅膀底下聚集的氣流很快從牠殘缺的廓羽間逸漏出去，牠的身體笨重得像只秤砣，怎麼也飛離不開地面。

牠已不再是叱吒風雲的猛禽了。牠變成了一隻草雞。也許更糟糕，剪斷翅膀的金雕還不如一隻雞呢。牠一向蔑視雞，牠覺得雞是鳥類動物的異化。雞雖名爲鳥類，卻與天空無緣；雞長有一對翅膀，卻無法離地飛行。現在，牠活得和雞一樣可憐。牠心裏在滴血，牠長嘯一聲，如泣如訴。

程姐撫摸著牠的殘翅，苦笑著說：「巴薩查，沒辦法，你太調皮了，爲了讓你更安心留在我身邊，我只能這樣做。」

牠使勁甩動尾羽，把她的手從牠翅膀上撩開去。

「唉——」程姐嘆了口氣說，「你一定怪我太心狠。我這是給你逼出來的。巴薩查，你別太傷心了。其實，對你來說，有沒有翅膀都一樣的。你不需要飛上天空，你也不需要靠翅膀去覓食。沒有翅膀，你照樣做你的種雕。你說是嗎？」

站在養雕場女老闆的立場上，她這樣做當然是有道理的。剪斷牠的翅膀，可以徹底斬絕牠想皈依山野重做野金雕的念頭，可以迫使牠一輩子安安心心做一隻忠誠可靠的種雕，可以免去隨時都要小心防範牠潛逃的麻煩。但牠從來沒有把程姐僅僅看作是養雕場的女老闆，牠把她當作自己最心愛的主人，最親密的朋友。牠的身體和心靈受到了雙重創傷，感覺到了加倍的委屈。牠可以理解她，卻無法原諒她。她讓牠變得雕不像雕，雞不像雞，牠覺得自己欠她的情已經一筆勾銷。

程姐以爲剪斷牠的翅膀就能徹底杜絕牠逃跑的可能，其實剛好相反，這殘忍的行爲只有更堅定牠離開鐵籠子的決心。

牠不願意自己活得跟雞一樣，徒有鳥的虛名而實際跟廣闊無垠的天空絕緣。牠是金雕，牠生來就是藍天的精英。

牠學乖了。牠把要逃離鐵籠子的企圖秘藏在心裏。牠裝作什麼事也沒有發生的樣子，照樣履行牠種雕的義務，照樣在鐵籠子裏吃喝拉撒睡，照樣接受程姐的愛撫。一晃又幾個月過去了。

也許是牠無所謂的態度迷惑了程姐，也許她認爲金雕被剪斷了翅膀就像人被銬住了雙腿一樣，無法再逃跑，也許她覺得牠喪失了翅膀也就喪失了在山野覓食生存的技能，只能終身依附在養雞場裏了，反正，她不再疑神疑鬼，一天幾遍來檢查籠子的鐵門是否上鎖，也不再有事沒事在院子裏悠轉，監視牠有無叛逃的跡象和舉動。一句話，她鬆懈了警惕。

牠很高興，牠的耐心終於有了結果。

牠知道，牠失去了翅膀也就是喪失了從天空逃走的優勢，困難比過去要大得多了。只能靠更周密的計畫，更謹慎的行事，才能如願以償。牠日思夜想，尋找逃出鐵籠子的最佳辦法。皇天不負苦心人，也不負苦心雕，牠終於想出了一個絕妙的計策。

那天傍晚，程姐送來半盆牛雜碎。這雜碎可能在廚房裏放了一兩天，雖然沒變質，但已不是太新鮮了。牠吃了幾口，突然梗著脖子嗷嗷急叫，胡亂踢蹬著腿，把剛吞下去還來不及消化的雜碎一塊塊反芻出來，吐在地上。牠的一雙雕眼像著了魔似地泛著白光，僵硬的脖子吃力地扭動著，似乎是欲啄咬鼓鼓囊囊的嗉子，但卻因為脖頸僵直轉動不靈活而無法啄咬到。牠痛苦地在原地打轉，全身的羽毛都可怕地聳立起來了。

「怎麼啦？巴薩查，你怎麼啦？」程姐驚慌地問道，「出什麼事了？」

牠用嘶啞的呻吟作了回答。

「你莫非是……食物中毒？哎呀，是我不好，我該死，這半盆牛雜碎是前天從街上買來的，一定是腐爛變質了！」程姐很痛心地自責著，尖聲叫嚷起來，「快來人哪——」

牠愈發尋死覓活地蹬腿拍翅，在地上打滾兒，擰著脖子大張著嘴殼，表現出一副想嘔又嘔不出來的痛苦狀。

一位頭髮曲蜷的小夥子以百米賽跑的速度奔進鐵籠子，怔怔地望著牠。

「梭飄，你還傻愣著幹什麼？快，到廚房去調碗肥皂水來，給巴薩查灌灌腸！」程姐惡

聲惡氣朝頭髮曲蜷的小夥子命令道。

頭髮曲蜷的小夥子剛要轉身去廚房，程姐又改變了主意：「回來，梭飄。快，你騎馬到鎮上請獸醫站的錢醫生來，肥皂水我自己來調。」

一眨眼的功夫，大路上響起急促的馬蹄聲，由近而遠，向雪山鎮方向飄去。

鐵籠子裏又只剩下程姐和牠了。

牠好像病得更厲害了，在假山邊蹣跚地走了兩步，腿一仄，歪倒在地，掙扎了幾次想站起來，都沒力氣站起來了。牠斜躺在地上，用令人絕望的眼光望著程姐，似乎在向她求救。

程姐急得鼻尖沁出了細汗，那雙美麗的單鳳眼裏蓄滿了晶瑩的淚水。她捧著牠的腦袋說：「巴薩查，你別急，你千萬要挺住。我馬上去給你調肥皂水，你吐一吐就會好的。」

牠可憐巴巴地眨動著眼皮，似乎已虛脫了。程姐飛快地朝廚房奔去。她太著急了，太慌張了，跨出鐵籠，忘了把門帶上。

程姐的身影一消失，巴薩查骨碌一聲翻爬起來，抖抖羽毛，抖掉一些裝病的晦氣，邁開雕腿走出鐵籠子，朝著雕場背後那座草深林密的山包走去。

假如牠有翅膀，牠能飛，牠早就輕輕鬆鬆地獲得了自由。但牠現在只能靠兩條雕腿一步一步地走。牠不是鴕鳥，牠的競走能力太差勁了，每走一步都挺費力，都要撐開那雙被剪淨了廓羽的殘翅努力保持身體平衡。牠搖搖晃晃跌跌撞撞地走著，恨不能一步跨進林莽或草叢，跨進能隱藏牠身影的隱密角落。遺憾的是，從養雕場到那座草深林密的山包，中間有一段四五百公尺的開闊地，平坦坦光溜溜，連株小樹都沒有。這無疑是個危險的地段。牠拚命加快腳步，想趕在程姐發現牠逃跑之前越過這片該死的開闊地。

牠剛剛走到開闊地的中央，就聽到背後傳來喧鬧的人聲。牠扭頭一看，糟糕，是程姐帶著一個手提雙筒獵槍的男人，朝牠追來了。程姐一定是用極快的速度調好肥皂水，然後又用極快的速度回到鐵籠子，發現上當受騙後，怒沖沖帶著夥計前來追撵的。

「站住，巴薩查，站住！」程姐一邊追一邊大聲叫喚著。

牠才不會傻乎乎地站住呢。牠拚命加快腳步。

程姐和那位手提雙筒獵槍的男人越追越近，但是，巴薩查離草深林密可以藏身的山包也越來越近了。

「站住，巴薩查，再不站住，我要開槍了！」程姐氣急敗壞地叫嚷道。

興許是為了驗證程姐並非在空口威脅，砰——寂靜的山谷響起了一聲槍聲，是朝天射擊，離牠很遠的湛藍天空上飄起一朵小小的乳白色的雲霞。

牠下意識地斂住腳步。牠大腦皮層對人類手中的獵槍早已形成一種崇拜，類似教徒崇拜偶像。獵槍是人類主宰世界的象徵，是死神的代名詞。牠多年的獵雕生涯告訴牠，比牠更兇猛的食肉獸，比牠飛行技巧更高超的鳥禽類，甚至生活在水中的鱷魚，都無法逃脫黑森森的槍口。何況身後那位男人攜帶的是新式雙筒獵槍，裝彈簡便，精確度高，可以連續發射兩顆霰彈。

牠呆呆地站在原地，被獵槍的威力嚇傻了。

程姐嬌弱的喘息聲和提槍男子笨重的腳步聲越逼越近了。程姐喘著粗氣叫道：

「巴薩查，你……真乖……對了……就這樣……站著……別動……我來了。我曉得……你……是在同我……鬧著玩的……你是淘氣……我曉得……你是……在……同我……捉迷藏呢。」

再耽誤兩三分鐘，不，也許再耽誤一分鐘牠就要落入程姐的手掌，重新被關進鐵籠子去。突然間，牠腦子裏閃現出花水背死後那振翅欲飛的形態來，花水背爲了追求向太陽飛翔的自由，甘願去死，難道牠這隻雄雕的勇氣還不如一隻衰老的雌雕嗎？一剎那，牠因懼怕獵槍而喪失殆盡的勇氣神秘地得到了恢復。牠不顧一切地又邁動雕腿，朝山包奔去。

牠拼命扇動半截殘缺的翅膀，雖然無法飛起來，至少可以增大牠的前衝力。很快，牠就跑到山包上那片密匝匝的高山櫟樹林邊緣了，只要再越過一道土坎，頂多再堅持幾十秒鐘時間，牠就能鑽進藤蘿交纏的樹林裏逃之夭夭了。

嘩啦，背後傳來拉槍栓的沉重聲響。牠沒有回頭，但憑著一種感覺，牠知道那男人已朝牠舉起了獵槍。

「程姐，打吧！再不打，這畜生就鑽進樹林子去啦！」那男人嗡聲嗡氣地說道。

追攆的腳步聲戛然停止了。毫無疑問，程姐和那男人估量出繼續賽跑下去已無法把牠擒捉歸案，就明智地停下了腳步。停止追攆的另一個原因也是很清楚的，就是瞄準好，好射擊。

「程姐，讓我打死這畜生吧。讓牠逃走，還不如打死牠當野味來賣哩。」男人又叫道。

牠背脊冷嗖嗖的，牠知道黑森森的槍口此刻正對準牠的心臟，距離那麼近，牠奔跑的速度又那麼慢，牠是無法逃脫霰彈的襲擊的。

牠絕望了，但牠還是堅持向前跑。牠想像花水背一樣，爲太陽而殉身，倒在奔向自由的道路上。

轟——

雙筒獵槍炸響了。牠想像自己的身體一定被鑽透了好幾個血窟窿，奇怪的是沒覺得疼，也許是生命結束時瞬間的麻木吧，牠想。

就在獵槍炸響的同時，響起程姐撕心裂肺般的尖叫：

「不——不要開槍！」

但獵槍到底還是炸響了。牠邁動雙腿，還能自由奔跑。牠明白了，子彈沒打著牠。尖嘯的霰彈貼著牠的頂羽飛過去，一股灼熱的氣流燙得牠忍不住甩了甩腦殼。牠前面土坎上濺起一朵泥花。

牠匆匆扭頭瞥了一眼，是程姐手捏著槍管，高擎在半空。也就是說，在男人扳動槍機的一瞬間，程姐抬高了槍管，霰彈才沒有把牠的血肉之軀撕碎。

牠已越過土坎，來到高山櫟樹林裏。牠鑽進藤蘿交纏的樹林深處，很快就在程姐和那男人的視界內消失了。

牠覺得程姐起先一定也像那男人一樣想把牠打死的。與其什麼也得不到，還不如得到一具屍體，牠的肉塊紅燒、清燉、油烹後擺在飯店的餐桌上，也是一盤名貴的野味。但程姐卻在最後一秒鐘改變了要射殺牠的想法。她寧可牠逃掉，也不願殺死牠。

程姐到底還是真心愛牠的，牠心裏湧起一股暖流。

十三　回歸山林

牠回到了日思夜想的原始森林。牠終於徹底掙脫了人類給牠設置的有形和無形的束縛，終於徹底跳出了養雕場用鐵絲網構造的牢籠。牠自由了，雖然牠付出了被剪斷翅膀的昂貴代價，但牠畢竟獲得了身心兩方面的解放，牠覺得還是很值得的。

牠成了一隻自由自在的野金雕。但日子過得似乎並不瀟灑，牠在森林裏碰到的第一個難題，就是饑餓。

眼下正是尕瑪爾草原春夏交替季節，食草類動物繁殖的旺季，草兔、姬鼠、羚羊隨處可見，遼闊的草原可說是食肉類動物豐盛的餐桌。牠之所以在這樣的季節還塡不飽肚皮，完全是因爲牠被剪斷了翅膀。作爲猛禽，牠是依靠翅膀的力量在雪山草原稱雄稱霸的。剪斷了翅膀，等於剪斷了牠獵食的技能。牠只能像隻笨拙的山雞那樣，在山坡或靠近山腳的草原蹣跚奔跑，啄咬老鼠、青蛙、螞蚱。牠常常是累得精疲力盡，最後卻一無所獲。雕被剪斷了翅膀，比雞還不如。實在沒辦法，牠就找塊陰濕的地方，用雕爪扒開鬆軟的紅山土，啄食蚯蚓、地狗子、白蟻和四腳蛇。這些小玩意兒，在過去即使送到牠的嘴邊，牠也不屑一顧的。

除了覓食的壓力外，牠還經常處在危險之中。牠有翅膀時，憑藉著自己能飛升天空的優勢，根本不把那些食肉類走獸放在眼裏，即使面對讓其他草原動物聞風喪膽的雪豹，牠也無所懼怕，頂多和雪豹天上地下各自爲政，和平共處罷了。但現在，牠卻時時處處要提防食肉類走獸的襲擊和追捕。

牠不能永遠活得像雞那般窩囊，牠必須儘快使自己的翅膀重新豐滿。

按金雕的生理規律，體表的正羽、絨羽和毛羽每兩年更換一次，以新換舊，就像蛇脫皮一樣。但飛翼外側的廓羽，卻要五年才更換一次。要使自己的雙翼重新長出能飛上天空的廓羽，牠有兩種方法可以選擇。一是按照身體內羽毛自然再生的規律，讓被剪斷的廓羽慢慢脫落淘汰，時間雖然漫長，這樣做的好處是，不受皮肉之苦，在等待新廓羽豐滿的過程中，可以逐步恢復飛翔的能力。還有一種方法，就是採取特殊手段促使廓羽快速再生。

金雕在擒獵格鬥中，在兩雄爭鬥時，常常會被對手或咬掉或啄掉或拔掉一兩片珍貴的廓羽，體內便會產生一種奇妙的修補機制，暫時抑制住體表正羽、絨羽和毛羽的新舊更替，而把羽毛再生的潛力完全轉移到失去的廓羽部位，少則三月，多則半年，殘缺的廓羽便會補充

豐滿。牠設想的第二種特殊手段，就是利用體內奇妙的修補機制，狠狠心拔掉兩翼所有被剪斷的廓羽殘根。這樣做的好處是，牠可以縮短好幾年時間，扇動嶄新的翅膀遨遊藍天，壞處是，牠將承受拔毛的痛苦，並在斷翅殘渣全部拔盡新羽又還沒來得及長出來的那段時間裏，牠要比現在更難覓食，更有被食肉類走獸吃掉的危險。現在，牠至少還能扇動斷翅殘羽產生推力，從而使牠跑得快些，拔掉殘羽後，牠將比最肥胖的母雞還要跑得慢了。

何去何從，需要當機立斷。

牠在兩種各有利弊的方案間徘徊了兩天，牠在痛苦的選擇中猶豫不決。牠畢竟是一隻金雕，牠的動物本性就是按照快樂原則生活的。牠害怕拔毛的痛苦，牠不願流血。但沒有痛楚，不付出血的代價，也就不會有新生的喜悅，就不會有美妙的將來。牠冒著九死一生的危險從養雕場的鐵籠子裏逃出來，不就是想要過一種嶄新的沒有缺憾的生活嗎？難道牠願意像草雞那樣生活五年嗎？牠終於克服了自己的軟弱，決心用短暫的陣痛換取長久的幸福。

牠特意選擇了一個豔陽高照的早晨。牠登上一座向陽的山崗，面朝紅豔豔的太陽，最後梳理一遍飛翼上的殘羽。牠用嘴喙啄著每一片被剪斷的廓羽斷渣，讓它們接受太陽溫柔的撫摸。牠讓帶著野花清香的暖風愜意地吹拂著自己的身體。牠一會兒平撐開翅膀，一會兒昂首舉足，像在舉行某種神秘而又聖潔的儀式。

牠當然知道，拔掉殘羽並不需要如此繁瑣的儀式，也沒必要選擇這樣一個登高望遠並能接受太陽照射的地點，假如從安全角度考慮，找個隱秘的山洞拔掉羽毛是最理想的。牠之所以要到陽光燦爛的山崗上來拔毛，牠覺得永遠飛翔在宇宙軌道上的太陽，會增強牠戰勝疼痛和戰勝動搖的力量；牠覺得殘羽雖然醜陋難看，也是牠身上的東西，把金色的羽毛拔下來還給金色的太陽，才符合牠的信仰和追求。

太陽逐漸上升，與牠的身影形成一條水平線，牠的投影落在身後淺灰色的岩壁上，像幅巨大的壁畫。牠慢慢扭動脖頸，用嘴殼輕輕銜住飛翼外側第一根殘羽，兩隻雕爪緊緊摳住差不多快風化了的岩石表層，努力使自己的身體站立得更沉穩些，然後，牠凝神屏息，靜穆地等待著太陽重新從一塊紫黛色的烏雲下面鑽出來。陽光燙熱牠眼皮的時候，牠用力闔攏嘴殼，猛地甩動脖頸，同時用足全身的力氣向後收縮翅膀，一拉一扯，只聽見一聲輕微的雕皮被撕裂的聲響，半根廓羽斷渣已被牠拔了下來。牠翅膀上一陣刺痛，通過神經傳導，漫及全身。翅膀尖有點潮濕，牠一陣哆嗦，牠知道，這是毛孔裏滲出來的血粒。

牠咬緊牙關，又開始拔第二根殘羽，不知是因爲用力不夠，還是因爲這根飛羽長得特別結實，牠猛甩脖頸，整個身體被甩得仄倒在地，連續拔了好幾次，才把第二根殘羽拔了下來。

第三、第四、第五、第六、第七……當牠把右翅膀上的殘羽全部拔盡後，太陽已經偏西，牠已累得精疲力竭，背脊和胸脯上的絨羽都給冷汗打濕了。整隻右翅膀血淋淋的，火燒火燎般疼。

牠開始有點後悔不該用這種殘忍的方法來使自己的羽毛新生。但這只是明知事情無法逆轉故意要用後悔來減輕心靈壓力的後悔，是一種假後悔。

作爲一隻雄雕，牠是不可能半途而廢的。牠又開始用同樣的方法對付左翅膀。

牠的力氣已耗損得差不多了，牠的勇氣也已接近尾聲。牠已疼得無法再傲然挺立，牠躺臥在地上，指甲仍然摳住岩石表層，再加上身體的重量，才勉強不被拔毛時那股猛力推歪撞倒。當牠拔去左翼上最後一根殘羽時，已是月明星稀，萬籟俱寂的深夜了。

牠癱倒在地上，兩隻翅膀像刀割般地疼，濕漉漉的，黏滿了血。牠因劇痛和過度疲倦，連站起來的力氣都沒有了。牠虛弱地躺臥在山崗上，面前是幾十根長長短短、大大小小被牠自己拔下來的飛翼殘羽。此刻，牠已徹底喪失了防衛能力，別說現在來一匹豺或狼之類的猛獸，即使出現一隻狗獾或者一隻黃鼬，牠也會被牠們當作可口的點心吞吃掉的。幸運的是，沒有任何走獸出現，牠度過了一個寧靜的夜晚。黎明時分，兩翼的劇痛才緩解了些，也許是創口已經結痂，不再流血了。

當晨曦在日曲卡雪山頂峰露出一點耀眼的光斑時，牠才勉強站立得起來。牠銜著一片片帶血的殘羽，高高擎起，讓每一片金色的殘羽都蘸滿霞光，然後拋向白霧瀰漫的山谷。殘羽被山風托舉著，在天空旋繞飛舞，飄遊散落，在太陽的照耀下，熠熠閃亮，像一片片金色的雪花。然後，牠艱難地走下山崗，走向牠早就選擇好了的羊旬子草灘。牠要在那兒生活半年左右，等待雙翼長出新的飛羽。

這是一段充滿危險，充滿恐怖，充滿焦慮和煩躁的日子。時間被拉長了，每一秒鐘都變得漫長而難熬。牠被迫變得像隻膽怯而又窩囊的家雞。牠一天到晚在草地上刨食昆蟲或軟體小動物。牠每天覓食前都要事先仔細觀察四周動靜，確實周圍沒有潛伏的食肉類走獸，才敢從棲身的樹洞裏鑽出來。在覓食過程中，牠也不敢把全部注意力都集中到食物上，牠還必須豎起耳朵，諦聽是否在附近有可疑的響動。牠只能像雞那樣，一隻眼睛盯在草根邊蠕動的蚯蚓上，一隻眼睛環視著四周的草葉，一有風吹草動，牠就立刻停止覓食，準備躲避危險。

牠現在才深刻體會到，懦弱的沒有任何防範能力的食草類動物活得是多麼累。

牠刨食蚯蚓、土鱉蟲、地狗子，牠不是雞，當然覺得味道差極了。牠胃口特大，這些小玩意兒只夠塞牠的牙縫。牠渴望能飽餐一頓鮮美的肉食。有一次，牠從草葉的縫隙中看見一隻灰兔正呆頭呆腦向牠藏身的地方靠近，牠學食肉類走獸的辦法，悄悄埋伏在一塊大石頭後

面，屈爪縮腰，耐心等待著。

灰兔順風而來，沒聞到牠身上那股猛禽的腥味。待灰兔走到大石頭前，牠縱身躍起，張開利爪撲過去。牠到底不是食肉類走獸，發揮不出突然撲食的敏捷和威勢，牠的撲躍動作笨拙而又遲鈍，牠撲了個空，灰兔急叫一聲扭頭逃掉了。牠饞得直流口水。牠沒有翅膀，牠連最孱弱的兔子也對付不了。

牠實在餓極了，就把覓食的注意力轉向蛇。

蛇是爬行動物，只能在地上蠕動，速度和牠行走差不多。牠生來就是捕蛇專家，雖然失去了翅膀，但豐富的捕蛇經驗尚在，也許能僥倖得手的，牠想。蛇肉鮮美無比，又能滋補身體，對牠飛翼再生大有裨益。

那天早晨，牠鑽進一條小泥溝，運氣不錯，看見一條眼鏡蛇正吱溜溜在牠前面遊動。牠滿心歡喜，趕了過去。眼鏡蛇聽到響動，嗖地一聲豎起扁平的三角型蛇頭，脖子膨脹如球，發出微風吹動竹篁般的呼呼聲，兩隻凸突的玻璃珠子似的蛇眼射出陰毒的凶光，蛇嘴張開著，血紅的信子吞吐著，磨礪著兩枚乳黃色的蛇牙。牠曉得，蛇牙裏蓄滿了劇毒的蛇涎。

牠毫不畏懼。牠不下上百次與毒蛇打交道，熟悉蛇的長處和短處。牠有把握不讓這條眼鏡蛇噬咬到牠的身體。

牠沉著地靠近去，用堅硬的嘴殼挑逗般地在蛇頭上方搖搖晃晃，惹得眼鏡蛇頻頻朝牠的嘴殼出擊。蛇脖子閃電般地一伸一縮，牠靈活地躲閃著，使牠連連咬空。蛇頭氣呼呼地越抬越高，超過了牠的身高，蛇信子吞吐的頻率也越來越快，嘶嘶有聲。牠看得出來，這條眼鏡蛇已經被牠逗急了，逗怒了，恨不得一口咬中牠的軀體，把牠咬死，然後把牠吞吃掉。牠暗暗高興，牠就是要激怒眼鏡蛇，讓眼鏡蛇喪失理智，變得瘋狂，消耗盡體力和銳氣，這樣才更容易擒獲。

眼鏡蛇朝牠嘴殼啄咬了一陣，見無法咬中牠，失去了信心，高昂的蛇頭倏地縮下去一大截，積極防禦變成了消極防禦，警惕地注視著牠搖晃的嘴殼，輕易不再出擊。

牠已經餓壞了，昨天傍晚才吃了七八隻蝗蟲，早就超前消化了。牠不願意跟這條眼鏡蛇打一場持久戰，牠要速戰速決。牠開始以眼鏡蛇盤踞的地方爲軸心，轉起圈來。牠一會兒曲起膝關節，彷彿準備撲上去用利爪攫抓蛇的七寸；一會兒伸長脖頸，彷彿準備啄咬對方的眼珠子。眼鏡蛇被牠逗引得又躥抬起三角型的腦袋，兇狠地朝牠出擊。

又過了一會兒，眼鏡蛇終於累了，腦袋蔫沉沉地縮下去，一米多長的滑溜溜的蛇身體也不像剛才纏得那麼緊湊，變得鬆垮垮，像盤爛草繩。

根據以往的經驗，牠知道，現在已到了對這條眼鏡蛇進行致命一擊的時候了。牠悄悄將

所有的力量都聚積在兩隻雕爪上，佯裝著逗弄對方似地將嘴殼朝前一晃；眼鏡蛇對牠這虛晃的一招似乎已懶得提防，仍然神情萎靡地待在原地不動。牠突然變佯攻為實戰，閃電般地朝前一躍，一隻爪子攫住蛇身的中段，一隻爪子攫住蛇的柔軟的脖頸。好極了，牠動作麻利，落點準確，控制了蛇的要害部位，牠覺得自己已經置這條眼鏡蛇於死地了。

牠犯了經驗主義的錯誤。是的，以往只要牠兩隻雕爪攫住蛇的中段和脖頸，沒有哪條蛇能逃脫被牠吞食的命運。但這有個先決條件，牠在雕爪攫蛇的同時，扇動翅膀飛離了地面。牠現在已失去了飛翔能力，無法使蛇離開地面，牠沒想到，蛇的身體只要還黏連在大地上，力氣要比在空中大出好幾倍。當牠用嘴殼朝玻璃珠似的蛇眼啄下去時，這條魔鬼投胎的眼鏡蛇突然翻滾身體，不但使牠啄了個空，更糟糕的是，蛇皮滑得像塗了層油，扭滾的力量竟那麼猛，牠尖利的雕爪怎麼也抓不穩，被眼鏡蛇一下就滑脫出來了。眼鏡蛇一甩蛇尾，迅速朝溝邊一個土洞遊逃去。眼看到口的美食就要泡湯，牠急了，顧不得講究角度和姿勢，連奔帶跳追過去，伸出雕爪就要再次去攫抓。

看來這條眼鏡蛇大腦皮層特別發達，突然像患了狂舞症的人那樣，瘋狂舞蹈起來；眼鏡蛇毫無規則地在地上翻滾扭曲，一會兒伸長脖子，一會兒豎立尾尖，一會兒挺露出乳白色的腹部，一會兒又弓起花紋對稱的黃褐色的脊背，動作劇烈，瞬息萬變，舞得牠眼花撩亂。

牠的兩隻雕爪左抓右抓，不是抓空，就是抓淺了又被牠滑脫掉；牠的嘴殼前啄後啄，不是啄漏，就是啄偏，啄不到要害部位。

牠憤怒得兩眼冒火。牠捕蛇能手的桂冠難道是紙糊的嗎？蛇有蛇的舞蹈，金雕也有金雕的舞蹈，牠要用金雕的舞蹈來制服蛇的舞蹈。牠也劇烈地跳動起兩條雕腿，拍扇起兩隻可憐兮兮的禿毛的翅膀，狂亂地擺甩起堅硬的嘴殼，和眼鏡蛇在一個圈子裏周旋，形成了十分罕見的雕蛇共舞。

當然不是爲了娛樂或消遣才跟眼鏡蛇跳交誼舞的。牠跳的是斷魂舞。牠瞅準機會，一個大旋轉，右爪剛好卡住蛇的脖頸。但還沒等牠卡穩，眼鏡蛇已蜷起細長的身體，像條柔軟的繩索，在牠身上纏了兩道。過去牠逮蛇時，也碰到過個別生命力特別強悍的蛇垂死掙扎纏繞牠的身體，那都是在空中，蛇的纏繞十分稀鬆，牠只要用力抖動翅膀，蛇的臼關節便會散成一條直線。

牠又一次犯了經驗主義的錯誤。在地面，蛇的糾纏竟是那麼緊湊，就像一條柔韌結實的牛皮繩，而且是條被施過魔咒的如意繩，緊緊地勒住牠的雕爪、脖子和身體，勒得牠無法動彈，勒得牠喘不過氣來。牠拼命抖動身體，想從這死亡的纏繞中擺脫出來，但無濟於事。幸好眼鏡蛇被牠的一隻雕爪卡住了脖子，無法用毒牙噬咬牠的身體。

牠快急瘋了。牠像雞啄米一樣胡亂朝蛇頭啄擊，希冀能啄瞎蛇眼，蛇因劇痛而放鬆纏繞。但這條眼鏡蛇比牠想像的更狡猾，左躲右閃，成功地避開了牠的襲擊。牠只好拼命捏緊那隻卡住了蛇脖子的雕爪，企圖能捏碎蛇的頸椎骨，擰斷牠的脖子。牠的爪關節捏得嘎巴嘎巴響，眼鏡蛇眼珠子爆突出來，嘶嘶的呼吸聲也變得斷斷續續了。

突然，眼鏡蛇將三角型的扁平腦袋往空中一挺。牠以爲牠要斷氣了，可惜是個誤會。蛇頭往上翹昂是在用力收縮纏繞著牠的蛇身體，立刻，牠的胸腔像被堵住了似地悶得慌，肋骨疼得像要斷裂，彷彿被一股蠻力撳在水中，呼吸變得異常困難。牠不由自主地鬆開卡住蛇脖頸的雕爪，去踢蹬纏在胸部的蛇的粗壯的身軀。

這條鬼蛇，用纏得牠窒息的手段，有效地避免了蛇脖子被牠捏碎擰斷。更糟糕的事還在後頭，牠的雕爪放鬆後，蛇脖子恢復了自由，突然朝牠大腿咬來，蛇信子像一顆紅色的流星，剎那間已快觸及到牠腿上的絨羽了。牠知道眼鏡蛇的厲害，被牠咬一口，即便是頭身強力壯的野牛，幾分鐘後也會全身麻痹，口吐白沫倒斃在地。牠急了，用嘴殼對著洞開的蛇嘴亂啄，蛇牙咬在牠堅硬的嘴殼上，嗶嗶直響。牠雕爪亂踢亂蹬，禿毛翅膀又扇又打，趁眼鏡蛇扭閃之際，掙脫了纏繞，跳開出去。牠已疲憊不堪，胸脯仍有被勒縛的感覺，隱隱作痛，一隻雕爪似乎扭傷了關節，有點站立不穩了。

眼鏡蛇的情況似乎比牠要好些，雖然蛇身被牠啄出好幾個小洞，蛇脖子被牠撕出好幾條傷痕，卻仍然豎立著扁平的腦袋，脖頸在空中悠悠晃蕩著，鮮紅的蛇信子吞吐著殘忍和力量，擺出一副準備再次迎接牠挑戰的架勢。

牠不是不自量力的莽漢。牠曉得牠是沒有能力將這條可惡的眼鏡蛇置於死地了，牠慢慢地朝後退卻。

牠到底是蛇的天敵，雖然因失去翅膀而鬥得狼狽不堪，但雕的氣味尚在，威風未泯，眼鏡蛇也不敢向牠主動出擊，也慢慢地朝後遊縮，退進一個潮濕的土洞。

牠輸了，牠只好繼續去捉螞蚱吃。

十四　重生

牠像隻草雞那樣窩窩囊囊地活了三個多月。漸漸地，牠覺得自己的翅膀不再有空落落的感覺，山風吹來，也不再有涼徹肌膚的感覺。兩隻翅膀開始長出金黃色的絨羽，輕柔得就像一片片雲。牠又重新體會了一次雛雕渴望自己的羽毛早日長豐滿的焦急心理。每天清晨，牠都小心翼翼地用嘴喙蘸著花瓣上的露水，輕輕地一遍又一遍梳理飛翼外基部新長出來的羽毛。每天黃昏，牠都要平展展撐開翅膀，讓最後一抹晚霞在牠新的羽毛間留下火一般的熱情和色彩。牠還站到齊膝深的冰涼的溪流中間，像一隻最笨拙的魚鷹那樣啄食小魚小蝦，有時等候半天，只啄食到一兩條寸把長的花鯉魚，牠也不洩氣。活魚活蝦有利羽毛發育成長，爲了能早日重返藍天，什麼苦和累牠都願意忍受。

終於，牠兩隻翅膀上的飛羽逐漸長豐滿了，雖然沒有過去那般堅硬厚實，卻也密匝匝的蓋住了兩側胸腹，雖然還沒長到像過去那樣拖及尾羽，也已差不多蓋住屁股了。牠扇動翅膀，也已能聽到呼呼的風響。牠高興極了，迫不及待地想試試牠的飛翔能力，牠希望牠的翅膀再加上牠的意志和決心，能產生奇蹟，載著牠翺翔藍天。

那天，日曲卡雪山刮起了西北風，風勢不算太猛烈，卻也強勁有力，幾片落葉被山風托舉，像小鳥一樣頡頏翻飛，在空中滯留了很長時間。天氣晴朗，豔紅的秋陽給山谷灑下一層暖意。這是一個理想的試飛天氣。牠蹦蹦跳跳沿著山脊線登上山麓一座小陡坡上，陡坡離地面二十多丈高，正好逆風，可以增大飄浮力，底下是一片平坦的草地，草尖被秋風熏得泛黃，密實的半枯半綠的草皮像鋪著一層海綿。牠站在陡坡邊緣，心裏湧起一股重新振翅飛翔的豪情。牠又一次撐開翅膀，讓山風從牠兩肋間穿過，試著在原地彈跳了一下，一股強勁的升力使牠的身體突然間變得輕盈。感覺良好，有希望能試飛成功的，牠想。

牠不再猶豫，縱身一躍，從陡坡上跳了下去。牠平撐開翅膀，想讓強勁的逆風把牠托舉起來，可是，牠跳到空中的一瞬間，突然覺得身體變得像鉛坨般沉重，直往下墜。牠使勁拍扇翅膀，想讓自己的身體保持平衡，可是，兩隻翅膀彷彿是用棉花黏成的，柔弱無力，無法和山風抗爭。

牠的身體還是垂直往下落，擺不脫地心的引力。牠很清楚繼續這樣往下掉是什麼結果，起碼要摔斷兩條腿，弄不好還會砸傷內臟，終身殘廢。離地面越來越近，牠後悔不該這樣冒

冒失失來試飛的。牠犯了一個十分幼稚的錯誤，翅膀沒長硬就想飛上天，牠這是在跟自己的生命開玩笑。但後悔已經來不及了，儘管底下是棉絮般的草地，牠這身骨架也經不起自由落體般掉下去的。

不，牠不能束手待斃，牠想，牠一定要設法讓身體垂直下落變成斜線飄落，挽救自己的生命。牠使出最大的力氣，把那對稚嫩的翅膀拍扇得像蜂鳥那樣快疾，想用高頻率的扇翅來增加飛翔能力，飛翼外基部新長成的羽毛被吹得凌亂不堪，無法承受劇烈的動作。叭，牠聽到飛羽被風折斷的細微聲響。牠咬咬牙，仍然用最快的頻率扇動翅膀，終於，牠的身體頂著逆風開始斜線飄落。

就在這時，牠的雕爪已觸及地面。牠站立不穩，強大的慣性使牠一個趄趔，跌倒在地。牠的腦袋擦著草葉，滑出一丈多遠。草叢中的荊棘刺藤把牠胸脯上的絨羽一根根攏了下來，疼得牠渾身打哆嗦。內臟似乎也受了震傷，隱隱作疼。最倒楣的還是翅膀，新長成的飛羽七零八落，被折斷了好幾根。牠朝遼闊的山谷哀鳴著。

從此，牠不敢再冒險試飛。牠牢牢記著第一次試飛帶來的慘痛教訓，牠要等翅膀長硬後再飛上藍天。這大概要等到明年春暖花開的時節了，牠想。

冬天來了。對於雙翅完好、身強力壯的金雕來說，冬天也是個嚴酷的食物匱乏的季節，對巴薩查來說，困難就更大了。幾場鵝毛大雪下過之後，日曲卡雪山山麓的雪線急遽下退，終於和尕瑪爾草原上茫茫雪野融爲一體。色彩繽紛的世界只剩下了一種顏色，那就是耀眼的白色。偶然有幾棵高大的松樹從雪被裏頑強地挺立起灰褐色的軀幹，撐開墨綠色的樹冠，給白茫茫的大地些許趣味性的點綴。

見不到可以啄食的老鼠，牠實在餓極了，就使勁刨開厚厚的雪被，想尋找一些在淺土層中生活的小動物充饑。牠好不容易用雕爪刨開一個雪坑，爪子都快凍僵凍痲了，但裸露的土地卻已被冰雪凍得梆硬，嘴殼啄上去，就像啄在石頭上，「槖槖槖」，發出清脆的聲響。

牠奮力啄擊著，終於啄碎了土地表層的冰碴，牠繼續往下啄，犀利而又堅硬的嘴殼被磨礪得滾燙滾燙，終於在地上啄出個碗口大小的洞洞。牠仔細在洞洞裏搜索了一遍，連一隻地鱉蟲一條紅蚯蚓也沒找到。這些在黑暗的地下世界裏生活的小動物也許是被嚴寒凍死了，也許是被寒冷驅使鑽進了地的深處。牠一無所獲。

牠已經兩天沒進食了，餓得頭暈眼花。被牠啄開的土層裏散落著一些草籽，那是連痲雀都不屑一顧的東西，牠自從蹭破蛋殼來到這個世界，還從來沒吃過這玩意兒，但此刻，牠卻饑不擇食了，狼吞虎嚥般地把草籽一粒粒啄食得乾乾淨淨。

牠是食肉類猛獸，卻被迫改變習性食草了，牠覺得十分委屈。

草籽的滋味牠實在不敢恭維。淡而無味，有一股苦澀的土腥味，勉強吞咽下去，雖然暫時抑制了一點那難以忍受的饑餓感，卻噁心得嘔吐。爲了活命，牠又啄開一個土坑，繼續啄食草籽。不一會兒，牠的雕嗉脹鼓鼓十分難受，開始拉肚子，拉出來的儘是草綠色的稀屎，夾雜著無法消化吸收的草籽。

牠快餓瘋了。牠到處尋找可以吞咽的食物。牠來到古戛納河灣，遠遠望見一隻棕紅色的小松鼠正在河灘上啃咬被潮水捲上岸來的螺絲和河蚌，牠急忙朝小松鼠靠近，但還沒等牠踏上河灘，小松鼠就連奔帶跳逃到河岸一棵松樹梢去了。牠只好在樹底下乾瞪眼。

在白皚皚的雪地上，牠太醒目了。牠無法隱蔽自己，也無法做到快速出擊。

巴薩查決定走出狹窄封閉的羊甸子草灘，到古戛納河谷深處的熱水塘去碰碰運氣。對牠這隻被剪去了翅膀只能在地面彳亍行走的金雕來說，這無疑是一次冒險的遠征。路途的辛勞不說，冬天的熱水塘其實是個巨大的死亡陷阱，虎豹豺狼各類大型食肉類猛獸被寒冷和饑餓驅使著，麇集到熱水塘附近，對已失去飛翔優勢的牠來說，極有可能是自己送上門去的一頓美餐。但牠權衡再三，覺得還是值得去冒冒險。牠知道，山羊、草兔和各種食草類動物也會在寒冷和饑餓的驅使下，來到熱水塘；或者在溫泉邊取暖，或者在被溫暖的氣流熏綠的草地上啃吃青草。假如牠運氣好的話，或許可能撿到一隻衰老的兔子，或者逮到一隻行動笨拙的穿山甲，就算什麼也逮不著，起碼也可以撿些猛獸吃剩下來的殘渣剩肉。總比待在羊甸子草灘裏啄食草籽，最後變成一具餓殍凍屍要好得多。

牠從日出走到日落，走了整整一天，才走到熱水塘。

熱水塘夾在兩座陡峭的山梁間，由大大小小十幾眼溫泉組成，老遠就聞得到一股刺鼻的硫磺味，稍走近些，便望得見乳白色的熱蒸汽在空中嫋繞，有的捲成蘑菇狀，有的被風飄成長帶，熱水塘四周一圈山坡，沒有積雪，草木依然呈現綠色，就像給熱水塘鑲著一道綠色的花邊。這在滴水成冰的隆冬季節，別有一番奇異的景象。

牠在山坡上仔細觀察了地形，緊靠嘟嘟翻冒著水泡的一塊燙成焦鐵色的水塘右側，有幾塊比人還高的頁岩，雪花飄到頁岩上，一眨眼就融化成水珠。顯然，這幾塊頁岩被熏熱了，可遮風擋雪，可依偎取暖，還能隱蔽自己，對路過的食草類小動物實施突然襲擊。牠興沖沖朝頁岩叢走去。

牠做夢也沒想到，牠剛拐進頁岩叢，就差點撞進老狼的懷裏。其實，老狼藏匿的位置並不特別巧妙，入口處還撒有狼的糞便，假如牠小心謹慎，進三步退兩步，一面走一面仔細觀察四周可疑的跡象的話，牠是完全可以及時發現危險而重找一個可以取暖的地方的。牠太大

意了，牠太急於想依偎在溫泉邊暖和暖和凍麻的翅膀和在雪地長途跋涉差不多快冷僵了的雕腿了。牠莽莽撞撞轉過一塊扁形的頁岩，毫無防備地一個急拐彎，突然發現，一步之遙躺臥著一匹狼！牠愣住了，像傻瓜似地呆呆望著狼出神。

這是一匹毛色黑得發亮的老狼，眼梢吊向眉際，臉頰有一塊長條形的傷疤從耳根掛到下巴，使本來就很兇殘的狼臉愈發顯得陰毒可怖。牠的肚皮癟癟地貼在脊梁骨上，瞳仁裏閃爍著綠瑩瑩的饑饉的光。牠正緊緊貼在頁岩上烤熱取暖。

牠已懶得轉身逃命了。假如命裏註定牠要葬身狼腹，就讓厄運早點降臨吧。這匹老狼只要朝前一躥，牠是無論如何也逃不脫狼牙狼爪的。牠絕望地等待著。

奇怪的是，好幾秒鐘過去了，老狼沒朝牠撲躍過來，只是呲牙咧嘴朝牠嚎叫一聲，但身體並沒動彈，仍緊貼在暖烘烘的頁岩上。顯然，老狼沒想同牠認真糾纏，只是在對牠恫嚇，想把牠趕走。

難道牠碰到了一頭吃齋念佛善良的狼？

老狼把掃帚似的尾巴在地上刷刷刷掃動了一陣，又朝牠狂嗥了幾聲，卻仍然沒站立起來。

牠眨巴著雕眼，終於明白大公狼爲何不朝牠撲咬。老狼不知道牠是隻失去翅膀不能飛上藍天的金雕，還沒看出牠的雙翼有什麼不正常。老狼一定以爲自己碰到了身心強壯的金雕，因此不願進行徒勞的撲擊。

在正常情況下，狼雖然以擅長奔跑和廝咬成爲雪山草原的精英，卻無法逮捉到金雕，一條十分簡單的真理是，狼沒有翅膀，不能飛上天去。顯然，在巴薩查面前一步之遙的，是匹閱歷頗深、足智多謀、見多識廣的老狼，很懂得這個道理，所以才沒同牠動真格的。

牠心頭一陣狂喜，正好可以利用老狼錯誤的經驗和錯誤的判斷，從死神面前脫生。牠告誡自己要鎮靜。慌亂容易露出破綻。牠用食肉類猛禽慣用的那種凌駕一切、傲視一切的冷峻目光瞅了老狼一眼，然後不慌不忙地轉過身來，沉著地一步一步往後撤離。

老狼仍然躺臥在頁岩邊，用略帶疑惑的眼光目送著牠。老狼大概以爲牠是在故意挑逗，讓老狼嘴饞眼饞心饞，但只要老狼一動窩，牠就會振翅起飛，讓老狼羞死愧死氣死。

牠過去也曾跟一些貪婪的食肉類走獸開過類似的玩笑。

牠雖然外表極鎮靜，但心中卻十分虛弱，提心吊膽，如履薄冰。牠跟這頭老狼相距太近，只要牠露出一丁點兒不能飛翔的破綻，老狼就會毫不猶豫地朝牠撲躥上來。牠只有兩條腿，老狼卻有四條腿，在地面上賽跑，牠無論如何也不是老狼的對手。牠緊張得連舌尖都發麻了。

幸好老狼是個剛愎自用、自以爲是的傢伙。牠儘量裝著滿不在乎的樣子慢慢朝山梁上退去。只要再堅持幾分鐘，牠拐過那道山梁，就從老狼的視界內消失了。

要是沒有那道該死的陡坎，要是早點發現這道陡坡，牠是不會露出不能飛翔的破綻的，老狼也就不會殺氣騰騰來追擊牠，牠也就不會鋌而走險從懸崖上往下跳，當然也就不會……

事後巴薩查回憶起這段驚險的遭遇，真不曉得是該詛咒命運捉弄了牠，還是該感謝命運成全了牠。好事和壞事有時候是可以互相轉化的。但當時，牠卻被自己在老狼眼皮底下露出不能飛翔的破綻而驚得魂飛魄散。

那是一道被暴雨沖刷成的陡坎，有半丈來高，被鬆軟的雪泥覆蓋著。牠雖然眼睛看著前面，但全部的注意力始終集中在背後那頭老狼身上。牠稀里糊塗一腳從陡坎上踩了下去。陡坎邊緣深深的積雪立刻凹陷下去，牠像踩在雲朵裏，冷不防一腳踩空，身體重心傾斜了，歪仄了。牠本能地撲扇翅膀，下意識地做出一個飛翔動作。牠沒能使自己飛起來瀟灑地擺脫窘境。牠跌倒在雪地裏，從陡坡上咕咚咕咚滾了下去。積雪鬆軟而富有彈性，牠翻了兩個筋斗，羽毛沒碰掉半根，筋骨皮肉都絲毫無損，不過是黏了一身晶瑩潔白的雪花。可是，牠卻無可挽回地暴露出自己不能飛上藍天的致命弱點。

當牠翻身從雪地裏站立起來時，老狼已嚎叫一聲從溫熱的頁岩叢朝牠躥來。狼四隻細長有力的爪子踏著雪，揚起一團團紛迷的雪塵。這時，牠離老狼已有一兩百米遠。牠來不及細想，撲扇起不太結實的翅膀，作爲前衝力，邁出雕腿，沿著山脊線拼命奔逃。

牠慌不擇路，竟然逃到懸崖上來了。等到發現，已經晚了，牠已站在懸崖的邊緣。前面是幾十丈高的深淵，兩側是筆陡的絕壁，無路可逃。老狼已追到牠面前，堵住了那條唯一的退路。

牠陷入了絕境。

牠被迫像隻鬥雞似地聳立起脖頸上的絨羽，用尖利的嘴殼瞄準大公狼的眼珠子。牠還不時抬起一隻雕爪，在空中做攫抓動作，牠是在用身體語言告誡對方，牠雖然失去了飛翔能力，但牠還有進行殊死一搏的勇氣、膽魄和決心，牠還有可以致對方傷殘的尖喙和利爪！牠決不像懦弱的食草類動物那樣，不作任何反抗就被吞吃掉的。牠也許最終逃不脫被狼吃掉的厄運，但牠起碼也要老狼付出足夠慘重的代價，比如啄瞎一隻狼眼，比如將犀利的雕爪深深摳進狼背，給老狼留下難以癒合的創傷！

善的怕惡的，惡的怕橫的，牠這一招果然靈驗，老狼在牠面前停下腳步，陰森森的狼眼盯住牠的一舉一動，弓著腰，曲著腿，不敢貿然朝牠撲咬。老狼耐心地和牠對峙著，忽兒朝牠狂嗥一聲，忽兒朝牠揮起前爪。牠的神經緊張到了極限，老狼狂嗥一聲，牠就急忙撐開翅

膀，收縮全身肌肉，做好廝殺的準備，老狼揮起前爪，牠就會下意識地抬起脖頸，急遽地踏動雕爪，做出拚鬥的反應。

這大量地消耗了牠有限的體力。牠本來就因饑餓而身體虛弱，不一會兒便覺得頭暈眼花，快支持不住了。牠看見老狼的一隻尖尖的耳朵上下跳動著，顯露出一種嘲弄的意味。牠明白了，這匹老狼是在用計消耗牠的體力，想等牠精疲力竭時，再像收拾毫無反抗能力的食草類動物那樣收拾牠。老狼想先軟化牠的身體，再軟化牠的意志。老狼想既吃掉牠，又使自己毫無損傷。老狼想做一筆只賺不賠的買賣。這真是一匹貪得無厭的惡狼！

牠不能中老狼的圈套。牠想用轉守爲攻的辦法衝開老狼的堵截，強奪退路。牠朝前一跳，兩隻雕爪同時平舉起來，尖喙也刺向前方，朝老狼的胸脯衝去。牠想用兩隻雕爪攫住老狼的兩條前腿，牠想將嘴殼刺進噴吐濃重血腥味的狼嘴。假如老狼躲閃，牠就可以從原路退出懸崖。狡猾的老狼似乎早已看穿了牠的意圖，在牠起身跳躍的同時，也縱身朝牠撲來；老狼是以毒攻毒，用狼的撲咬來對付牠雕的撲咬。

牠被迫和老狼撞了個滿懷。牠的尖喙啄在老狼的腦門上，狼是銅頭鐵尾麻桿腰，牠雖然啄得兇狠，卻像是啄在石頭上，對方沒有受到什麼傷害，牠自己的嘴殼卻一陣酸麻，兩隻雕爪也被狼腿一掃，抓了個空，狼腿卻趁機朝牠腹部撓來。要不是牠猛蹬雙爪在雪地上翻了個滾，牠可能已經被狼爪按翻在地，被狼牙咬斷脖頸了。

要從狼牙狼爪下衝出一條生路的希望變得十分渺茫。老狼一步一步冷酷地朝牠逼近。

牠已無路可退。牠站在懸崖邊緣，只有一個方法可以擺脫老狼的糾纏，那就是從懸崖上跳下去。是的，跳下去，因爲牠還沒有能力飛翔。牠想起上一次試飛的慘痛教訓。那一次，底下是厚實的草地，才使牠沒有傷筋斷骨。而這一次，底下是亂石灘，假如也是傾斜著跌下去，是不會有生的希望的。

牠探頭向懸崖望了一眼，雪花淒迷，深不可測。牠腦袋一陣眩暈，不由自主地向後退了一步。

老狼嘴角滴著口涎，又朝牠逼近一步，然後，前腿弓，後腿曲，濁黃結實的狼牙上下磨礪著，發出咯沙咯沙令人毛骨悚然的聲響。老狼的身體語言告訴牠，老狼馬上就要朝牠進行致命的撲咬了。要麼被餓狼吃掉，要麼冒險從懸崖上跳下去，牠沒有第三條路可以選擇。牠是猛禽金雕，牠怎能甘心成爲老狼充饑的食物？牠寧可從懸崖上跳下去跌得粉身碎骨，也不會像食草類動物那樣束手就擒的。

就在老狼起身撲躍的一瞬間，牠一閉眼睛，雙腿用力一蹬，身體凌空而起，離開了懸崖。背後傳來老狼失望和憤慨的長嗥聲。

牠覺得自己的身體像秤砣似地直往下沉，跟前一次試飛時的感覺一模一樣。出於鳥的本能，牠撐開翅膀用力撲扇起來。風灌進牠兩側的胸肋，冷嗖嗖的，身體下墜的速度似乎減緩了些。現在大概是斜線往下跌了，牠想。

牠又加快了翅膀撲扇的頻率，希冀下跌的路線平斜些，再平斜些，盡最大努力減輕落地時的衝撞力。一會兒，牠感覺到自己的身體果然達到了相對平衡，下跌的速度顯著慢了下來，雖然還無法擺脫地心的吸力，還在往下跌落，卻平斜緩慢，像飄飛一般。

假如牠能在落地前一直保持這個下降速度和角度，也許牠又能死裏逃生了，牠想。牠高昂起頭顱，將兩隻雕爪收進下腹部，牠用力將結實豐滿的胸肌作大幅度伸縮動作，翅膀急遽地頡頏。

突然，牠感覺到自己的身體產生了一種奇異的變化，就像重馱的馬突然卸下貨物一樣，有一種重負消釋的輕鬆感，整個身體變得輕盈起來。山風不再肆虐地粗暴地吹亂牠腹背上的羽毛，山風變得很講秩序很講禮貌，均勻地從牠雙翼、雙腿和尾羽間穿流過去。腹部那層淡黃色的絨羽被山風吹拂著，緊緊貼在牠的皮肉上，與皮膚融爲一體。雙翼每一次扇動，便撲出一團強勁的旋風，旋風又黏連滯留在肩胛處，形成一股升騰力。

這感覺十分奇妙，既熟悉又陌生。牠驚奇地睜開眼睛，想看看究竟發生了什麼新鮮事。

哦，雪停了；哦；天空變得晴朗。牠第一眼就看到了一隻通紅的球，金色的光線幾乎刺得牠睜不開眼來。那是太陽！牠是在向太陽跌落，不，牠是在向太陽飄飛。牠的視線奇怪地在向上移動，從太陽的底線移到了太陽的中心，又移到了太陽的上端，終於，視線越過太陽，望見了深邃的藍天和輕浮的白雲。

牠恍然大悟，牠飛起來了，牠擺脫了地心的可怕的吸力，升上了天空。牠簡直不敢相信自己的眼睛，牠害怕眼前奇妙的飛翔情景其實是一種錯覺。牠嘯叫一聲，嘎──對面雪山峽谷發出親切的迴響。這絕對不是幻覺，這是事實！牠又試著撲楞一下翅膀，飛翼外基部那已折磨牠快一年的鬆垮空虛的感覺消失得無影無蹤了，取而代之的是一種緊湊而又實在的感覺，似乎大自然在牠身上突然施展了魔法，新生的飛羽奇蹟般地在牠生命的危急關頭變得堅韌，充滿了一種搏擊長空的力量。

牠無法解開怎麼會突然間恢復飛翔能力這個謎，也許是一種潛在力量被危險的按鈕打開了閘門，也許是命運之神對牠的一種恩賜。

牠飛起來了，緩慢地向上升騰。牠的翅膀雖然還沒像過去當獵雕時那麼堅韌，那麼揮扇自如，那麼矯健瀟灑，卻也能按節奏扇動，順風勢翱翔。牠擺動了一下尾羽，身體在半空中劃出一個漂亮的弧形，又飛回了懸崖上空。

呵，那匹倒楣的老狼還待在懸崖上，用一種驚疑的表情觀望著牠。老狼永遠也不會理解在牠身上發生了什麼奇蹟。牠高傲地朝老狼嘯叫一聲，降低自己的高度，戲弄般地在老狼頭頂猛扇了一陣翅膀，地面上的積雪被牠扇得紛紛揚揚，在老狼四周漫舞。老狼悻悻地嚎叫一聲，拖著那條掃帚似的尾巴，踏著碎步跑下懸崖，轉進熱水塘去了。

牠沒有興趣前去追趕。牠爲自己奇蹟般地恢復了飛翔能力而陶醉了。牠在空闊的山谷間盤旋了一圈又一圈，瑰麗的晚霞把牠的雙翅擦拭得晶亮，像塗了一層彩釉。

嘎——牠又屬於這廣闊的藍天了。

嘎——這廣闊的藍天又屬於牠的了。

十五　疑雲

一連幾天，牠都沉浸在終於又重新飛上藍天的喜悅中。牠在尕瑪爾草原整整飛繞了三圈，那是牠曾經生活過的地方，是牠狩獵創業的基地。牠飛遍了日曲卡雪山北麓的溝溝壑壑，牠要讓大山也知道，牠又成爲一隻能遨遊長空的猛禽了。牠暫時還不想築巢壘窩，牠像個流浪漢，渴了啄幾片雪花，餓了捉一隻斑鳩或岩鴿，然後就不停地飛。

牠覺得對鳥類來說，真正的生命就是翅膀。

牠獲得了第二次生命。

在短短的十來天時間裏，牠的飛翔能力和飛翔技巧迅速接近獵雕時期的水準；牠又能在空中隨心所欲地進行旋轉、顛簸和翻飛，牠又能撐開翅膀，在天空長時間靜止不動，任憑強勁的山風將牠托舉飄蕩作逍遙遊。

哺乳類動物是靠鼻子思想的，而鳥類是靠翅膀思想的。牠覺得自己過去的生活，那種種遭遇，就像是做了一場惡夢。現在，夢醒了。牠要忘卻過去，割斷自己的歷史，重新開始生活。

半個月後，當牠盡情地領略了重返藍天的樂趣和盡情地品嘗了野雕無拘無束的生活情趣後，牠自然而然地萌生出一個念頭，就是找個終身伴侶，建立一個溫馨的家庭。這才是完整的野雕生活。

牠年輕俊美，不愁找不到對象。

那天早晨，大雪初霽，潔白的山野塗抹著一層嫣紅的晨曦，牠迎著冉冉上升的太陽一個勁朝前飛，一直飛到尕瑪爾草原上空，飛到太陽變成一隻耀眼的白球，這才意興闌珊地擺動舵一般的尾羽，開始旋轉覓食。

牠運氣不錯，臨近中午時分，發現草原中部那條乾涸的古河道上，有一個小黑點在移動。牠疾飛過去一看，哈，原來是一頭小水鹿。牠悠閒地撲扇著翅膀，朝這頭孤獨的小水鹿飛去。

潔白的雪地上滑動著牠的投影。牠知道，牠的投影對小水鹿這樣的食草類動物來說，是死亡的陰影，是魔鬼的化身，會嚇得魂飛魄散。牠飛到小水鹿頭頂上空，將自己的投影準確地灑落到小水鹿身上。小水鹿果然被嚇壞了，撒開腿拚命奔逃。

牠一點也不著急，仍然從從容容地跟隨著目標飛行。暗褐色的小水鹿在潔白的雪野裏格外醒目，根本無法逃脫牠的視線，四周也沒有可供小水鹿藏匿的灌木林。牠要讓小水鹿在不停的奔逃中精疲方竭癱倒在雪地裏，這樣牠就可以不費吹灰之力將獵物擒捉住了。

倒楣的小水鹿噢噢怪叫著，一會兒朝東逃，一會兒朝西奔，完全分不清東南西北，逃到最後，在方圓不足五十米的有限空間兜起圈子來，活像一隻愚蠢的瞎眼鹿。很快，小水鹿就四肢綿軟，再也逃不動了，口吐白沫，驚恐地望著覆蓋在自己身上越來越濃重的猛禽的投影，突然間將腦袋鑽進雪堆裏，一動也不動，肥膩膩的鹿屁股完全暴露在外面。

巴薩查半斂翅膀，優雅地朝目標滑翔下去。說牠是要飛下去將獵物擒捉住，還不如說牠是要飛下去把獵物撿起來。牠攫住一半被累死、一半被嚇死的小水鹿，剛想帶回羊甸子草灘慢慢享受，突然，牠聽見背後傳來嘎——呀，嘎——呀的叫喚聲。牠扭頭一看，原來是一隻雌金雕在向牠呼叫。

這是一隻美麗的雌雕，乳黃色的嘴殼光潔細膩，像是用玉雕刻成的。飛翼像件金色的麗紗，整個身體呈漂亮的流線型。那簇頂羽與眾不同，是奇特的孔雀藍，就像戴著一頂珍貴的鳳冠。哦，是位漂亮的小妞，藍頂妞。

巴薩查像所有的獨身雄性動物那樣，很高興能有機會結識一位漂亮的異性。牠高聳翅膀，又徐徐降落回古河道。藍頂妞也跟隨牠降落下來停棲在牠身旁。

「啞——啞——」藍頂妞朝牠爪下的小水鹿柔聲叫著。

牠望望藍頂妞，雌嗉癟癟的，雌眼蒙著一層憂鬱，看來，這位佳麗是餓了，也許運氣不佳，已有好幾天沒有擒捉到可以充饑的食物了。

牠將小水鹿仰面扔在雪地裏，用嘴殼啄住小水鹿的下巴頦，慷慨地拍拍翅膀，邀請藍頂妞來和牠共同啄咬開小水鹿的腹腔，趁鹿血還未凝固，趁內臟還未凍僵，來一起享受糯滑可口、鮮美無比的鹿心鹿肝。

真的，假如藍頂妞不請求，牠也會邀請藍頂妞來和牠同食的。牠覺得再好的食物獨自吃起來，總吃不出應有的滋味來。和一個漂亮的異性伴侶同食共餐不僅僅是生理上的滿足，還是一種心理上的高級享受哩。

來吧，可愛的寶貝。吃吧，就算是我送給妳的見面禮。

奇怪的是，藍頂妞卻遲遲不下嘴喙來啄，而是一個勁地呀呀叫著，用哀求的眼光望著牠，又望望遙遠的日曲卡雪山山麓。藍頂妞來來回回在巴薩查和雪山之間移動著視線。

巴薩查並不蠢笨，很快就明白了藍頂妞這套身體語言所要告訴牠的意思，是想求牠把小水鹿無償贈送，讓藍頂妞帶回遙遠的雪山山麓去。巴薩查的心涼了半截。藍頂妞不願在此時

此地和自己分享美味的小水鹿，而要低三下四向牠乞討，說明在日曲卡雪山山麓，有比生命更值得藍頂妞照顧更值得藍頂妞依戀的東西。那東西不會是別的，肯定是一窩雛雛。

這麼說來，牠巴薩查遇到的是一隻已有歸屬、已經婚配並已生兒育女的母雕，而不是待字閨中的雌雕。牠的興趣和熱情直線下降。

金雕是一種高級猛禽，通常實行一夫一妻制，是不容許第三者插足的。這對雕夫妻也許是分開覓食的，也許是雄雕留在窩巢守護雛雛。

巴薩查猛地一勾腦袋，用嘴殼重新把小水鹿扒回自己的雕爪下。牠憑什麼要無私奉獻出牠好不容易才捕獲的小水鹿呢？牠自己的肚子也正餓得慌呢。大自然中所有向異性獻殷勤的動物，都是帶著目的的，牠也不例外。一旦牠發現這目的無法達到，還有什麼必要再繼續殷勤下去呢？牠一把攫住小水鹿，就想拍扇翅膀凌空飛起。

再見了，已經有了歸屬的母雕，哺育雛雛要靠自己的辛勤勞動，而不是靠乞討。

「嘎——」藍頂妞低垂著腦袋，淒涼地叫了一聲，似乎是在爲自己無恥的乞討行爲感到羞愧，又似乎是在爲得不到牠的垂憐而悲哀。

牠不由自主地又停下翅膀。藍頂妞抬起頭來瞟了牠一眼，牠發現藍頂妞眼睛裏泛動著一片晶瑩的淚光。牠心軟了。牠動了惻隱之心。牠覺得自己已沒有力量拒絕將小水鹿送給這隻母雕。

牠曉得牠這樣做完全不符合動物自私的天性。但牠已不是一隻普通的野雕，牠曾經當過獵雕，牠的行爲不免受到人性的薰陶。雖然牠執意要割斷自己的歷史，做一隻從生理到心理，從肉體到精神完完整整的野雕，但牠是無法抹淨過去生活的痕跡的。

牠突然想起過去當獵雕時的一段軼事。

那一次，牠跟著主人達魯魯進山狩獵，很幸運，獵到一隻松雉。在回家的路上，路過一間破爛的草棚，有個衣衫襤褸的女人懷抱著一個生病的孩子，坐在門口，呆呆地望著太陽。牠看見主人伸手在孩子燒得發燙的額頭摸了一下，然後默默地將肩上的松雉取下來，輕輕放在那女人腳邊，走了。主人並不認識這個女人，以後也從來沒再去找過這個女人。那也是個冬天，主人家也巴望著能獵到點野味好去集上換米吃。

人類的同情和憐憫。牠悻悻地嘯叫一聲，將小水鹿朝藍頂妞踢去。小水鹿順著雪坡一直滑到藍頂妞跟前。藍頂妞攫起沉重的小水鹿，搖搖擺擺吃力地朝日曲卡雪山飛去，最後在蔚藍色的天空變成一個小金點，消失在輝煌的陽光中。

就算牠巴薩查運氣不佳，白飛了一趟，什麼也沒逮到，唉。牠想再碰碰運氣，說不定還能覓到一隻草兔、松鼠之類的小動物來充饑，遺憾的是，直到太陽落山，牠什麼也沒逮到。

牠又餓了整整一夜。

隔了兩天，牠再一次沿著彎彎曲曲的古河道尋找食物。

在河道中央一塊渾圓的鵝卵石下面，牠發現一條僵硬變色的蛇皮。那是蛇殼。有蛇殼興許就有蛇洞，牠想。牠將腦袋探進附近幾塊巨型鵝卵石底下查看。在兩塊鵝卵石相連的夾縫裏，果然發現有只陰暗的土洞，洞口還堆著顆粒狀的蛇糞。好極了，洞內肯定有一條正在冬眠的蛇！牠曲起雕爪，身體拱進石縫，十分艱難地開始用嘴殼挖掘土洞。

泥土被冰雪凍得生硬，又夾雜著許多小石子，極難挖，每一嘴只能銜出一坨泥巴來。爲了尋找到能維持生命的食物，巴薩查表現得極有耐心，蹲累了就索性跪著啄挖，從早晨一直啄挖到太陽偏西，這才將彎曲的土洞挖開一米多深。艱苦的勞動終於換來了豐碩的成果，土洞寬暢的底端，果然有一條一米多長的白蛇盤繞成團在冬眠。

也許是土洞裏猛然灌進了凜冽的冷空氣，也許是牠啄洞的聲音太響了些，白蛇緩慢地蠕動起來，蛇頭微微昂起，睜開惺忪睡眼，想看看發生了什麼事。牠沒等白蛇有什麼反應，就快疾地一口啄住蛇頭，猛地拽出土洞，拽出石縫。白蛇本能地曲蜷起細長的身軀，想纏住牠的身體，牠沒等白蛇有所動作，就忽地拍扇翅膀飛上藍天，然後一鬆嘴殼，白蛇從高空摔下來，正好砸在一塊鵝卵石上，像根爛草繩似地不動了。

這條白蛇，足夠牠兩天不再挨餓了。牠高興地嘯叫一聲，飛到鵝卵石上，準備啄食死蛇。

「嘎——呀呀——」

突然，牠又聽到背後傳來牠熟悉的雌雕的叫喚聲。扭頭望去，嘿，又是這隻厚臉皮的行乞討吃的藍頂妞。藍頂妞滿臉羞愧卻又充滿渴望地朝牠叫喚著。看得出來，藍頂妞今天又是一無所獲，太陽快落山了，藍頂妞和膝下的小寶貝們又面臨著一個漫長的饑寒交迫的冬夜。於是，藍頂妞又在打牠剛捕獲的白蛇的主意了。

牠憤慨了。牠和藍頂妞不過是陌路相逢的兩隻沒有任何血緣或感情瓜葛的野雕，牠憑什麼要再一次將牠辛辛苦苦得到的白蛇無償送給藍頂妞呢？

是的，牠也曉得，像藍頂妞這麼一隻體力和飛翔技巧相對來說都比較弱的母雕，在冰天雪地中比牠更不容易獲得食物。但是，維繫家庭生存責任的還有同藍頂妞配對的雄雕呀！想到有另一隻雄雕存在，牠更不願意將白蛇施捨出去。牠還沒那麼賤，爲了異性一個悽楚的毫不值錢的表情，而去養活屬於另一隻雄雕所有的妻兒。可是，爲什麼牠沒看見那隻雄雕呢？

按金雕家庭生活的習性，凡雛雕待哺階段，雌雕和雄雕共同擔負養育重任。一般是雄雕外出覓食，雌雕在窩巢裏守護。到了冬天，食物匱乏季節，爲了能獲得足夠的食物，一般都是雌雄雙雕一起外出獵食的。雙雕當然比單雕更容易發現和捕捉到食物，特別是對付那些反抗精神很強的小型食肉類走獸，更是如此。

可是，牠已經兩次看到藍頂妞單獨在覓食了。這很不正常。難道說，這是一個破缺的家庭？雄雕在外出覓食時遭到了不幸？

看起來也不太像。野金雕雖然嚴格實行一夫一妻制，但沒有人類的貞操觀念，沒有寡婦守節的說法。寡婦再醮是十分自然而又合乎情理的事。特別在撫養雛雕時，迫於生存壓力，倘若雄雕不幸罹難，母雕會克制住悲傷，立刻尋找另一隻雄雕來共同生活。因爲只有另一隻雄雕來扮演父雕的角色，小寶貝們才能免於餓死，才能在身心兩方面都保證被撫養成真正的金雕。與其說是寡居的雌雕尋找夫君，還不如說是母雕在替雛雕尋找合格的義務父親。而被遴選中的單身雄雕，也會歡天喜地地同時做新郎和做父親。

假如藍頂妞真的是因爲雄雕發生意外才單獨出來覓食的話，那麼，藍頂妞早就會熱情邀請牠去那個溫馨的雕窩了。牠巴薩查年富力強，外表英俊，特別是新長出來的兩片飛翼，呈不同凡響的金紅色，就像用霞光編織成的，飛翼外基部那七根廓羽，雪白雪白，就像是日曲卡山峰上的積雪。牠在藍頂妞面前表現得慷慨大方，無私地幫助過藍頂妞，這是最容易打動異性芳心的。但藍頂妞並沒有傳遞任何請牠去共同生活的訊息。

「嘎啞——嘎啞——」藍頂妞低垂著腦袋，抖動著翅膀，用一種可憐兮兮的神態朝牠叫喚著。不，準確地說，應該是朝牠爪下的白蛇叫喚著。

爲什麼不見雄雕來幫藍頂妞一起覓食呢？這實在是個很有意思的謎。牠好奇地想猜出謎底，朝藍頂妞跳起了求愛舞蹈。

大凡鳥類求偶，都由雄鳥在雌鳥面前用誇張性的動作和表情，炫耀自己健壯的體魄，絢麗的羽毛，嘹亮的歌喉和勇猛無比的戰鬥精神，以贏得雌鳥的青睞，人類給這種雄鳥求偶的方式，起了個動聽的名字叫求愛舞蹈；牠巴薩查也是鳥綱中的一員，當然也精通此道。需要說明的是，一般情況下，雄鳥都是在春暖花開季節或金秋豐華時節才有這般求偶行爲的，現在還是三九嚴寒，牠完全是出於要試探舉止違反常規的藍頂妞究竟是獨身、寡居，抑或是完整家庭的主婦？

巴薩查面朝著太陽，凝視了一會兒，那是即將開始舞蹈前的靜穆儀式，讓金色溫熱的光線從牠的雕眼流進雕心，將血液和熱量聚集在牠飽滿的胸腔，使得因寒冷而蟄伏而萎縮的欲望和衝動甦醒膨脹起來。幾秒鐘後，牠突然轉過身來，尾巴向著太陽，面朝著日曲卡雪山，吐出一串雄赳赳氣宇軒昂的嘯叫。

對動物來說，聲音也是一種形象。亢奮而又嘹亮的叫聲，說明牠是隻成熟的、生命力強悍的、充滿旺盛鬥志的雄雕；穿透力極強的雕嘯聲和高聳入雲的雪峰碰撞後，又成扇形向大地幅射回來，引起氣勢恢宏的迴響。這是求愛舞蹈的序曲。然後，牠甩動尾羽，在空中掄畫出一個個圓圈，把陽光掄得像無數塊碎金子，在古河道耀起一道道炫目的光。高翹富有彈性的尾羽，象徵著牠有旺盛的生殖能力。隨後，牠一會兒儘量撐開翅膀，展示牠青春煥發的羽毛，一會兒像遇到險情似地高聳脖頸上的絨羽，啄擊、攫抓、撕扯、追擊，逼真地表演一整套廝殺動作，表達牠願意爲對方用殊死的搏鬥擊敗任何天敵、情敵、災難的決心和信心。

牠特別注重舞蹈的高潮——擊敗天敵或情敵後的凱旋表情，牠趾高氣揚，目空一切，傲視蒼穹，活脫脫一個舉世罕見的英雄。牠曉得，雌雕最容易被雄雕的凱旋表情俘虜，因爲雌雕在嚴酷的適者生存的叢林法則下，總是願意選擇勝利者而淘汰失敗者。好鬥的勝利的父親，才能遺傳優秀品系，養育出強壯的後代。

白皚皚的雪地，把巴薩查的表演襯托得淋漓盡致。

牠盡興地跳完求愛舞蹈，然後將一隻翅膀向地面斜撐出去，一隻雕爪向天空翹舉，正好蹬在翅膀內側，露出色澤金黃、毛細如絨的腹部和側胸，然後喉嚨裏發出咕嚕咕嚕咕嚕的懇求聲，希望和對方結爲終身伴侶。牠的雙爪在雪地裏急促地抓刨著，雙翅劇烈地顫抖著，用身體語言表達牠急不可待的心情。

假如藍頂妞是單身或者寡居，一定會被牠天才舞蹈家出色的表演陶醉的。在牠慢慢挨近藍頂妞身邊時，藍頂妞會羞紅臉，羞得耷落下翅膀，用嬌柔的表情迎接牠的愛。假如藍頂妞是一隻有完美家庭的母雕，就會掉頭躲閃開，對牠的表演視而不見的。

又一次出乎巴薩查的意料。藍頂妞既沒有羞怯地等待，也沒有掉頭躲閃。藍頂妞似乎十分欣賞牠的舞蹈，看得目不轉睛，但當牠試圖挨近時，藍頂妞卻用一種不傷害牠自尊心的速度和方式從牠身邊跳開去。

又一次反常，巴薩查的好奇心被刺激得更強烈了。

「呀——呀——」藍頂妞又開始在牠爪下的白蛇和日曲卡雪山山麓間來回張望。牠想了想，再一次將白蛇踢給了她。藍頂妞抓起白蛇，撲楞著翅膀在牠頭頂繞了幾圈，便振翅飛向日曲卡雪山。

十六　第三者

藍頂妞大該做夢也沒想到牠會像偵探似地在後面跟蹤飛行。牠非要揭開藍頂妞家庭生活的謎底不可。

牠飛得很高，和藍頂妞之間的距離也拉得很遠，一直從古河道跟蹤到日曲卡雪山的北麓。牠看見藍頂妞徑直飛向一座名叫猛獁崖的陡壁，陡壁中段有個天然石洞，洞裏塞著枯枝落葉，還散落著一些金色雕毛。看樣子，這就是藍頂妞的窩巢了。果然，藍頂妞銜著白蛇，輕盈地降落到石洞外一塊長條形的青石板平臺上，然後急急忙忙地鑽進石洞去。

巴薩查向猛獁崖飛近了些，牠聽到石洞裏傳來嘰嘰喳喳一片喧鬧聲。這是雛雕在呼饑啼寒，在向母雕藍頂妞訴苦求援，在嗷嗷待哺！牠儘量不扇動翅膀，以免發出聲響驚動藍頂妞和雛雕。牠無聲地貼著石洞滑翔。

牠又聽見窩巢裏傳來藍頂妞親暱的吱啞吱啞的愛撫聲，傳來雛雕的歡呼聲。一定是雛雕們發現了藍頂妞帶回的白蛇，可以美餐一頓，所以高興得又叫又跳。隨後，石洞內又傳出雛雕爭食的吵嚷聲和藍頂妞慈祥的呵斥聲。

牠貼著猛瑪崖飛巡了好幾圈，沒發現另一隻雄雕的身影，也沒聽到雄雕粗啞的叫聲。看來，謎底已經解開，這是一個殘缺的金雕家庭，藍頂妞是隻寡居的母雕，好極了，牠正好可以去補缺。

牠毅然飛向石洞，在長條形青石板平臺上降落下來。牠伸長脖頸，朝石洞內用低沉緩慢的節奏叫喚起來：

「嘎魯兒——呀魯兒——嘰魯兒——」

假如能把牠的叫聲翻譯成人類的語言，牠是在說：「我來了，美麗的藍頂妞，我願和妳共同擔負起養育雛雕的責任，我將以慈父般的心腸對待妳的小寶貝！」

霎時間，窩巢裏雛雕歡天喜地的吱叫聲和藍頂妞呢喃的愛撫聲戛然而止，猛瑪崖一片沉寂，靜得讓巴薩查心裏發慌，牠想把腦袋探進石洞去看個究竟，突然，牠聽到石洞深處傳來粗魯的憤懣的嘯叫聲：「嘎——嘎呀——」牠被嚇了一跳。這不是藍頂妞的叫聲，也不是雛雕的叫聲，而是一隻成年雄雕在嘯叫，而且是心靈受到傷害後的充滿屈辱的嘯叫。牠壓根兒就沒想到石洞內還會藏著一隻雄雕。

隨著叫聲，一隻體型壯實的雄雕氣勢洶洶地從窩巢裏朝牠衝來。雄雕脖頸上的羽毛蓬鬆開，尖厲的嘴殼翹挺著，那架勢，除非牠乖乖飛逃走，不然就要和牠拼個你死我活。巴薩查急忙撲扇翅膀飛離了青石板平臺。

牠不是害怕同雄雕搏鬥。在金雕社會中，兩隻雄雕爲爭偶而打架鬥毆的事時有發生，並不稀奇，牠決不是懦夫。但此刻的情景，似乎和正常的爭偶有著本質上的區別。牠是因判斷失誤而冒冒失失闖入別的家庭，闖入這隻雄雕的勢力範圍。牠雖然無法像人類那樣能從理性上認識第三者插足的危害，害怕道德法庭的審判，但金雕一夫一妻制的生活習性，使牠感到自己行爲的荒謬。

牠勾著頭向遠方疾飛。牠想，這隻被牠傷害了的雄雕一定會拼命追攆上來的，直到把牠驅逐出用自己的糞便和脫落的羽毛劃定的勢力範圍之外。雄雕在自己的家庭受到侵略時，其勇氣和蠻力都比平時要增大好幾倍。奇怪的是，牠飛了一段路後，並沒聽到背後有雄雕追攆的聲響。牠仄偏翅膀扭頭看去，只見那隻雄雕站在青石板平臺上，象徵性地拍打著翅膀，朝牠飛逃的方向發出恐嚇的嘯叫，但並沒朝牠飛來。

這完全不符合雄性金雕的性格和脾氣。這裏面定有蹊蹺，牠想。

牠大著膽子一擺尾羽，在空中繞了個彎又飛回猛獁崖前，那隻雄雕仍然只是兇猛地朝牠嘯叫，並不起飛朝牠撲擊。牠開始以爲牠的翅膀有毛病，但仔細看看，牠的雙翼長及尾羽，羽毛齊整，堅實有力，不像有過任何損傷。牠試探著展翅在雄雕面前飛掠而過，牠的翅膀扇起的氣流吹皺了雄雕身上的絨羽，雄雕仍然佇立不動。牠朝雄雕臉上望去，心裏忍不住格登了一下，牠看見雄雕的眼窩只有兩粒灰白的點點，沒有瞳仁，沒有光澤，不會閃爍，不會眨動。牠明白，這是一隻雙目失明的雄雕。

怪不得藍頂妞要獨自在冰天雪地間覓食，怪不得當牠用食物對藍頂妞進行感情投資時，當牠對藍頂妞跳起求愛舞蹈時，藍頂妞會態度曖昧，既不拒絕，也不接受。怪不得這隻雄雕在受到侵犯時，無法像正常雄雕那樣朝牠撲飛搏擊，用生命和熱血捍衛家庭的完整，捍衛自己神聖的權利。

這是隻瞎眼雄雕！在所有會飛翔的動物中，似乎只有蝙蝠不用眼睛也可以靠超聲波導航。金雕沒有蝙蝠這樣的特異功能，金雕失去了視覺功能就無法飛行。假如硬要振翅飛翔，或者再也飛不回自己的窩巢，或者在飛行中撞崖而亡。

巴薩查不曉得這隻雄雕是怎麼會雙目失明的，也許是因疾病而喪失視力，也許是在同食肉類走獸搏鬥時被抓瞎了雙眼，也許是被蛇噬咬後中毒失明，也許經常在雪地尋食多次雪盲而導致雙眼報廢。但有一點是可以肯定的，這隻雄雕不可能是先天性失明，從小就瞎眼的金

雕不可能在險惡的叢林中生存下來。

巴薩查又一次在青石板平臺前飛掠而過。瞎眼雄雕顯然已感覺到了牠的挑釁，悲憤地長嘯一聲，痛苦地抖動著翅膀。

牠突然產生了一種強者對弱者的憐憫，牠想，這隻雄雕已經因爲自己瞎眼而痛苦萬分了，牠再去羞辱牠，無疑是在雪上添霜。牠巴薩查不是卑鄙的鳩鳥，牠怎能趁瞎眼雄雕危難之際闖進並破壞瞎眼雄雕賴以生存的家庭呢？牠悻悻地飛離猛獁崖，朝羊甸子草灘飛去。

不知什麼時候天變了，夕陽被烏雲吞噬，北風呼嘯，又一場暴風雪即將來臨。巴薩查孤獨地飛著。

羊甸子草灘那個樹洞冷清清淒涼涼，牠真不願意回那兒去。可牠又能飛到哪兒去呢？牠的翅膀變得滯重，牠真捨不得離開這隻從氣味到樣貌都讓牠滿意的藍頂妞。可牠總不能……牠無精打彩地在暴風雪即將來臨的荒涼而又恐怖的山谷裏緩慢地朝前飛行。牠心情沮喪得恨不得讓炸彈把自己的身體轟成齏粉。

突然，牠聽見背後傳來一聲清脆而又委婉的雕嘯，牠扭頭一看，是藍頂妞趕來了。藍頂妞繞到牠前面，用身體阻止牠繼續朝前飛行，逼著牠改變方向，拐彎飛回猛獁崖。牠猶豫豫，想去又不好意思，離開又捨不得，在空中扭扭怩怩。藍頂妞在空中用柔軟的脖頸，用溫熱的胸脯迎面輕輕撞擊牠，推搡牠。藍頂妞眼窩裏蓄滿了淒涼和苦楚，分明是在哀求牠。

牠一下子還弄不清楚藍頂妞為什麼要追上來挽留牠，也許是出於一種爆發式的愛意，也許是出於一種對牠兩次饋贈食物的報答，也許是出於為了讓牠躲避即將來臨的暴風雪，也許是出於其他更為深刻的原因。但有一點是很明顯的，藍頂妞是冒著得罪瞎眼雄雕的風險，勇敢地前來挽留牠，牠怎能辜負藍頂妞的一片深情厚意呢？牠掉過頭來，和藍頂妞一起飛回猛獁崖。

瞎眼雄雕仍守在石洞前的青石板平臺上，擺出一副廝殺的架勢。藍頂妞搶飛了一步，先牠降落到青石板上，把嘴殼伸向瞎眼雄雕的胸前，咕嚕嚕咕嚕嚕從胸腔深處發出一串低沉的叫聲，接著鑽進窩巢，幾秒鐘後，嘴裏銜著白蛇頭，踅回青石板平臺，將蛇頭塞進瞎眼雄雕的嘴殼。

巴薩查貼著猛獁崖緩慢巡飛。牠看出藍頂妞是在用金雕的特殊語言和身體動作向瞎眼雄雕解釋，自己是怎樣認識牠的，又是怎樣得到牠幫助的。牠看見瞎眼雄雕停止了憤慨的嘯叫，抬起頭來，兩隻灰白點子、什麼也看不見的雕眼凝視著蒼天，表情有點悲涼。瞎眼雄雕那氣勢洶洶廝殺的架勢收斂了起來，但仍佇立在青石板平臺上不肯退讓。青石板平臺面積很小，只有三尺長兩尺寬，被瞎眼雄雕在中央一堵，巴薩查無法再順利地降落了。

藍頂妞繞到青石板平臺邊緣，和瞎眼雄雕並肩站在一起。藍頂妞先用脖頸纏磨著瞎眼雄雕的脖頸，似乎在進行溫存的安慰，然後，支起一隻翅膀搭在瞎眼雄雕的脊背上，輕輕地推擠著，用意十分明顯，就是要瞎眼雄雕往洞內退退，讓出位置，好讓牠棲落下來。

瞎眼雄雕似乎想抗拒藍頂妞的懇求，又似乎無力扭轉乾坤，雕爪抬起了又放下，放下了又抬起，猶豫了好一陣，這才緩慢地朝後退去。一小步，又接著一小步。巴薩查在空中觀看著，心裏忍不住抽搐了一下。很明顯，這是一種向命運屈服的退卻，對生性高傲的雄性金雕來說，其滋味不會比死更好受的。

瞎眼雄雕退到石洞口，任憑藍頂妞一再推搡，再也不肯往裏退了。瞎眼雄雕像個忠誠的衛士守在最後一道防線上。至少，青石板平臺上騰出了一小塊讓牠巴薩查棲落的空間。

藍頂妞嘆息一聲，然後，朝空中的巴薩查搖動一隻翅膀。巴薩查有點不好意思，斂斂翅膀，帶著對瞎眼雄雕深深的歉意，降落到青石板平臺上。就這樣，形成了一個十分特別的畫面，石洞內是一窩雛雕，石洞口是瞎眼雄雕，再往外是藍頂妞，巴薩查站在青石板平臺的最外端。假如沒有暴風雪，假如氣候不是突然變得如此惡劣，真不曉得這尷尬的局面該如何收場。

天空像蓋了一床灰黑色的棉被，陰沉沉的，不一會兒，狂風呼嘯，捲起積雪和砂礫，把山谷攪得淒淒慘慘。鵝毛大雪從天而降，挾帶著蒼天的怒號和大地的呻吟，肆意暴虐。懸崖上一塊巨石被風吹鬆底基，轟隆轟隆滾下山崖，一棵大樹被攔腰砸斷，發出喀喇喀喇可怕的聲響。凜冽的北風，冰涼的雪片，鋪天蓋地朝巴薩查站立的青石板平臺吹來，砸在牠和藍頂妞身上。牠和藍頂妞棲息在露天，頭頂沒有任何遮蔽物，完全暴露在暴風雪中。

金雕雖然是生活在高原山區的鳥類，喜歡在涼爽的懸崖上壘窩築巢，不畏寒冷，但畢竟不是企鵝，體內沒有可以禦寒保暖的脂肪層，因此，冬天除了覓食，大部分時間都鑽在三面不通風的並用枯枝落葉殘羽搭建的保暖性能良好的窩巢中，以抵禦嚴寒。

巴薩查無法躲避暴風雪的襲擊。雪花落在牠的羽毛上，又被牠的體溫融化了，涼冰冰的水粒從羽毛的縫隙裏鑽進去，冷得牠渾身觳觫。藍頂妞也被暴風刮得尖嘯起來。瞎眼雄雕聽見藍頂妞發出的淒號後，嘎嘎短促地叫了兩聲，主動朝石洞裏又退後兩步，正好讓出可以容納藍頂妞遮蔽風雪的一塊空間。藍頂妞縮著脖頸鑽進石洞去。

現在，只有牠還待在洞外青石板的平臺上，遭受著暴風雪的折磨。狂暴的風吹亂了牠的羽毛，雪片把牠全身淋得透濕，牠冷得縮成一團。藍頂妞從胸腔裏發出咕咕嚕咕咕嚕一串哀求聲，想讓瞎眼雄雕再往石洞深處讓一讓，挪一挪，好騰出空間讓巴薩查也鑽進能遮蔽風雪的石洞裏來。石洞雖然並不很寬敞，但擠一擠還是能容納下牠的。

瞎眼雄雕似乎沒聽見藍頂妞的乞求聲，根本不予理睬。

一股尖銳的北風刮來，冷得巴薩查簌簌簌直打寒噤。藍頂妞煩躁地用雕爪撕刨著地面，開始用胸脯，用腦袋，用翅膀，用膝蓋，用整個身體去推搡，去頂撞，去擠軋瞎眼雄雕，試圖爲巴薩查掙得一塊可以避免暴風雪襲擊的棲息之地。但瞎眼雄雕沉默著，像塊立地生根的石頭，頑強地抗拒著藍頂妞的擠軋和推搡。

巴薩查雖然恨瞎眼雄雕太冷酷，但還是能理解對方的心情。石洞是瞎眼雄雕歷經千辛萬苦建築起來的家，怎能容忍另一隻不受歡迎的陌生的雄雕進去呢？這是瞎眼雄雕守衛自己家庭幸福的最後一道防線了。巴薩查現在雖然已降落在青石板平臺上，離石洞只有一步之遙，但仍可以看作是被拒之於家門外，是和這個家庭沒有任何利益相關和感情糾葛的過路客，但倘若允許牠巴薩查跨進石洞去，就等於承認牠巴薩查是這個家庭的一個成員，就意味著原先的家庭結構面臨崩潰的危險。

瞎眼雄雕死也不會讓牠進洞去的，巴薩查想。牠無可奈何，只好忍受著這侵入骨髓的風雪的吹襲。

突然，藍頂妞從溫暖的石洞裏鑽了出來，重新置身在暴風雪之中。藍頂妞無法使瞎眼雄雕讓步，又不忍心看著巴薩查在暴風雪中孤獨地煎熬，牠明白藍頂妞的心思，藍頂妞是想陪伴在牠身邊，和牠共同承受這刺骨的風雪。

巴薩查十分感動。但牠雄性的自尊卻不允許牠欣然接受來自雌雕的憐憫和同情。牠也不忍心看著牠所喜愛的藍頂妞為牠受苦受罪。再說，藍頂妞這種自討苦吃的行為，並不能減免牠的痛苦，改善牠的處境。牠粗魯地嘯叫一聲，用膝蓋和翅膀推搡著藍頂妞，要藍頂妞重新鑽回石洞去。

藍頂妞毫不含糊地拒絕了。更讓巴薩查頗感意外的是，藍頂妞瞅了個空子，從牠撐開的翅膀底下鑽了過去，繞到牠的外面，緊緊貼在牠身上。

這時，暴風雷變得更猛烈了，滿天烏雲像只大染缸，把潔白的雪花染成鉛灰色，一陣陣山風像一把把又鈍又鏽的刀片，兇猛地宰割著巴薩查的生命。日曲卡雪峰被雲層割斷，像一具無頭屍體，猙獰地矗立在巴薩查面前。巴薩查開始擔心自己一腔熱血是否能抗得住這罕見的寒潮，牠害怕牠的血液會由液體冰凍成固體。可是，當藍頂妞的身體貼到牠翅膀上時，牠突然感覺到一股洶湧的暖流在軀體流動起來。牠感覺到藍頂妞溫暖的體熱和脈脈的愛意，透過牠翅膀上的絨羽，緩緩灌進牠的身體。暴風雪雖然比剛才猛烈了，牠卻覺得沒剛才那麼冷得無法忍受了。牠清晰地聽到藍頂妞那顆雕心在咚咚有節奏地跳動著。兩個生命融成一個生

命，生命力肯定會提高一倍。

雪片越飄越密，不一會兒，牠和藍頂妞脊背上就積起一層雪，像披了一身白色的鎧甲。

「嘎呀——嘎呀——」瞎眼雄雕連聲呼喚著。那是在叫喚藍頂妞回石洞去。藍頂妞用沉默抗拒著。

巴薩查看到瞎眼雄雕慢慢走到石洞口，朝洞外伸出細長的脖頸，並將腦袋偏轉過來，用臉頰和下巴承接飄落的雪花，似乎是瞎子在用身體觀察暴風雪的烈度。巴薩查看見雪花飄落在瞎眼雄雕白斑陰翳的雕眼上，化作一汪水，不知是淚水還是雪水。瞎眼雄雕大概被洞外刀子似的風暴刮得受不了了，倏地縮回腦袋，然後，呆呆地在石洞口站了幾秒鐘，開始緩慢地一步一步地朝後退去，退到石洞中央，又退到石洞深處，立刻，石洞裏騰出了足夠巴薩查和藍頂妞一起棲息的空間。

爲了不讓藍頂妞在露天平臺被暴風雪凍僵凍死，瞎眼雄雕抑制了妒嫉的天性，犧牲了雄性的自尊，用身體語言表示同意讓牠巴薩查進入窩巢，這需要多麼深厚的愛啊。

藍頂妞簇擁著巴薩查，鑽進了石洞。暴風雪被隔在石洞之外了。

憑著洞外投射進來的幽暗的雪光，巴薩查看到石洞中央一堆捲成圓盆狀的枯枝敗葉間，蜷縮著三隻雛雕。那條白蛇已經被瓜分吃光，只剩下一長條蛇的骨骸。小寶貝們大概是吃飽了，擠成一團在溫和的窩裏酣睡。牠擠到窩邊，仔細打量了一眼雛雕，立刻就明白藍頂妞之所以在發現牠飛走後要拚命追牠回來，之所以要在暴風雪肆虐的青石板露天平臺伴陪牠一起受凍遭罪，之所以要違背金雕的天性和金雕社會的倫理習慣，把牠招進已經有一隻成年雄雕的家庭來，最根本的原因，並非是出於一種異性相吸的自然衝動，也不是因爲牠相貌英俊舉止瀟灑而愛上了牠，藍頂妞這樣做，完全是出於一種殘酷的生存壓力，出於一種母性護崽的本能。

瞧這三隻雛雕，骨瘦如柴，身上的羽毛稀稀落落，脖頸光禿禿的，頂羽灰黯沒有光澤，翅膀小而窄。按金雕的生殖規律，一般都是春季交配，春夏交替的時候孵窩出殼，如此算來，這三隻雛雕出世已有半年了。如果正常撫養的話，半歲齡的雛雕雖然還沒發育成熟，卻也應該是羽毛齊整，毛色油光水滑，碩壯活潑的半大雕了，到了明年夏天，就要離窩練習飛翔了。顯然，眼前這三隻雛雕是患了嚴重的營養不良症。

本來嘛，撫養雛雕是樁異常艱辛的事，需雄雕和雌雕互相配合共同奮鬥才能完成。現在，不僅撫養雛雕的責任全部落到了藍頂妞身上，瞎眼雄雕的食物也要靠藍頂妞供給，藍頂妞即使是隻捕食技巧異常高超的成年雄雕，也無法在冰天雪地裏獵獲到足夠的食物來滿足包括自己在內五張嘴的需要，更何況藍頂妞只是隻身軀相對來說柔弱嬌小，捕食技巧相對來說笨拙稚嫩的雌雕！

藍頂妞身上的壓力太重了。完全可以想像，天氣惡劣時，這三隻雛雕經常會挨餓，即使雪霽天晴可以外出覓食，也至多處於半饑半飽的狀態，所以才會長得如此醜陋弱小的。要是藍頂妞沒有牠巴薩查的幫助，這三隻雛雕是很難度過這個漫長而又嚴酷的冬天的，是很難逃脫被餓死的厄運的。

看來，瞎眼雄雕也很明白自己家庭的窘境，也很明白牠巴薩查在三隻雛雕生存問題上舉足輕重的地位，所以才會付出犧牲雄性自尊的代價讓牠進入石洞來的。對父雕母雕來說，還有什麼比讓自己的小寶貝活下去更重要的事呢？可憐天下父母心。

巴薩查明白了事情的全部奧秘，並沒有一種被利用了的受騙上當感。相反，牠更加理解了藍頂妞和瞎眼雄雕的所作所爲，牠更加同情這個家庭的悲慘遭遇。牠突然萌生出這樣一個念頭：要是可能的話，牠願意長期和這家子野雕生活在一起，和藍頂妞共同擔當起養育雛雕的責任，擔當起爲瞎眼雄雕供食的責任。這雖然不符合金雕一夫一妻制的生活原則，卻符合生存的需要。在生存受到挑戰，在生命受到威脅的時候，動物也會像人類那樣表現出極大的可塑性，忍痛改變自己的傳統習性。

天漸漸地黑了，石洞外暴風雪仍在咆哮怒號。藍頂妞擠在雛雕身旁，巴薩查又擠在藍頂妞身旁。雖然洞口灌進來的冷風吹打著巴薩查的尾部，陰冷徹骨，但牠前胸卻享受到了家的溫馨。

瞎眼雄雕待在石洞的底端，不時朝巴薩查發出一兩聲雄雕爭偶時所應有的憤慨的嘯叫聲，但瞎眼雄雕並沒有做出相應的決鬥舉動。這種憤慨的嘯叫與其說是爲了尋釁爭鬥，還不如說是爲了保持心理平衡的一種發洩。生活，對誰都不輕鬆啊。

十七　訣別

暴風雪一連刮了兩天兩夜，第三天早晨風勢才由強轉弱，雪片才變成紛紛揚揚的雪塵。三隻雛雕早餓壞了，嗷嗷叫著，張大黃嘴乳口，拼命朝冰冷的空中啄咬著，饑號著。牠們急需食物，急需由食物而轉化來的熱量，以抵禦這刺骨的寒冷。

按照金雕的覓食習慣，如此下著小雪的天氣，一般沒特殊情況，也不會外出覓食。雪塵會淋濕羽毛，影響飛行速度，再說，冰天雪地極難發現和捕獲獵物，與其辛苦一場耗費體力空手而歸，還不如待在窩巢裏靜止不動，減低能量消耗呢。但此時此刻，這三隻被寒冷和饑餓折磨得奄奄一息的雛雕卻不允許巴薩查有什麼猶豫，牠和藍頂妞毅然鑽出石洞，在冰涼陰沉潮濕的天空飛翔著，尋找可以讓三隻雛雕充饑的食物。

從早晨一直飛到下午，也不知究竟飛巡了多少座山巒，多少塊草灘，仍然連一隻活的動物的影子也沒看見。失望、懊惱、疲倦，折磨得巴薩查心力交瘁。

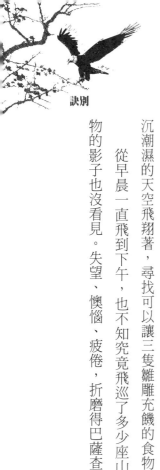

藍頂妞也快飛不動了，飛一程，就要尋找一棵大樹或一座山峰停下來憩一陣。蒼茫的天空又升騰起一片灰色的暮靄。巴薩查真想放棄這徒勞的努力，但一想起猛獁崖窩巢裏三隻嗷嗷待哺的雛雕，牠咬咬牙，繼續和藍頂妞比翼朝尕瑪爾草原飛去。

真是天無絕人之路，也無絕雕之路。在夜暮即將籠罩的最後時刻，牠和藍頂妞十分幸運地，在一片柏樹林裏發現一隻正在啃食樹皮的小貉子。關鍵是發現捕獵目標，有了目標後，兩隻金雕互相配合擒捉起來，就比一隻金雕單獨捕獵要容易一倍。

牠在空中朝藍頂妞遞了個眼色，藍頂妞會心地朝牠搖搖翅膀，分別從南北兩面悄無聲息地俯衝下去。小貉子腦袋對著南面，發現藍頂妞從天而降，立即轉過身來，企圖朝北面遁逃，哈，剛好中了兩面夾擊的圈套。小貉子幾乎是自動投入了牠巴薩查的懷抱，牠喜孜孜把小貉子擁抱上天空。

牠和藍頂妞攜帶著獵物回到猛獁崖石洞，三隻雛雕已餓得奄奄一息。那隻雙翅往上翹挺得十分厲害，因此起名叫高肩胛的小雄雕嘴殼一閉一闔，已叫不出聲音來；那隻脖頸長得格外嬌細因此起名叫細脖兒的小雌雕，脖頸已無力豎直，耷軟在脊背上；另一隻雕腿相對來說短了一截，因此起名叫短腳桿的小雄雕眼皮翕動著，眼光已快失去了生命的神彩。要是今天沒逮著這隻小貉子，這三隻雛雕恐怕都很難活過這個寒冷的長夜了。

牠和藍頂妞立即將小貉子撕成碎片，用血還溫熱的貉腸貉肚餵進三隻雛雕饑餓的嘴裏。雛雕貪婪地吞咽著。就像快乾枯的禾苗盼到了春雨，就像擱淺的魚兒重返水中，三隻雛雕很快就恢復了精神，咿呀咿呀的叫聲也變得嘹亮高亢了。高肩胛甚至想從盆形的窩裏跌跌撞撞爬出來，搶食懸吊在藍頂妞嘴殼上的一截貉腸，被藍頂妞不客氣地用翅膀推了回去。

在牠和藍頂妞給雛雕餵食的過程中，瞎眼雄雕始終默立在旁邊，靜靜地諦聽著。

終於，三隻雛雕都餵飽了。小貉子已被吃掉了一大半，只剩下一隻貉腿、一隻貉頭和幾根胸肋。牠也餓極了，恨不得把貉腿一口吞進肚去。但牠看了看藍頂妞，叼起貉腿，銜到瞎眼雄雕面前，輕輕放在瞎眼雄雕的嘴喙下。

「嘎啊——」藍頂妞在牠背後發出一聲由衷的讚嘆。

牠退回藍頂妞身邊，和藍頂妞一道分享那隻貉頭。貉頭骨多肉少，勉強夠充饑。

令牠驚奇不安的是，瞎眼雄雕低頭嗅嗅面前那隻貉腿，並沒有像餓極了的野雕那樣立刻撕扯啄咬，相反，穩重地抬起腦袋，不再理會那隻鮮美可口的貉腿。

難道瞎眼雄雕不知道擺放在面前的是可以美美享受一頓的食物？巴薩查思忖著。不可能，瞎眼雄雕雖然眼睛瞎了，但嗅覺不會失靈。難道瞎眼雄雕肚子還不餓所以不想進食？也不可能，牠曉得瞎眼雄雕也像牠、藍頂妞一樣，兩天兩夜沒吃到東西了，肚子早餓癟了。

藍頂妞朝瞎眼雄雕發出一串咕嚕咕嚕聲，輕柔溫婉地督促丈夫進食。但瞎眼雄雕彷彿沒有聽見，仍靜穆地昂首佇立在原地。只剩下一個可能，巴薩查想，瞎眼雄雕羞於在牠面前啄食牠施捨的食物。也許，到了夜晚，牠巴薩查看不見的時候，在黑夜的遮羞下，瞎眼雄雕會把貉腿吃掉的。

天很快就黑。三隻雛雕吃飽後，很快就睡熟了。這是一個安寧而又和諧的夜，瞎眼雄雕再也沒朝牠發出兩雄爭偶時惡意的嘯叫，也沒有做出任何要把牠驅趕出窩巢的行爲企圖。只有睡得香甜的雛雕偶爾發出嘰嘎喳嘰嘎喳的夢囈聲。

巴薩查太疲倦了，很快就和藍頂妞依偎在一起睡著了。

翌日早晨，第一縷曦光射進石洞，巴薩查醒來了。牠睜開眼睛就發現，那隻貉腿仍然完好無損地擺放在瞎眼雄雕的面前，瞎眼雄雕仍然昂首默立著，像位哲學家似地用白翳密佈的一雙雕眼凝望著石洞外的天空，仍然是昨夜的姿勢，昨夜的神態，昨夜的氣度。巴薩查一顆雕心懸吊起來，產生了一種災難即將降臨的恐怖感。

這時，藍頂妞和雛雕也都醒了。三隻雛雕一睜開眼，就張著嘴殼嘰嘎喳嘰嘎喳亂叫亂嚷，爭著要吃食。正在發育長身體的雛雕，胃口大得驚人，似乎永遠也吃不飽。藍頂妞把昨夜吃剩下的幾塊貉骨渣銜給雛雕做早餐。

乳白色的曦光很快變成橘黃，又幻化成玫瑰色。連續下了好幾場雪，今天終於要放晴了，太陽要出來了。那縷玫瑰色的晨曦剛巧落在瞎眼雄雕的臉上，把瞎眼雄雕本來就作沉思狀的臉映照得通亮，塗抹了一層聖潔的光輝。

突然，瞎眼雄雕雕塑般的默立的身體開始動起來了，抬起一隻雕爪，準確地跨過擺放在面前的貉腿，來到盆形窩巢邊，將嘴殼輕輕地伸向正在爭食的雛雕，那模樣，像是要去餵食，又像是要去撫愛親吻。三隻不懂事的雛雕卻像商量好了似地一起把嘴殼避開，把毫無感情色彩的後腦勺亮給瞎眼雄雕，而把富有感情色彩的三張稚嫩的嘴殼伸向藍頂妞和巴薩查。

這也難怪雛雕不懂事，牠們從以往的生活經驗中得出一個結論，這隻雙目失明的父雕不可能會有食物哺育牠們，而藍頂妞和牠巴薩查能供應維繫牠們生命的食物。牠們靠本能的需要進行感情選擇。

巴薩查看見瞎眼雄雕的嘴殼在半空中摸索搖晃了一陣，似乎明白了三隻雛雕在有意避開，瞎眼雄雕那張沉思狀的雕臉突然間扭歪了，長有金紅色髭鬚的下巴頦翹向左邊，完全是一副心靈受到巨大創傷後的悲痛欲絕的表情。但這種表情僅僅出現了幾秒鐘，便又恢復了先前哲學家般的寧靜。瞎眼雄雕再次將自己的嘴殼小心翼翼地觸碰到高肩胛、細脖兒和短腳桿的脊背上摩挲了一陣，就像摩挲石頭一樣，雛雕們毫無反應。

瞎眼雄雕又在雛雕跟前呆立了一會兒，然後，猛一轉身，朝石洞外走去。瞎眼雄雕頭頂那片茶褐色的絨羽微微聳起，神情高傲得像隻雕王，經過巴薩查身邊，有意地挺了挺本來就綳得很緊的胸脯。

看來，這隻瞎眼雄雕對從石洞到青石板平臺這段路瞭若指掌，雖然中間有好幾道凸凹不平的溝坎，還有深淺不均的積雪，卻走得異常平穩，一直走到青石板平臺的邊緣，上半個身體懸空在深不可測的陡崖上。巴薩查和藍頂妞相視了一下，急忙跟出石洞去。

大雪初霽，天宇一片聖潔。積雪和藍天飄浮的白雲像條白紗裙和白衣衫，把世界妝扮得像個白衣天使。空氣格外清新，透明度極高，望得見遙遠的對面山坡上的樹影和巉岩。昨天夜晚還烏雲密佈的天空豁然變得開朗，一朵朵輪廓分明的白雲優雅地蕩飛在碧藍的天際，日曲卡雪峰上，橘紅色的雲霓閃爍著一片柔和的光亮，尕瑪爾草原那條灰撲撲的古河道也呈現出橄欖青，變得十分中看。朝陽嬌嬌地從對面山峰上升起，給白色的山野塗抹了一層姹紫嫣紅的光彩。這是日曲卡雪山嚴酷的冬天一個極難得的好天氣。

瞎眼雄雕佇立在青石板平臺邊緣，凝視著太陽。不，用凝視這個詞不妥當，因爲瞎眼雄雕的雙目早已失明了。確切地說，瞎眼雄雕面對著太陽，用什麼也看不見了的兩隻佈滿灰

白陰翳的雕眼作凝視狀。也許，瞎眼雄雕靈敏度很高的眼瞼、嘴殼和面頰感受到了太陽的溫熱，感覺到了銀裝素裹分外妖嬈的美麗景色。

瞎眼雄雕在青石板平臺邊緣佇立了很久很久。巴薩查不明白瞎眼雄雕想幹什麼，牠忐忑不安地注視著瞎眼雄雕。

太陽終於從山峰背後一點一點攀爬到峰頂。由青黛的本色和積雪的白色兩種色調勾勒出的高聳入雲的山峰像大地一隻茁壯的手臂，把太陽高高擎舉起來。天宇無限燦爛，大地一片輝煌。就在這時，瞎眼雄雕突然扇動那對巨大的翅膀，雙足用力一蹬，身體旋即離開青石板平臺，凌空飛起。

巴薩查壓根兒就沒想到瞎眼雄雕會飛翔。牠急得尖嘯一聲，想阻止，但已來不及了。藍頂妞怔怔地望著已飛上天空的瞎眼雄雕，似乎也被驚呆了。

誰都曉得，金雕飛翔是靠那雙銳利的雕眼引航的，眼睛瞎了，完全看不見飛行方向，在空中的飛翔速度又那麼快，是極容易發生危險的。即便僥倖沒有撞山也沒有觸崖，飛累了要棲落下來也是極其困難的事，就像人類社會裏導航系統失靈的飛機要降落一樣困難。巴薩查從來沒有看見過也沒有聽見過有哪一隻瞎眼雕敢飛上天空。對雙目失明的鳥類來說，天空已永遠不再屬於牠，牠只能在地面小心翼翼地踟躕行進。可是，這隻瞎眼雄雕卻飛上了天空。

讓牠巴薩查更感到驚奇的是，這隻已經三天三夜沒有進食的瞎眼雄雕完全沒有饑寒交迫的疲憊和憔悴，飛得那麼矯健，那麼充滿自信，那麼富有青春氣息，就像一隻剛剛飽餐了一頓肥美的羚羊肉又在暖融融的窩巢裏美美地睡了一覺，想用飛翔運動來消耗掉體內多餘的脂肪和積蓄過剩的精力的雄雕一樣。瞎眼雄雕把兩隻雕爪緊緊地收縮進下腹部的羽毛間，急遽地大幅度地扇動那對金色的飛翼，朝冉冉升起的太陽高速飛行。

瞎眼雄雕的身影在廣闊的天空越變越小，最後變成一個金色的小圓點，融化在輝煌的陽光裏。可突然間，瞎眼雄雕又踅飛回來，金色的小圓點從輝煌的陽光裏突顯出來，越變越大，又變成一隻威風凜凜的雄性金雕，在離石洞不遠的山谷上空頡頏翻飛。

瞎眼雄雕在宣洩著激情，在宣洩著生命。

要不是牠親眼目睹，巴薩查決不會相信這是一隻完全喪失了視力的瞎眼雕；飛得太好了，絕對是一隻健康的成熟的雄性金雕在作優美的表演。瞎眼雄雕的翅膀在山谷上空徐徐旋轉的氣流間瀟灑地拍打著，流線型的極美的軀體一會兒乘風扶搖直上，鑽進柳絮般的輕盈的雲朵裏，一會兒又角度十分陡險地俯衝下來，在空中閃電般地劃出一道金色的弧線。

牠巴薩查曾經是經過特殊訓練的獵雕，牠一向自以爲是天空的驕子，是掌握了很高飛行技巧的金雕中的佼佼者。但面對這隻瞎眼雄雕，牠發現牠以前對自己飛翔能力的估計是缺乏

自知之明的狂妄。俗話說，外行看熱鬧，內行看門道，牠立刻就看出自己與這隻正在盡情翺翔的瞎眼雄雕相比，無論飛行的速度、力度和動作技巧，無論在空中展示的體魄和意志，瞎眼雄雕都要比牠高出一籌。

瞧瞎眼雄雕的尾羽高翹著，幾乎靜止不動，在九十度的急拐彎時，尾羽也只是微微扭擺了一下，完全是憑藉山谷中旋轉的氣流和雪山椏口吹刮來的風勢來調整自己的身體方位。這是外行絕對看不出來的高妙之處。對鳥來說，越是飛翔技巧低劣者，越借重自己的尾羽，把尾羽視作生命的舵，靠尾羽來保持平衡和掌握身體方位，因此，尾羽時時在左右搖擺，上下舉落，忙忙碌碌。只有對看不見摸不著的氣流和風勢爛熟於胸的少數英傑，才能逐步擺脫尾羽的束縛，在天空進入隨心所欲的境界。而這隻瞎眼雄雕已達到了這種境界。

巴薩查站在青石板平臺上觀望著，欣賞著，心裏嘆服不止，看來，瞎眼雄雕雙目失明前，原是一隻生命力極其旺盛，生存藝術極其高超的雄雕。

「嘎嘎——呀；嘎嘎——呀」藍頂妞在青石板平臺上不安地踱來踱去，不時伸長美麗的脖頸，朝正在飛翔中的瞎眼雄雕叫喚著，焦急地召喚。但瞎眼雄雕毫不理會，繼續貼著猛獁崖翺翔著，似乎要把因雙目失明而損失掉的飛翔權利連本帶利地補回來。

太陽靜悄悄地從大地高擎的巨掌——日曲卡雪峰上升揚起來，像升起了一面圓形的熾白的生命的旗幟。

突然，巴薩查發現瞎眼雄雕的飛行姿勢由優雅變得劇烈，脖頸上淡褐色的絨羽憤怒地蓬鬆開，兩隻遒勁的雕爪亢奮地從下腹部的羽毛間抽出來並挺刺向前，抓、搔、撕、扯、拉、攫、擒、踢、蹬，做出金雕在和勢均力敵的對手搏殺時所能做出來的各種招式和動作。瞎眼雄雕的嘴殼閃電般地連續朝空中啄擊，並不時發出憤懣嘯叫。

瞎眼雄雕背靠著猛犸崖，背靠著石洞窩巢，面朝著變幻莫測的外部世界。忽兒，好像瞎眼雄雕的雕爪抓住了對方的要害處，瞎眼雄雕的嘴喙擊中了對方的致命部位，瞎眼雄雕的整個身體在空中扭翻起來；忽兒，瞎眼雄雕左翅膀低垂下來，彷彿是給對手咬傷了，用一隻右翅膀拍扇著，在旋轉的氣流間沉浮起落。

開始，巴薩查還以爲瞎眼雄雕是在摹擬擒捉毒蛇的場景，但又覺得不像；擒捉毒蛇雖然也驚心動魄，但不需要如此複雜和激烈的搏殺動作。爾後，牠又以爲瞎眼雄雕是在摹擬和狼、獾、靈貓等食肉類走獸的拚鬥場景，但再仔細看看，也覺得不像；和狼、獾、靈貓等食肉類走獸拚鬥雖然也驚天動地，但不需要復仇的火焰和沸騰的仇恨。只有一種可能，牠猜度著，瞎眼雄雕是在摹擬抵禦同類侵犯爲捍衛自己賴以生存的家庭，而和另一隻雄雕在進行肉體與精神的雙重殊死搏殺。

巴薩查忍不住打了個寒噤。

巴薩查明白瞎眼雄雕搏殺的對手就是牠，或者說，應當是牠！牠侵犯了瞎眼雄雕神聖的領地，甚至闖進了瞎眼雄雕的窩巢，作爲血性雄雕，理所當然會把牠視爲仇敵，要和牠拼個你死我活的。瞧瞎眼雄雕的臉，因仇恨而扭曲了，變得凶蠻猙獰。

瞎眼雄雕的嘴喙在朝前啄擊的同時，雕爪以四十五度的夾角朝前作摟抱狀。這是典型的金雕兩雄爭鬥時的動作，意在啄破對方的臉龐，假如對方扭臉躲閃，雕爪就從對方的胸側刺探過去，扭斷對方的翅膀。牠看出一身冷汗。瞎眼雄雕驍勇的風格，嫻熟的搏鬥技巧，凌厲的攻勢，瘋狂的復仇心態，假如牠巴薩查此刻真的飛翔在空中同瞎眼雄雕對陣，恐怕早就被瞎眼雄雕撕成碎片了。

瞎眼雄雕在空中同無形的「牠」搏殺了一陣，似乎「牠」已雕羽飄零落荒而逃，瞎眼雄雕發出一串高亢嘹亮的勝利的嘯叫，沿著狹長的山谷奮飛追擊，一直追到遙遠的山谷盡頭，似乎已把「牠」逐出了自已用羽毛和糞便劃定的勢力範圍，這才用一種勝利者的姿態高傲欣然地返回猛獁崖，平撐著翅膀，隨著山谷間升騰的氣流作逍遙遊。

藍頂妞「嘎」地叫了一聲，也從青石板平臺飛上天空，向瞎眼雄雕靠近去，向瞎眼雄雕發出短促而又柔和的叫聲，像是在向瞎眼雄雕祝賀衛巢戰鬥的勝利。然後，藍頂妞又收斂飛翼降回青石板平臺，連續不斷地鳴叫著，用叫聲作引航，讓瞎眼雕循著聲音，安全地返回青石板平臺上來。

假如瞎眼雄雕摹擬同牠巴薩查的搏殺是為了發洩心中的激憤，那麼，瞎眼雄雕的目的已經達到了，巴薩查想，瞎眼雄雕沒有理由繼續在空中滯留，應當接受藍頂妞的勸告，並在藍頂妞叫聲的引導下飛回來了。但瞎眼雄雕彷彿沒聽見藍頂妞焦急的呼叫，突然一個翻飛，細長的身體像站立在空中，雙翼用力拍扇著，朝碧藍的天空扶搖直上。瞎眼雄雕升上雲朵，又從雲朵裏升飛出去，繼續向著深不可測的天空升飛。不一會兒，瞎眼雄雕就升飛得和日曲卡雪峰一般高了。瞎眼雄雕還在往上升，終於超越了日曲卡雪峰；身體越變越小，像一顆綴掛在蔚藍色天幕上的金色的小星星。

藍頂妞絕望而又恐怖地嘯叫起來。巴薩查也緊張得喘不過氣來。還沒等巴薩查清醒過來是怎麼回事，突然，那顆升騰得比日曲卡雪峰更高的輝煌的小金星像顆隕星直線墜落下來，在天空留下一道金色的軌跡，一直落下山谷，落下深淵，落下松濤翻滾的大地。大地發出一聲沉悶的聲響，隨後，一切都消失了。只有陽光灑在蒼茫的雲海上，變幻著奇麗的色彩。

巴薩查驚呆了。一種恢宏博大、深沉雄渾的感覺把牠的靈魂壓扁了。藍頂妞緊緊依偎在牠身邊，也因驚駭而全身發抖。

瞎眼雄雕死了，像顆流星一樣從這個世界消失了。

瞎眼雄雕是自己結束自己的生命的，巴薩查有點不理解的是，瞎眼雄雕既然這樣恨牠，又決心要死，爲什麼不跟牠拼個你死我活呢？瞎眼雄雕雖然雙目失明，但憑著必死的決心和勇猛的風格，即使不能輕易將牠置於死地，也能與牠同歸於盡的。是對方因瞎眼而無法抓住牠嗎？不，瞎眼雄雕早晨從石洞底端走出來，經過牠身邊，是和牠翅膀擦著翅膀走過去的，瞎眼雄雕完全有機會和牠撕扭成一團，抓住牠不放的。是瞎眼雄雕慈悲，不願殺死牠嗎？也不，雄性的妒嫉早已使瞎眼雄雕把牠恨之入骨了，瞎眼雄雕做夢都想把牠撕成碎片，剛才牠在空中摹擬同牠搏殺的情景就是最好的證明。

那麼，瞎眼雄雕爲什麼輕易放過了牠呢？

這時，背後石洞內傳來三隻雛雕嘰嘎呀嘰嘎呀啼寒號饑的聲音。突然間，牠領悟了，瞎眼雄雕之所以饒牠一死，是瞎眼雄雕不願自己的孩子因失去牠的幫助而餓死。冬天才進入中期，更嚴酷的氣候還在後頭。爲了三隻雛雕能生存下去，瞎眼雄雕克制住了最難以克制的雄性嫉妒，默默吞咽了第三者介入這枚苦果。因爲瞎眼雄雕心裏清楚，單靠藍頂妞的努力是無法讓三隻雛雕度過漫長的冬季的。瞎眼雄雕沒吃那隻鮮美的貉腿，是雄雕的自尊不允許瞎眼雄雕接受牠恩賜的食物而苟活下去。早晨，瞎眼雄雕戀戀不捨地用嘴殼摩挲雛雕，其實是在訣別，生命的訣別。瞎眼雄雕之所以要在死前淋漓盡致地摹擬同牠搏殺，是要向藍頂妞和牠證明自己雄性的尊嚴，是要告訴牠，自己雖然是個瞎子，但並不缺乏搏殺的勇氣和體力，並不缺乏剛烈的意志和血性，是有權利也有能力把牠置於死地或者把牠驅逐出境的。

瞎眼雄雕是墜崖而死的，死得那麼從容，那麼漂亮。這真是一隻血性雄雕。巴薩查覺得自己只有完完全全擔當起父雕的責任，讓三隻可憐的瘦弱的雛雕平平安安度過這個嚴酷的冬天並健康成長，才對得起瞎眼雄雕的死。

十八　意外

巴薩查和藍頂妞幾乎是剛飛出猛獁崖就遇見了這窩野豬。一頭長鬃獠牙的母野豬率領四隻黑茸茸、肉團團的野豬崽子在雪地裏行走，黑白分明顯得格外醒目。牠和藍頂妞在空中盤旋著尋找擒捉野豬崽子的機會，但從清晨等候到黃昏，從古戛納河谷跟蹤到尕瑪爾草原，仍沒有機會下手。那頭母野豬太機警了，幾乎寸步不離豬崽左右，只要牠和藍頂妞稍稍降低些高度，母野豬就會吆喝一聲，把四隻野豬崽子統統召喚到自己的肚皮底下，緊緊護衛起來。

牠曾經做過人類的獵雕，曉得野豬的厲害。森林裏流傳著「頭豬，二虎，三熊」的說法，野豬的殘忍凶蠻排在老虎的前面，居首位。尤其是哺乳期的母野豬，比雌老虎更厲害，出於護崽的本能，敢和覬覦牠寶貝豬崽的雪豹拼命。野豬的那對在上唇彎曲翹挺的獠牙能毫不費力地掘開凍土刨食竹筍，能一口咬斷一棵碗口粗的小樹。眼前這頭母野豬，身長約有二米，膘肥體壯，足有三百公斤，即使十隻金雕，恐怕也很難正面強攻，從母野豬的獠牙下把一隻野豬崽子搶走的。

關鍵是要等待豬崽子離開母野豬的機會。遺憾的是，這種機會遲遲沒有來臨。暮色蒼茫，母野豬開始率領四隻豬崽，順著來路返回古戛納河谷的洞穴。巴薩查和藍頂妞仍然耐心地跟蹤著。

那窩野豬走到一塊凹地，突然，寂靜的雪地裏撲楞起一隻麻雀，這隻麻雀也許是翅膀被凍傷了，飛得極不俐落，才離地一尺來高，飛不出兩三步遠，便又落在雪地上。一隻跟在母野豬屁股後面、額頭上長有一條白紋的豬崽子，小眼睛骨碌了一下，撒開四蹄朝小麻雀追去。眼看白紋豬崽就要撲到小麻雀，小麻雀又撲楞一下翅膀，飛出兩三步遠，白紋豬崽被逗得心癢癢的，又快步朝小麻雀追去。短短的幾秒鐘時間，白紋豬崽已離開母野豬有十來米遠。

好極了，機不可失，時不再來。巴薩查和藍頂妞在空中默契地互相遞了個眼色，藍頂妞猛地一斂翅膀，「嘎——」發出一聲尖嘯，朝白紋豬崽撲飛下去。

看起來藍頂妞攻勢兇猛，但其實這只是一個虛招，爲了虛張聲勢才發出了尖嘯，意在將母野豬吸引過去，扔下其餘三隻豬崽去救援白紋豬崽，這樣就可以使母野豬露出顧此失彼的破綻來。

母野豬果然上了巴薩查和藍頂妞聲東擊西的當，挺著獠牙朝還在歡天喜地追攆小麻雀的白紋豬崽飛奔而去。空曠的雪地裏留下三隻失去庇護的豬崽子。巴薩查在空中一個鷂子翻身，像片落葉一樣無聲無息地朝一隻脖頸上有一圈褐色毛斑的豬崽子俯衝下去。

牠已俯衝到一半，最多還需要十幾秒鐘的時間，就能撲到褐毛豬崽子身上。牠把所有的力量都聚集在兩隻雕爪上，爪關節捏得嘎巴嘎巴響，牠完全有把握在雕爪摳進褐毛豬崽皮肉的一瞬間就振翅騰飛升上天空。褐毛豬崽被嚇壞了，在原地打著旋轉，哇哇急叫。好極了，固定的目標更容易擒捉。

母野豬已差不多跑到白紋豬崽的身旁，藍頂妞不可能再繼續朝已有母野豬進行有效護衛的白紋豬崽撲擊了，便在半空一垂尾羽，一昂肩胛，劃過一道優美的弧線，飛離了目標。對藍頂妞來說，任務就是用佯攻把母野豬從其餘三隻豬崽身邊調離開，現在，戰術意圖已經實現。

一般來講，當母獸趕到正在遭受攻擊的幼獸身旁，並把幼獸從危機中拯救出來後，總要在幼獸身旁作短暫的逗留，或看看幼獸身上是否出現傷痕，或聞聞幼獸身上是否留下天敵的氣味，或朝正在遁逃的天敵吼嚎幾聲以示儆戒，或與幼獸摟抱親吻共用劫後餘生的喜悅。巴薩查就是要利用母野豬這個短暫的逗留，把褐毛野豬崽子擒捉到天上去的。

巴薩查沒想到，這頭母野豬的行爲十分特殊，完全省略了這個短暫的逗留。母野豬甚至根本沒有貼近白紋豬崽；當母野豬看到藍頂妞在半空中劃出了撲擊的軌道，旋即轉身朝正在驚慌失措亂成一團的三隻豬崽子疾跑過來。母野豬憤怒地打著響鼻，張開著長吻，露出滿口結實的牙齒，朝巴薩查反撲過來。

這時，巴薩查離褐毛豬崽頭頂約有十幾米高，牠即使再生出一對翅膀，也來不及在母野豬趕回之前擒捉住褐毛豬崽並飛升回天空了。牠無可奈何地嘯叫一聲，偏仄翅膀飛離了三隻豬崽。就在牠拐飛的剎那間，母野豬已跑回三隻豬崽身旁，趴開四蹄，把牠們嚴嚴實實地罩在自己的肚皮底下。母野豬龐大的軀體就像一把經久耐用的黑傘，當然，遮擋的並不是雨絲或雪粒，而是來自天空的生存危機。

等到藍頂妞發現巴薩查攻擊失利，再想故伎重演朝白紋豬崽撲擊時，已經晚了，白紋豬崽早已一溜煙似地鑽進了母野豬的肚皮底下。

攻擊流產了，巴薩查很難過，藍頂妞也沮喪得連連用嘴啄咬自己的腳桿。

過了一會兒，母野豬開始繼續朝古戛納河谷走去。母野豬變得更加小心謹慎，讓四隻豬崽子就在牠肚皮下行走，雖然速度慢得像蝸牛在爬，但安全係數卻提高了不少。四隻豬崽子受過驚嚇後，也學乖了，不管路邊有什麼稀罕事、新鮮事、有趣事，都不再理會，連小腦袋

也不肯探出母野豬的肚皮外來。

「嘎嘎呀」巴薩查朝藍頂妞鳴叫一聲，示意牠放棄這場馬拉松式的跟蹤追擊，回猛獁崖去。瞧那窩野豬已拐進古戛納河谷了，已快回到棲身的洞穴了，天也快黑了，不可能再會有第二次襲擊機會了。與其在這窩無懈可擊的野豬身上白白浪費時間和精力，還不如早點回去休息。但藍頂妞卻執拗地朝牠搖搖翅膀，不願離去。

巴薩查理解藍頂妞的心情。胖嘟嘟的野豬崽子太有吸引力了，肉質肥嫩細膩鮮美無比，即使是在食物豐盛的春季，也算得上是金雕食譜中的美肴佳品，何況眼下正值隆冬，野豬崽子的價值就更顯得珍貴。但假如僅僅爲了圖口福，牠相信，藍頂妞早就會放棄這場已經毫無希望的狩獵了。藍頂妞之所以非要等這窩野豬鑽進古戛納河岸邊的洞穴後才肯甘休，才會死心，真正的原因，是爲了不讓猛獁崖窩巢裏三隻雛雕活活餓死。

前天和昨天下了兩場大雪，雖然牠和藍頂妞兩次冒雪外出覓食，但都因氣候過於惡劣而什麼也沒捕獲到。三隻小寶貝已餓了整整兩天半了，假如今天再沒有食物帶回去，三隻雛雕極有可能會變成三具餓殍。天快黑了，要想轉移目標重新尋找獵物顯然是不可能了，唯一的希望就是這窩野豬崽子。對藍頂妞來說，野豬崽子不僅僅是食物，而是三隻雛雕的生命。沒辦法，牠只好陪著藍頂妞在天空盤旋，徒勞地跟蹤著這窩野豬。

野豬離洞穴越來越近了，只要再爬上一段長約百把米的斜坡，就到了佈滿荒草和亂石頭的散發著一股強烈騷臭味的野豬窩了。藍頂妞仍固執地等待著。

就在巴薩查灰心喪氣，準備再次催促藍頂妞面對現實結束這場跟蹤追逐時，突然，發生了一樁意料不到的事，再次改變了牠的生活。

那隻白紋豬崽不知是因爲受到驚嚇後變得四肢發軟，還是因爲偶然一腳踩空踩滑，就在母野豬快爬到斜坡頂時，突然，白紋豬崽從母野豬的後胯間滑跌出來，四隻細弱的豬蹄拼命想摳住地面好停止向下滑動，但雪坡表面結了一層薄薄的冰凌，就像塗了層潤滑油，怎麼也剎不住。白紋豬崽吱吱尖叫著，就像坐滑梯似的一直滑出二十來米遠，這才被一叢枯草擋住。

「嘎——」藍頂妞興奮地嘯叫一聲，在空中擺動尾羽調整方向，就要朝白紋豬崽俯衝下去。巴薩查急忙用身體擋住藍頂妞的俯衝路線，自己取而代之頂替了藍頂妞的位置，閃電般朝白紋豬崽撲去。牠是雄雕，理應由牠來擔任危險的主攻任務。

母野豬扭頭望著滑下坡去的白紋豬崽發愣。好極了，巴薩查覺得自己已經穩操勝劵，即使母野豬立即醒悟過來是怎麼回事，用最快的速度飛奔過來救援，也比不上牠的滑翔速度，最多母野豬奔到半途，牠就能穩穩當當地把白紋豬崽攫抓住並飛離地面。

起先，事情的發展果然同牠預料的差不多，當牠開始收斂翅膀俯衝時，母野豬同時吼叫一聲朝坡下衝來，當母野豬奔到離白紋豬崽還有四五米遠時，牠的雕爪正好摳進白紋豬崽的脊背，牠還有充裕的時間振翅離開地面，牠正是這樣做的，牠的雙翅大幅度扇動著，身體開始緩慢地向天空升騰。

牠完全沒想到，母野豬也會「飛」。母野豬望見牠已攫抓住白紋豬崽，兩隻豬後腿用力往後一蹬，借著下坡的慣性，也利用上下坡之間的落差，龐大的身體騰空而起，朝牠撲飛過來。不幸的是，牠正好面朝著母野豬；牠不可能直線升騰天空，牠必須有個飛行斜度，這又把牠和母野豬之間的距離拉短了兩米半；牠等於就在往母野豬的懷裏飛。

想掉頭已經來不及了，牠只覺得母野豬像座黑色的大山在向牠壓下來，牠只覺得母野豬兩隻前腿過分熱情地朝牠擁抱過來；牠仍然機械地拍扇著翅膀，但牠腦子已一片空白。完了，牠想，這輩子算玩完了，牠是無論如何也抵擋不住母野豬凶蠻的衝撞和撲擊的。

就在牠即將被母野豬撲住的一瞬間，突然，斜刺裏躥來一隻金色的球，先牠一步撞在母野豬的臉上。半空中爆響起猛烈的碰擊聲，母野豬兇猛的撲擊被那股金色的力量遏制住了，頹然跌回地面。牠脫險了，牠平安地飛升到天空。

這時，牠才看清，把牠從母野豬獠牙下救出來的是藍頂妞！

藍頂妞跌倒在雪地上，骨架撞散了，內臟震傷了，已無法站立起來，脖頸痛苦地扭曲著，嘴殼在自己的身上亂啄亂咬，彷彿執意要把體內的傷痛啄叼出來。母野豬也被撞落在雪地上，卻安然無恙，只是鼻吻左側被雕爪摳出個梅花型的小創口，滲出幾縷血絲，並很快從懵懂中清醒過來，脊背上剛硬的豬鬃一根根豎立起來，帶著瘋狂的仇恨，朝藍頂妞撲過去。

巴薩查在空中「嘎——」地尖嘯一聲，正想扔掉爪下的白紋豬崽，俯衝下去和母野豬拚個你死我活，突然，藍頂妞豎直脖頸，陡地高高聳起雙翅，朝牠猛烈搖晃了一下，「嘎呀——」發出嚴厲的嘯叫。藍頂妞是在堅決阻止牠愚蠢的衝動！

是的，牠此刻俯衝下去，和凶蠻龐大的母野豬正面交鋒，是討不到什麼便宜的，力量對比太懸殊了，牠不但救不了藍頂妞，連自己的命都會賠出去。牠最多能在混戰中把母野豬一隻眼珠子摳瞎，但牠的身體免不了會被母野豬鋒利的獠牙咬成兩段。

即使死，牠也要俯衝下去拚一場的，牠想，牠怎麼能眼睜睜看著自己的愛妻遭受殘殺而無動於衷呢？要是沒有藍頂妞剛才捨生忘死朝母野豬迎面撞擊，牠巴薩查早就魂歸黃泉了。無論從感情從道義從責任上講，牠都必須俯衝下去的。牠覺得能和藍頂妞死在一起，也是一種安慰。

牠的一隻雕爪已經鬆開了白紋豬崽的脖頸，牠的尾羽已經高高翹起，身體已經開始朝地面傾斜，這時，藍頂妞「呀——哇——」朝牠發出了哀求聲，藍頂妞的兩隻金黃色的翅膀在空中急遽地擺動，像是朝牠亮出了黃牌警告，藍頂妞美麗的嘴殼朝著猛獁崖。牠當然明白藍頂妞的意思，藍頂妞用生命在哀求牠，爲了能讓牠三隻心愛的雛雕活下去，請牠不要作無謂的犧牲！牠怎能忍心拒絕藍頂妞生命毀滅前最後一個請求呢？牠只好平衡尾羽放棄俯衝。

這時，母野豬已撲到藍頂妞面前，一隻豬前蹄殘酷地踩踏住藍頂妞的脊背，張開臭氣熏天的豬嘴，喀嚓一口咬斷了藍頂妞的翅膀。藍頂妞金褐色的嘴殼噴出一團血沫，已無力鳴叫，但脖頸仍直挺在空中，淚汪汪的雕眼朝巴薩查投來戀戀不捨的一瞥。巴薩查心如刀絞，在空中嘯叫著，嘶鳴著，詛咒這嚴酷的命運。

母野豬怪聲怪氣地哼哼著，把血腥的獠牙連同失子的仇恨對準藍頂妞美麗溫柔的脖頸。在最後時刻，藍頂妞那雙雕眼閃耀起一片火熱的光芒，這不同凡響的眼光在巴薩查和猛獁崖之間急速地來回穿梭了兩次。世界上只有牠巴薩查才理解這眼光複雜的內涵，藍頂妞是在央求牠不要因爲牠的遭難而離開雛雕，藍頂妞是想用穿梭的眼光編織一條愛的紐帶，一端繫著牠巴薩查的心，一端繫著三隻雛雕的心。

巴薩查發出一聲沉鬱的嘯叫，想告訴藍頂妞，牠將把牠在生命最後時刻的囑託永遠銘記在心，但已經遲了，母野豬已在牠發出嘯叫前，一口咬斷了藍頂妞的脖頸。

但願藍頂妞能在九泉之下聽見牠的心聲。

母野豬粗俗地吆喝一聲，三隻野豬崽子聚攏過去，四張骯髒的豬嘴同時啃咬藍頂妞的軀體。巴薩查沉默著，在這窩野豬頭頂盤旋，繞了一圈一圈又一圈。牠在爲亡靈祭祀。牠像環繞攝影般，從各個角度看清這頭母野豬的相貌特徵，黑褐色的體膚，右耳邊有塊雞蛋大小的肉瘤，鼻吻左側有塊梅花型的傷痕，牠將永遠記住母野豬醜陋的嘴臉，總有一天，牠要來找母野豬報殺妻之仇的。

不一會兒，雪地上只剩下一汪殷紅的雕血和無數片金色的雕羽。母野豬悻悻地帶著三隻豬崽鑽進坡頂的洞穴。

天已擦黑，巴薩查嘎地朝這塊被雕血染紅的雪地發出最後一聲撕心裂肺的嘯叫，帶著那隻用慘重代價換來的白紋豬崽，帶著淒涼和哀傷，帶著孤獨和悲痛，帶著悔恨和思念，朝猛獁崖飛去。

十九　父愛

巴薩查成了猛獁崖石洞三隻雛雕唯一的撫養者和保護者。牠既當父雕，又當母雕。白天，牠四處奔波爲牠們尋覓食物，夜晚，牠學著雌雕的樣子，撐開翅膀，讓雛雕鑽進牠的翼下，用牠溫熱的身體爲牠們取暖，用牠厚實的飛羽爲牠們遮擋風寒。

這是一個漫長的、氣候異常惡劣的冬天，除了在一場大雪和另一場大雪之間偶爾放晴一兩天外，幾乎天天烏雲密佈，雪花紛飛。日子過得異常艱難。牠已不再是自己吃飽全家不餓的單身流浪漢了，牠肩負著三隻雛雕供食和撫養的責任，這副重擔，壓得牠喘不過氣來。除了因暴風雪太猛，牠實在無法出門外，牠天天頂風冒雪外出覓食。

但在冰天雪地的日曲卡雪山山麓，在風雪瀰漫的尕瑪爾草原，要靠牠一隻雕的力量尋覓到能填飽全家包括牠自己在內四張嘴的食物，談何容易啊。有時，牠在風雪中奔波勞累了一天，仍一無所獲，空手而歸。當牠垂頭喪氣回到猛獁崖，迎接牠的不是軟語溫存，不是理解同情，不是安慰開導，而是三隻不懂事的雛雕失望的眼光和喋喋不休的埋怨。

牠天不怕地不怕，就怕看見雛雕們饑餓難忍的模樣，就怕聽見牠們朝牠要食的叫喚。爲了能弄到足夠的食物，讓藍頂妞的親骨肉活得更好些，牠吃盡了苦頭。

有一次，牠在雪地裏遇到一隻豪豬。豪豬雖然不會跳躍不會撲擊也沒有利爪，但全身長滿了半尺長的箭刺，又硬又尖，凡遇危險，豪豬無法憑腿力逃脫時，便會就地縮成一團，身上的箭毛像鋼刺一樣陡立起來，使得對豪豬這身肥膘垂涎三尺的飛禽走獸無從下手。巴薩查剛飛到這隻豪豬頭頂時，豪豬很快就使出了救命絕招，把扁平的腦袋和尖尖的唇吻深深埋進前胸，四隻爪子緊緊護住易受攻擊的下巴頦，肥胖的身體蜷成一隻肉球，縮在雪地上一動也不動。

豪豬身上的刺毛密得像張網，根本找不到可以用雕爪探進去的空隙。豪刺有毒，被刺傷後，傷口會潰瘍糜爛，極難痊癒。豪豬又極有耐心，可以把身體蜷曲成球，在原地紋絲不動地待上幾天幾夜，也不會在危險沒徹底消除前把身體伸展開來。牠巴薩查的時間是有限的，牠無法在雪地上和這隻豪豬泡蘑菇。假如在過去，牠會帶著遺憾的心情飛離這隻豪豬的。但現在，牠想到三隻雛雕正盼望著牠攜帶可口的食物回家，牠狠狠心，升到高空，然後像箭一般俯衝下去，兩隻雕爪筆直地向豪豬脊背上插下去。

只聽得喀嚓一聲，兩根堅硬的豪刺被牠的雕爪蹬斷了。豪豬身上的箭刺叢被牠弄開了一個缺口，牠從缺口探下爪指，攫抓住豪豬柔軟的皮肉，給三隻雛雕帶去了一頓豐盛的晚餐。而牠的右爪掌卻被一根豪刺刺穿，豪刺尖留在爪掌上，用嘴殼怎麼也拔不出來，傷口發炎化膿，連攫抓東西都不俐落了。

還有一次，鵝毛大雪連續下了三天三夜，牠沒辦法，只好頂著大雪外出覓食。牠好不容易發現一隻雪兔，剛想繞到雪兔背後出其不意地進行偷襲，不料機警的雪兔抬頭發現了牠，一溜煙似地逃回一塊龜形岩石底端的土洞裏去了。

兔洞太小，牠無法鑽進去，洞道很深而且伸向龜形岩石底部，牠也無法進行刨挖。可牠又不肯輕易離去，在這大雪紛飛的日子，要想重新尋找到狩獵目標是極其困難的。牠就採取了一個守株待兔的笨辦法，悄悄降落在龜形岩石頂，耐心地等待雪兔再次鑽出洞來。

牠伏在積雪上，從早晨一直等到下午。

雪花落在牠身上，起先，被牠溫熱的體溫融化了，後來，雪花漸漸堆積在牠的背脊和頭頂，牠變成了一隻白色的雪鳥。太陽偏西時，這隻雪兔終於又戰戰兢兢地鑽出土洞，先在洞口向天空環視了一遍，見沒有動靜，這才蹦蹦跳跳竄出洞來，想到草甸子扒開積雪啃食草根。雪兔已走到牠最佳撲擊點，牠只要雕頭往下一勾，雕爪在龜形岩石上用力一蹬，立刻就可以跳到雪兔身上。

牠試著動彈了一下，身體好像極不對勁，像生了根似的，無法離開岩石頂。牠低頭朝腹部望了一眼，糟糕，因爲長時間伏在積雪上，胸腹下的積雪先是被牠的體溫融化成雪水，後又板結成薄冰，牠胸腹部的絨羽都被凍結在冰層中。牠急得眼冒金星。牠忍饑受凍守候了大半天，在關鍵時刻卻喪失了狩獵能力，這太悲哀了。更讓牠焦急的是，假如讓這隻雪兔從牠眼鼻底下溜走，三隻雛雕今天又要挨餓了。

牠攢足勁，雕爪狠命往後一蹬，身體終於從板結的冰層中竄了出去，把毫無防備的雪兔攫抓住了，但牠的胸腹部卻火燒火燎般疼，低頭一看，牠胸腹部的絨羽連同一層雕皮，都留在龜形岩石頂那層薄冰裏了。雕皮被凍掉後，不可能重新再長出羽毛來，從此，牠的胸腹部光禿禿的，結了一層醜陋難看的像硬殼似的血痂。

而每次備嘗艱辛捕獲到獵物後，牠總是把內臟和肉塊留給雛雕，自己吃點皮囊和骨渣。讓牠感到安慰的是，雖然是在氣候異常惡劣的嚴酷的冬天，雖然是牠一隻雕苦苦支撐著全部生活重負，但三隻雛雕不僅沒餓死，反而比過去長得健壯多了，稀落的羽毛漸漸變得密實，灰暗的毛色漸漸泛動油亮，因營養不足而細弱綿軟的雕腿也慢慢變得結實有力了。牠覺得自己的苦沒有白吃。

巴薩查無法形容當牠看到柳枝爆出新芽時的喜悅心情，彷彿通向天堂的門已經爲牠打開了。

那是在一個晴朗的中午，牠外出覓食，飛累了，停棲在尕瑪爾草原一棵柳樹上。樹枝光禿禿的，紫黛色的樹皮顯得蒼老而又憔悴，牠漫不經心地朝樹梢瞥了一眼，突然，牠眼睛一亮，發現在一條嫩枝上，有一粒芝麻大的綠點，牠驚喜地撲扇翅膀飛上樹梢仔細一看，果然是一星柳芽，在雪野吐翠。

這是春的訊息。牠情不自禁地高高翹起尾羽，悠然揮動雙翼，繞樹梢三匝，用金雕特有的儀式，向嚴酷的冬天告別。

彷彿是要再次證實春天的到來，下午牠飛到古戛納河上空，哈，封凍了整整一個冬天的河水開始解凍了，一片冰層炸裂的脆響，巨大的冰塊在河裏碰撞著沉浮著向下游流浪，牠降落到河心一塊正在漂浮的冰塊上，將嘴殼伸進河裏，河水雖然仍冷得徹骨，卻品嘗出春的甘甜。清泠泠的河水像面鏡子，照出了牠的身影。

牠消瘦了，開闊發達的胸部縮小了整整一圈，粗實得把絨羽撐得細密晶亮的脖頸也細弱了許多，渾圓的肩胛凸突出嶙嶙瘦骨，過去平滑的眼瞼和雙頰皺褶縱橫，過去蔚藍清亮的雕眼佈滿血絲變得混濁，因扎進豪刺而潰爛的右爪習慣性地曲縮進腹部，一身雕毛灰樸樸的褪盡了光彩……牠簡直不敢相信河水中的倒影就是牠自己。

過於嚴酷的冬天，過於沉重的生存壓力，使牠變得蒼老了。現在好了，柳樹發芽，河水解凍，日子將會變得輕鬆，牠想。

隨著驚蟄的雷聲轟隆震響，尕瑪爾草原由枯黃變得一片嫩綠，又變得一片青翠。日曲卡雪山的雪線像位不知疲倦的登山者，迅速向峰巔攀登。山麓上樹木蔥郁，野花繽紛，鳥雀啾啁。在遙遠的西雙版納度過了整整一個冬天的候鳥，成群結隊返歸尕瑪爾草原。馬鹿、羚羊、香獐等食草類動物也紛紛出現在草原和雪山接壤處的丘陵地帶，活躍在茂密的森林裏。尕瑪爾草原又變成一個取之不盡的豐盛的食盆，牠雖然因右爪刺進豪刺而影響了攫抓功能，但仍能很輕鬆地逮到小黃羊和草兔，捕捉住剛剛從冬眠中甦醒的毒蛇。

那壓得牠喘不過氣來的覓食問題迎刃而解了。可是，另一個牠過去沒有想到的壓力，隨著春天的來臨落到了牠的身上。

陽光明媚的春季，食物豐盈，雛雕們一日三變，個個長得膘肥體壯，飛翼也逐漸長豐滿了。現在，再稱呼牠們雛雕似乎有點小瞧牠們了，牠們已變成半大的雕娃了。驚蟄過後，三

隻雕娃便不再肯安安靜靜地待在石洞裏了。

或許是受了春暖花開的春天的誘惑，或許是體內蓬勃生命力的一種自然衝動，雕娃們越來越顯得淘氣，越來越變得不安分，先是在石洞內亂竄亂撞，繼而趁巴薩查外出覓食之機，一隻接一隻鑽出石洞，在青石板平臺上嬉戲玩耍。牠們會面對著神秘的山谷和遠處的尕瑪爾草原嘎啞嘎啞興奮地叫喚，拍扇翅膀，雕腿在原地一躍一躍地跳動，脖頸直直地伸向天空，做出種種飛翔動作。

這是金雕一生中最關鍵的階段，也是危機四伏的階段。牠們想要飛上藍天的欲望超過了身體的發育速度，牠們勇敢的天性超過了抵禦天敵的能力。牠們不懂得弱肉強食適者生存的叢林法則。牠們的嘴喙還柔嫩得啄不開野兔的腦殼，牠們的雕爪還稚拙得捏不碎小青蛇的脊椎，可牠們已經急不可耐地想飛上藍天闖蕩世界了。

這是非常危險的，別說遇到野狼雪豹這樣的猛獸了，即使遇見黃鼬靈貓也會把雕娃列入自己的食譜，進行無情的襲擊。

一天，巴薩查獵食歸來，老遠就聽見石洞口傳來異常的尖叫聲。牠疾飛過來一看，差點沒嚇得半死，雕娃高肩胛不知怎麼搞的從青石板平臺上滑了下來，兩隻雕爪摳住平臺下懸崖邊一條石棱，石棱很淺，且往外傾斜，高肩胛沒法抓牢抓穩，靠兩隻翅膀拼命拍扇，勉強沒掉進深淵。

看得出來，高肩胛快支持不住了，嘎嘎尖叫著，飛翼上的羽瓣被弄得淩亂不堪。細脖兒和短腳桿也被嚇壞了，趴在青石板平臺邊緣戰戰兢兢地往下探頭探腦，發出又尖又細的呼叫聲。巴薩查趕緊扔下獵物，飛過去，用雕爪攫住懸吊在空中的高肩胛的兩肋，將雕娃從險境中救了出來。這以後，爲了放心外出覓食，牠離窩前就用兩塊石片擋在石洞口，像鎖起一道防盜門，把雕娃們關在石洞裏。

但雕娃們好動的天性豈是兩塊薄薄的石片能擋得住的呀。那次，牠在古戛納河谷極順利地擒獲了一頭乳羊，不到中午就返回猛犸崖，一眼就看見一隻火紅的猞猁，正在懸崖上靈巧地跳躍攀爬，向青石板平臺逼近，而三隻不懂事的雕娃，早已撞開了牠封在洞口的石片，正在青石板平臺上嬉鬧呢。牠兇猛地朝猞猁撲去，才把這隻體型雖然不大但卻異常靈巧勇猛的食肉獸趕走。牠嚇出一身冷汗，要是牠在擒捉乳羊時多費幾分鐘周折，要是牠在歸途中喝口水歇口氣，三隻雕娃早成了猞猁裏腹的美餐了。

假如是結構完整的金雕家庭，在目前這個雕娃們毫無防衛能力，最易受到傷害、最易發生意外的年齡階段，一般都是由母雕待在窩巢進行護衛，由父雕外出覓食。牠沒有幫手，牠必須扮演父雕和母雕的雙重角色。要想杜絕意外，看來，只有提前訓練雕娃們的飛翔和覓食

的本領。

牠在猛獁崖附近飛巡了一圈。找到了一塊練習飛翔和覓食的理想場地——紅花崗。

紅花崗就在猛獁崖左側，是塊向陽的緩坡，長滿了密實的斑茅草，像鋪著一塊天然地毯；坡上還有幾塊大岩石，約兩三米高，正好可做練飛的跳板。每天清晨，牠像牧羊似地把三隻雛娃沿山間小路趕往紅花崗，讓牠們在草坡上遊戲般地追攆青蛙和小蛇，讓牠們站在數米高的岩石上撲扇翅膀往下跳。然後，牠就在視力能望見雛娃們的範圍內覓食。到了傍晚，牠趕羊似地將雛娃們趕回猛獁崖。這樣做牠雖然很辛苦，幾乎從早忙到晚。但不用再在覓食時提心吊膽，害怕留在窩巢的雛娃們會出什麼事，牠覺得多吃點苦還是值得的。

到了初夏，雛娃們飛翼外基部五片雪白的羽毛已經能在脊背上交叉在一起，覆蓋住整個脊背了，牠開始密集地訓練牠們學習飛翔。

只有飛上天空的金雕才算是真正的金雕。牠帶著三隻雛娃沿著紅花崗旁邊一條被雨水沖刷出來的小石溝，登上一座離地面約七八丈高的陡壁。牠讓牠們成一字型站在陡壁邊緣。高肩胛和短腳桿興奮地扇動著翅膀，引頸嘯叫，細脖兒擺不脫雌性的嬌弱，膽怯地向陡壁下張望。

牠威嚴地佇立在陡壁上，嘯叫一聲，讓三隻雕娃的視線轉移到牠身上。然後，牠慢慢蹲下身體，曲起兩隻雕爪的膝關節，輕輕彈跳起來，隨著身體離開地面，牠輕鬆而又自然地搖動雙翅，身體便輕盈地飄飛起來，向陡壁下滑翔而去。牠選擇的是逆風方向。逆風不但能增加翅膀的浮力，也容易在降落時保持身體平衡。牠斜斜地滑翔了一段距離後，突然將尾羽高高翹起，雙翼高高吊起，雕爪自然彎曲前傾，迎面刮來的強勁山風有效地減弱了牠降落的慣性和前衝力，牠身體不搖不擺，不傾不仰，穩穩當當地棲落在草地上。牠示範了一套十分漂亮的起飛——滑翔——降落的動作。

高肩胛不愧是隻雄雕，表現得十分勇敢，還沒等牠催促，就學著牠的模樣，笨拙地從陡壁上跳下去。高肩胛稚嫩的翅膀有點力不從心，在強勁的山風中抖顫著，搖晃著，飛行路線歪歪扭扭，可畢竟已經飛起來了，整個身體已經擺脫了大地的引力。高肩胛在空中吃力地滑翔了一段距離，便開始著陸。

小傢伙到底是第一次練習飛行，掌握不好著陸的平衡，雕爪能摸到草尖的一瞬間，沒有及時高翹尾羽、撐滿雙翅、增大阻力減弱慣性，而是恰恰相反，低垂尾羽並收斂了雙翅，於是，在強大的慣性作用下，高肩胛像顆被誰狠狠踢了一腳的足球，連滾了好幾個觔斗，茶褐色的羽毛被弄得皺巴凌亂，脖頸看來也跌疼了，歪側著腦袋，好半天才緩過氣來。幸虧底下

是層茂密的斑茅草，不然的話，這一跤恐怕會造成終生傷殘的。

高肩胛顯然跌得不輕，巴薩查趕緊拍扇翅膀疾飛過去，想用雕爪扶住高肩胛的胸脯，幫助高肩胛站立起來；想用翅膀撫愛高肩胛的後頸和脊背，捋平高肩胛凌亂的羽毛，也捋平高肩胛失敗的羞愧。高肩胛還是隻雛娃，牠願意給予高肩胛父雕的慈愛。

牠飛到了高肩胛的身旁，剛想伸出雕爪去幫助對方，出乎牠的意料，高肩胛突然瞪圓眼睛，憤怒地嘯叫一聲，支起一隻翅膀，十分堅決地把牠的雕爪擋了回去。然後，高肩胛用兩隻翅膀當拐棍，拄在地上，慢慢使自己的身體直立了起來，繞過牠身旁，順著小石溝蹣跚地重新登上陡壁。高肩胛又像剛才那樣佇立在陡壁邊緣。金色的陽光灑在高肩胛身上，小傢伙高傲地朝著太陽嘯叫了一聲，顯示了雄性金雕無所畏懼的氣勢。

巴薩查驚訝地望著高肩胛。牠算是領教了高肩胛倔強的脾性。小傢伙的翅膀還沒長硬呢，就開始拒絕牠的幫助，牠心裏又甜又酸。高興的是，高肩胛長大後肯定是隻敢於冒險、勇猛頑強、獨立於天地之間的雄雕；使牠覺得酸溜溜的是，高肩胛拒絕了牠的幫助，也就是拒絕了牠博大的父愛。

在細脖兒和短腳桿的驚叫聲中，高肩胛再次拍扇翅膀，從陡壁上躍飛起來，吃力頑強地迎著山風扇動那雙稚嫩的翅膀，從巴薩查頭頂掠過，落在很遠的一叢斑茅草裏。這次，小傢伙顯然接受了上次的教訓，雕爪快觸摸到草尖時就撐滿了翅膀，雖然降落的姿勢有點彆扭，卻基本保持了平衡，只在地上顛了個趔趄。

好樣的，巴薩查在心裏讚嘆道。細脖兒和短腳桿以高肩胛爲榜樣，也開始躍飛起來。

二十　覓食訓練

短短一個月的時間，三隻雕娃就基本掌握了飛行技巧。特別是高肩胛，已學會在空中扶搖直上，頡頏高低，順風盤旋，逆風靜止等高難度的飛行動作，翅膀越長越硬，已差不多和牠巴薩查飛得一樣高，能在白雲間自由翱翔了。

牠爲雕娃們的迅速成長感到高興。牠決定開始培養牠們的捕食能力。

對金雕來說，能憑藉自己寬厚的雙翼在空中飛翔，不過是獲得了一半的生存權利。只有掌握了覓食本領，才能真正在險惡的叢林裏生存下來。

那天早晨，牠帶著三隻雕娃飛到古戛納河上游。那兒地勢開闊，牧草茂盛，河道呈之字型，拐向日曲卡雪山；甘甜的河水，迷魂陣般的河套地形，吸引了無數飛禽走獸在這兒飲水憩息，築巢壘窩。牠高高盤旋在藍天白雲間，銳利的雕眼很快就發現藏匿在草叢中的肥碩的豚鼠、膽怯的羚羊和機警的金冠水鴨子。但牠並不急於朝目標攻擊。牠曉得，此時此刻，三隻雛娃雖然嗉囊空空，但還沒達到十分饑餓的程度，現在就捕食不利於促使牠們形成一種爲生存而拼搏的意識，無法強化牠們向死亡挑戰的猛禽性格。牠假裝什麼也沒發現，在空中慢悠悠地滑翔著，在河套上空劃著一個又一個巨大的圓圈。

太陽從地平線上冉冉升起，由玫瑰紅變成火紅，又變成橘紅、金紅，終於變成一個熾白耀眼的火球，高高矗立在當頂。剛才還嬉戲喧鬧的三隻雛娃變得沉默了，繼而又變得煩躁起來，一會兒繞到牠前方，一會兒纏在牠身邊，嘰嘰嘎嘎叫嚷著。牠們想吃食了，饑餓感已開始折磨牠們的嗉囊了，牠想，是時候了，牠可以開始按計劃去刺激雛娃們的獵食欲望了。

牠突然偏轉翅膀，朝河套撲下去。在一片青青的水草中，有一隻金冠水鴨在啄食魚蝦。牠像片枯葉，無聲無息地飄落下去，直到牠黑色的投影像張天網罩住了金冠水鴨的身體，金冠水鴨才意識到危險，呷呷呷地急叫著撲騰笨拙的翅膀想逃命。但已經遲了，牠已閃電般地撲到獵物身上，輕舒雕爪，一把攫住細長的鴨頸，瀟灑地扇扇翅膀，把倒楣的金冠水鴨擒到空中。

高肩胛、細脖兒和短腳桿以爲可以和牠一起分享美味的獵物了，興奮地嘯叫著，爭先恐後飛到牠身旁來啄咬牠爪下還在踢蹬抽搐的金冠水鴨。雛娃們習慣了由牠供給食物，牠們早已養成了這樣一種思維模式，即認爲牠們有權利可以向牠這隻父雕索取食物。必須扭轉這

種毒化猛禽心靈的僵化思維。必須讓雛娃們知道，在漫長的生命旅途中，只有依靠自己的力量，才能活下去並獲得幸福。

牠第一次側轉身體，用尾羽對著簇擁過來的三隻雛娃。細脖兒大概是習慣了牠平時的寵愛，並不把牠側轉身體看作是一種拒絕，竟然飛到牠頭頂，用柔軟的翅膀在牠脖頸上親密地磨蹭了一下，然後一個翻飛，鑽到牠的肚皮底下，毫無顧忌地來啄食牠爪下的金冠水鴨。

在過去，每當細脖兒做出這類淘氣的舉動時，牠總是寬厚地從喉嚨裏發出一串咕嚕咕嚕的叫聲，然後將尾羽筆直豎起，將雙翼平穩撐開，讓自己的身體在空中保持一個相對靜止的狀態，讓細脖兒不費力氣就從牠的爪下奪走食物。這是餵食中的小遊戲，牠喜歡這種家庭情趣。但這一次，牠一反常態，將尾羽朝細脖兒胸脯上猛力一掃，掃得細脖兒在空中打了兩個飄旋，然後，牠朝離河岸不遠的一棵銀樺樹疾飛而去，凹型的樹杈是牠進食的天然餐桌。細脖兒在牠背後委屈地嘯叫著。

牠棲落在樹杈上，開始用嘴殼和雕爪將金冠水鴨開膛剖腹。甜蜜的血腥味飄散在樹枝間，惹得三隻雛娃饞涎欲滴，圍著銀樺樹盤旋，想來分享牠的食物。牠毫不心慈手軟地用嘴殼和雕爪把牠們驅逐開。

牠開始大口大口吞食金冠水鴨糯滑可口的腸腸肚肚。牠故意發出極強的咀嚼聲，吃得津津有味，吃得興高采烈。牠看見細脖兒眼睛裏一片迷惘，短腳桿憤怒地仰天長嘯著，而高肩胛則沉默著用一雙陰沉的雕眼冷冷地注視著牠，似乎只要有可能，恨不得撲上來把牠撕成碎片。

三隻雕娃完全不理解牠的一片苦心。牠們會因此而恨牠的，牠想。但是，爲了讓牠們早日成熟，在風雲變幻的日曲卡山麓獲得生存權利，牠寧願自己受到誤解。

牠一口氣吞掉了大半隻金冠水鴨，然後，把剩下的鴨毛和鴨骨架叼到古戛納河中央的上空，撲通，扔進湍急的河裏。

三隻雕娃發瘋般地朝牠詛咒起來。牠知道，饑餓已不僅折磨牠們的嗉囊和肉體，還開始折磨牠們的靈魂了。猛禽的靈魂就是用饑餓塑造出來的。

短腳桿大概是餓極了，竟然去啄咬銀樺樹皮。苦澀的樹皮是無法吞食的，又吐了出來。就在這時，潮濕的蘆葦叢裏突然出現一隻山貛，正用爪子刨食鮮嫩的蘆葦根。高肩胛激動地盯著山貛，嘯叫一聲，帶頭朝蘆葦叢飛去。三隻雕娃在空中飛成一個品字形，看來饑餓的壓力迫使三隻雕娃鋌而走險要去獵食這隻山貛了。

巴薩查心裏微微有點不安。牠很瞭解山貛的脾性，這傢伙雖然同貓差不多大小，性子卻很野，不像草兔和綿羊那麼怯懦，當生命受到威脅時，會撕會咬。可別小看山貛那四隻犬

牙，可以啃斷小樹，要是在擒獵時不小心讓牠咬住雕爪，不殘也會受傷的。牠提心吊膽地注視著這場搏鬥。

開始，雕娃們顯得有點魯莽，一點不講策略，一窩蜂朝山獾撲去。山獾銜著一節蘆葦根，就地打了個滾，仰躺在地上，將四隻爪子和一副犬牙向天空亂撕亂咬。小傢伙們的第一次進攻很快就失敗了。

看來，山獾很有點自知之明，曉得同猛禽周旋自己永遠也占不了便宜，趁著三隻雕娃升飛的當兒，又在地上打了個滾，站起身來，撒腿便往河岸上跑。只要越過那片開闊的河灘，便是一片可以讓山獾安全藏身的灌木林。

高肩胛一定是看出了山獾的企圖，在空中狂怒地嘯叫著，繞到山獾的前方，一次又一次俯衝下去，想截住山獾的退路。

狡猾的山獾總是在三隻雕娃的利爪剛要觸及自己脊背的當兒，敏捷地就地打滾，躲閃過去。然後，用兩次攻擊的間歇頑強地朝河岸灌木林奔逃。不一會兒，山獾離河岸越來越近，只要雕娃們的襲擊再落空一次，就要逃進幽深的灌木林去了。

這時，高肩胛突然改變了自己攻擊的路線，繞到山獾的側面，在山獾又一次躺在河灘打滾的當口，飛到離山獾頭頂僅兩三尺高的低空，拚命撲扇起翅膀。乾燥的河灘上捲起一陣旋風，吹起一團團白色的河沙，漫起一米多高的沙塵，把山獾包裹在風沙中。巴薩查看見，山獾這次沒能像前幾次那樣很快從河灘上站立起來。山獾在地上多打了好幾個滾，似乎是想從風沙漩渦裏滾出來。

山獾終於站起來了，卻步履踉蹌，暈頭轉向，朝和灌木林相反的河中央跑去，跑了幾步，爪子濺著了水，又踅轉身來朝蘆葦叢斜躥出去。顯然，沙子吹進了山獾的眼睛，使牠無法清晰地辨別方向。

這一招真毒辣，從山獾的立場來考慮。

這一招真漂亮，從金雕的角度來理解。

細脖兒和短腳桿也依葫蘆畫瓢，學著高肩胛的樣子，降低飛行高度在山獾頭頂拼命撲扇翅膀。可憐的山獾，被河沙刮得睜不開眼，連呼吸都十分困難，東南西北胡奔亂躥，結果還是在原地旋轉。

漸漸地，棕灰色的山獾身上落了一層厚厚的白沙，牠無力再奔逃，臥在河灘上，把尖尖的唇吻埋在兩胯之間，長長的尾巴像條僵死的蛇耷落在地，只有弓拱的脊背在劇烈的顫動。

高肩胛再次俯衝下來，一隻雕爪攫住山獾的脖頸，一隻雕爪抓著山獾的屁股，拼命撲扇翅膀，吃力地升騰起來。山獾在半空中本能地扭動身體，張開尖嘴，想去反咬高肩胛的雕

爪，高肩胛機敏地一鬆雕爪，山獾從十幾丈高的空中摔下來，噗地一聲砸在河灘上，四肢抽搐著，再也站不起來了。

三隻雕娃一湧而上，很快，河灘上就只剩下一張山獾的皮囊和一副山獾的骨骸了。高肩胛站在山獾的皮囊上，用黏滿血沫的嘴殼梳理著自己的羽毛，神色冷峻，默默地凝望著天邊的血色霞光。

雕娃們終於長大了，巴薩查高興地想，牠們終於掙脫了襁褓，成爲自食其力的金雕了。

二一　清窩

光陰荏苒，一眨眼又快半年過去了。三隻雕娃越長越壯，已差不多和牠巴薩查一般高大了。尤其是高肩胛，骨骼粗實，茶褐色的羽毛油亮光滑，泛動著金屬的光澤，飛翼外基部一圈雪白的毛帶，飛起來像披著一條雲帶，顯得健美瀟灑，活脫脫就是墜崖自戕的瞎眼雄雕的翻版。細脖兒那簇頂羽，也像藍頂妞那樣呈紫藍色，兩隻活潑的金黃的瞳仁裏，流動著雌性的溫柔。牠們的獵食技巧也提高得很快，連細脖兒都能單獨對付兇狠的眼鏡蛇了。

該到了清窩的時候了，巴薩查想。

金雕的清窩類似人類的分家，但要比人類的分家殘酷得多了。按金雕生活習性，在雕娃幼年時，父雕和母雕悉心照料，疼愛備至，等到雕娃羽毛長豐滿，等到教會雕娃飛翔和覓食的本領，父雕和母雕就算盡到了養育後代的責任，就會把已經初步具備了獨立生活能力的雕娃一個個趕出窩巢去。被驅趕的雕娃總是想賴在窩巢裏不走，牠們會悲鳴，會哀叫，會將腦袋拱進父雕和母雕的羽翼，表現出無限眷戀的模樣。父雕和母雕絕不會因此而取消把雕娃驅趕出家門的念頭。

在一個基本固定的覓食範圍裏，雛雕長大了，食物的壓力也就越來越大，迫使金雕採取清窩方式以保持良好的生存環境。金雕社會沒有人類那樣三代或四代同堂的大家庭。對一隻金雕來說，一旦羽毛豐滿，就必須遠離家門，到遼闊的世界去闖蕩，去冒險，去索取，去追求，去構築窩巢，去尋找配偶，去生兒育女，去開始一種新的生活。這是千萬年來一代又一代金雕為適應生存環境而作出的最佳選擇。

每當清窩快開始時，父雕和母雕便會心疼得食欲頓減，愁得瘦掉整整一圈。牠們不忍心將自己的孩子趕走，但牠們又必須把孩子們趕走。當雕娃將腦袋拱進父雕或母雕的翼下央求留下時，母雕的眼在淌淚，父雕的心在滴血。但是，出於對自己孩子更深刻的愛，從孩子的前程考慮，牠們又只能硬起心腸，用雕爪用嘴殼無情兇猛地像對付天敵似地，把雕娃從窩巢驅趕出去。雕娃往往到了最後時刻，也會亮出爪子和嘴殼進行徒勞的反擊。這真是世界上最殘忍的角鬥。

雕娃每被啄掉一片羽毛，每被抓出一滴血，母雕和父雕的心便會破碎一次。雕娃無法體諒父雕和母雕痛苦矛盾的心情，牠們懷著悲憤、委屈、絕望、憎惡的心情離開窩巢，從此，

再也不會回來串門，即使偶爾在山野與父雕或母雕相遇，也視作陌生同類，不予理睬。這就是金雕的清窩。

一般來講，金雕清窩都是在雛娃長到一歲半左右，時間大體是在秋天，因爲秋天食物豐盈，較容易捕獲獵物，有利於雛娃獨立生活。清窩安排在秋天，還有一層考慮，那就是冬天快到了，冬天食物匱乏，幾隻大雕擠在一起更不容易尋覓到足夠的食物。眼下正是秋天，屈指算算，高肩胛、細脖兒和短腳桿都滿一歲半了。無論從年齡、節令還是雛娃們的發育狀況來考慮，巴薩查都該立即著手清窩了。可是，牠卻遲遲沒動手。牠一手把牠們拉拔大，牠實在有點捨不得離開牠們。更主要的原因是，牠知道，雛娃們雖然貌似成年，雖然已具備了成熟的飛翔技巧和一定的獵食能力，但仍然是個娃娃，單純幼稚，閱歷還很淺，還缺乏在險惡的叢林裏獨立生存的經驗。

有不少年輕的金雕，被父母清窩後，一下子無法適應陌生的環境和孤獨的生活，勉強混日子，到了嚴酷的冬天，有的因找不到可以遮擋風雪的新的窩巢而冷死了，有的因覓取不到足夠的食物而餓死了。牠不願讓牠親愛的雛娃們遭到如此悲慘的命運。

牠想了又想，決定把清窩的時間推遲到明年春天，那時候，雛娃們更成熟更強壯了，天氣也暖和了，獨立謀生也就容易得多了。當然，四隻大雕擠在一隻窩巢裏過冬，困難不少，石洞空間有限，已經快住不下了，不過，這問題可以設法解決，牠想，可以讓三隻雕娃住在洞內，牠住在洞口。

比較難辨的是食源缺乏，去年冬天雕娃們還小，食量比現在少一半，牠還差點餓著牠們了，今年冬天，牠們的食量絕對要超過牠，雖說牠們能幫牠一起去覓食擒獵，但能找得到充足的食物嗎？

牠絞盡腦汁，才想出一個解決辦法來，就是趁現在還沒下雪，古戛納河還沒封凍，食草類動物還沒遷徙，蛇類還未冬眠，多獵取些食物貯存起來，好在寒冬臘月時當充饑的乾糧。

牠下決心和雕娃在一起度過最後一個冬天。

巴薩查完全懵了，不明白究竟發生了什麼事。牠嘴裏銜著一條腹蛇，無法嘯叫，就拼命搖晃身體，向牠們發出牠回來了的信號。可三隻雕娃像生了根似地，站在石洞外的青石板平臺上，把小小的平臺堵得滿滿的，誰也不肯挪動身體，讓出一小塊可供牠降落的地盤。

牠開始以爲雕娃們是在跟牠開玩笑，孩子氣的惡作劇。可當牠連續七次飛臨平臺，牠們仍沒有讓出地方供牠降落。假如這是在開玩笑，這玩笑也開得太過份了。牠已在尕瑪爾草原整整飛了一天，累得筋骨酸疼，沒有心思開這樣的玩笑。牠再一次飛臨平臺上空，降低高度，用翅膀在高肩胛頭冠上輕輕拍了一下，明確地告訴對方，請往石洞裏讓讓，好讓牠在自己的家門口有塊地方落腳。可是，當牠在空中繞了半圈低頭看時，高肩胛仍然站在原地一動不動。

牠有點生氣了，將嘴殼一張，把腹蛇扔吐在高肩胛身上。然後，威嚴地嘯叫一聲：

——是我回來了，是爲你們外出覓取過冬食物的父雕回來了。讓出位置，孩子們，讓我降落下來！

牠看見高肩胛扭轉脖頸，一口銜住落在自己脊背上的腹蛇。巴薩查以爲高肩胛貪吃，會把腹蛇吞進肚去。牠想錯了。高肩胛猛地甩動脖頸，一張雕嘴，腹蛇被拋了出去，在天空打了個旋，掉進懸崖下的深淵。

牠愣住了。這三個任性的孩子，牠們到底想幹什麼呢？

牠在平臺上空盤旋了一陣，嘎呀嘎呀叫著，雙翅高高舉起，身體直線向下飄落。牠很累了，牠決意強行降落，也就是說，落到高肩胛和短腳桿的背脊上去，像疊羅漢一樣。這兒是牠的家，牠是牠們的父雕，是一家之主，牠有權在自己家門口的平臺上降落的。

但是還沒等牠落下去，高肩胛和短腳桿突然拍拍翅膀，飛上天空，一前一後朝牠撲過來。還沒等牠反應過來是怎麼回事，高肩胛尖尖的嘴殼已朝牠眼瞼啄來。

這絕不是遊戲式的啄咬，完全是對付天敵般的致命的啄擊。要不是牠躲閃得快，一隻雕眼恐怕就給啄瞎了。可牠躲過了正面的攻擊，卻沒躲開來自背後的偷襲。短腳桿的雙爪野蠻地把牠兩根尾羽給撕扯了下來。牠疼得尖嘯一聲，左翅膀急遽撲扇，右翅膀高舉不動，一個疾速翻飛，衝開包圍圈。高肩胛和短腳桿在背後追攆著，直到牠飛出猛獁崖很遠很遠，牠們才停止追擊，又一起佇立在平臺上。

牠在山谷上空繞了個彎，又踅飛回猛獁崖。

牠再也無法欺騙自己了。高肩胛、細脖兒和短腳桿這三隻羽毛已豐的雕娃，結成了神聖同盟，組成了聯合戰線，要把牠驅趕出去，從這個冬暖夏涼的石洞，從這個溫馨的家，驅趕出去。

牠們長大了，牠們再也不需要牠了。

牠憤懣，牠委屈。按理說，該由牠把牠們清窩出去的，但現在事情竟然被顛倒了。牠在平臺上空發出淒厲悠長的嘯叫，爲什麼不讓我回來，爲什麼要驅逐我，爲什麼？誰也不向牠解釋爲什麼。高肩胛、細脖兒和短腳桿蹲在平臺上，仰著腦袋緊盯著牠，翅膀微微撐張著嚴陣以待，只要牠膽敢降低高度，牠們隨時都會飛起來圍攻牠。

也許，牠們覺得這個窩巢太擁擠，覺得四隻大雕共用一塊藍天會帶來饑饉，所以才想到

要把牠驅趕走的。也許，從去年冬天牠貿然闖入猛獁崖致使瞎眼雄雕墜崖自戕那一刻起，牠們就把牠視作殺父的仇敵。也許，牠們誤以爲母雕藍頂妞的死也與牠有關。也許，牠爲了刺激牠們的獵食欲望而獨吞金冠水鴨被牠們誤解成一種想要餓死牠們的惡意，由此而憎恨牠。也許，牠們知道自己遲早會被牠清窩，索性來個先下手爲強。不管出於什麼原因，牠們已下決心要把牠拒之於家門外了。

在這三隻雛娃的眼睛裏，牠看到了冰涼的仇恨。牠們把牠當作非法入侵者，把牠當作一隻不懷好意覬覦牠們棲身窩巢和覓食領地的外來雄雕。牠心口一陣發疼，假如牠是牠們的親生父雕，牠們也會這樣對待牠嗎？

捫心自問，牠從來也沒有因爲牠們不是牠的親生雛娃而對牠們有絲毫怠慢。牠愛藍頂妞，愛屋及烏，也愛藍頂妞的孩子。牠盡心盡責地教牠們飛翔，教牠們覓食，每時每刻替牠們著想。就說今天吧，清晨醒來，發現老天爺下起雨夾雪，知道嚴寒的冬天不久將臨，爲了貯存足夠的越冬食物，牠到尕瑪爾草原往返了四次，捉了一隻豬獾、一隻草兔和兩條蛇。牠沒奢望要牠們報恩，要牠們孝順。牠不想用食物去和牠們交換感情。牠從來就認爲牠們是牠的孩子，牠在盡一隻父雕的職責和義務。然而，牠的熱心腸換來令牠寒心的驅逐。

這三隻沒良心的混蛋。要是沒有牠在去年冬天冒著被凍成冰雕的危險，在冰天雪地間覓來食物，要是沒有牠在暴風雪的夜晚把牠們護衛在自己的翼羽下，牠們早就餓死凍死了。至今，牠胸脯上仍然光禿禿地裸露著一層難看的血痂；至今，牠的右爪掌仍留著一根豪刺，只要一著地就會疼痛。牠嘔心瀝血把牠們哺養大，現在牠們翅膀硬了，要拋棄牠了。要是早知道有今天，牠真該在牠們羽毛剛長豐滿時，就毫不心慈手軟地將牠們從猛獁崖清窩出去。現在，後悔也晚了。

牠在空中盤旋著，逐漸降低著高度。牠希望牠們是一時糊塗，牠希望牠們能回心轉意，認識到自己行爲的荒唐，讓牠回到屬於牠和牠們共有的窩巢，重新尊牠爲父雕，那麼，牠將用寬廣仁慈的胸懷原諒牠們的過錯，牠將會像從前那樣愛牠們，爲牠們操勞奔忙。

還沒等牠貼近平臺，高肩胛已振翅起飛，兇猛地朝牠撲過來。緊接著，細脖兒和短腳桿也飛翔起來。牠一看勢頭不對，趕緊轉身再次往山谷外疾飛而去。牠雖然是隻獵雕出身的成年雄雕，也寡不敵眾，不是這三隻傢伙的對手。牠只有逃跑。

看來，牠們已吃了秤砣鐵了心，要把牠清窩掉。毫無疑問，這是一次有預謀的行動，牠不用猜就知道，在這場政變陰謀中，起核心作用的是高肩胛。

高肩胛是三隻雕娃裏最早啄破蛋殼，排行老大，體格和膽魄都要勝過細脖兒和短腳桿一籌。外出覓食，總是高肩胛飛在前面，細脖兒和短腳桿尾隨在後。遇見獵物，也總是高肩胛第一個撲上去糾纏拼鬥廝殺。獲得獵物，也總是高肩胛第一個享用，對猛禽來說，啃食秩序就是階級秩序，體現著尊卑和主次關係。

忘恩負義的傢伙，牠恨不能立刻把高肩胛身上的羽毛一片片活活撕扯下來。要是沒有牠拼死相救，高肩胛早就變成豺狗的糞便屙出來了。

那是陽春三月的事，高肩胛剛剛學會撲騰翅膀飛翔，但還飛不高飛不遠，只能飛升到幾米高的低空，滑翔幾十米長的距離。那天傍晚，三隻雛娃在紅花崗練習飛翔，巴薩查覓食回來，剛要把雛娃們護送回猛猸崖去，突然，牠看見一條棕紅色的豺狗，像一團滾動的火，從山岬躥出來，撲向正在斑茅草叢中啄食白蟻的高肩胛。

這條紅豺狗疾奔到高肩胛面前時，高肩胛才發現，急忙扇動翅膀飛起來，紅豺狗縱身一躍，好險哪，只差那麼幾釐米就撲到高肩胛身上了。高肩胛驚慌地嘯叫著，一次又一次飛升上天空，但無力在天空逗留，一次又一次落回地面，紅豺狗緊追不捨，一次又一次朝空中撲躍。

情形萬分危急，高肩胛還顯柔軟的翅膀堅持不了多久，而健壯的紅豺狗卻有無窮的耐力和暴發力。牠是在離紅花崗還有相當長一段路程的空中發現險情的，牠恨不得變成一隻用光速做成翅膀的神鳥趕過去救援。當牠心急火燎疾飛到紅花崗，紅豺狗兩隻前爪已按到高肩胛背上，尖利的狗牙無情地朝高肩胛細嫩的脖頸噬咬下去。

精疲力盡的高肩胛似乎被嚇呆了，細長的雕脖子直挺挺地豎立空中，既不扭動躲避，也不啄擊反抗。巴薩查來不及猶豫，閃電般地將一雙雕爪摳進紅豺狗的脊背，紅豺狗慘嚎一聲，鬆開了高肩胛。高肩胛抖抖被狗爪撕扯得凌亂不堪的翼羽，慌慌張張飛升天空。巴薩查也拼命扇動翅膀想攫捉著紅豺狗飛起來。

紅豺狗四隻爪子緊緊勾住草根和土層，朝近在咫尺的灌木林奔躥。巴薩查只覺得地球的引力是那麼巨大，那麼難以抗衡，根本無法把沉甸甸的紅豺狗攫上天空。灌木林越來越近了。茂密低矮的灌木林裏，佈滿了藤葛荊棘，橫七豎八的枝枝條條就像一柄柄鋒利的刀戟。假如被紅豺狗拖拽進灌木林，刀戟般的藤葛荊棘立刻會折斷巴薩查的翅膀，割碎牠的軀體。

牠竭力鬆動雕爪，想把雕爪從紅豺狗的背脊上掙脫出來，但紅豺狗一路狂奔，全身筋骨繃得像拉滿弦的弓，背脊上的肌肉硬得像石頭，怎麼也無法把雕爪掙脫出來，眼看著牠就被紅豺狗拖拽進灌木林了，一條長滿尖刺的荊條迅速朝牠脖頸割來，牠一橫心，用嘴殼咬住帶刺的荊條，兩隻翅膀也緊緊按在荊條上，竭力支撐著，不讓紅豺狗陰謀得逞。紅豺狗拼命嚎叫著，像老牛拉犁似的一步一步朝灌木林深處走去。牠的嘴殼咬出了血，脖頸上的絨羽被撕掉了一大片，胳肢窩也被荊刺劃傷了，終於雕爪拔出了紅豺狗的脊背。爲了救高肩胛，至今牠的上嘴殼還有一條永不消失的裂紋。

巴薩查決意要報復，要讓高肩胛、細脖兒和短腳桿嘗嘗牠利爪和尖喙的厲害，讓牠們爲自己忘恩負義的行爲付出應有的代價。

暮靄籠罩著群山，澹泊的月芽兒高懸在空中，映照著白的雪峰和紫色的山巒。牠飛到離猛獁崖很遠的一座小山上，找到一個勉強能棲身的樹洞，孤伶伶地待了一夜。

一連三天，牠都沒去猛獁崖。牠過了三天半隱居的生活，白天牠捉些青蛙小蛇充饑，夜裏早早睡覺。憑感覺，牠設想這三隻雕娃在事情發生後的頭三天會日夜警戒，防備牠回去強佔石洞，當牠們提心吊膽地度過三天後，見不到牠的蹤影，便會以爲牠被嚇破了膽，逃之夭夭了，警惕性就會鬆懈下來。牠正好以逸待勞，養精蓄力。

第四天深夜，天空飄著雪花，冷得徹骨。氣候惡劣便於牠隱蔽接近目標，寒冷會迫使三隻雕娃龜縮進石洞，這正是偷襲的好時機。牠一個對付牠們三個，寡不敵眾，但明的不是對手，牠就來暗的。對不講信用的傢伙，牠也沒必要考慮手段是否正當。

獲得生存的權利是最高原則。

獲得心理平衡和精神滿足就是道德準則。

牠在夜幕的掩護下，悄悄飛臨猛獁崖。果然不出牠的所料，青石板平臺上空蕩蕩的，見不到一隻雕影。牠繞到石洞正前方的上空，只見高肩胛身體縮在洞內，腦袋伸在洞外，正無精打彩地在站崗呢。毫無疑問，細脖兒和短腳桿已鑽進溫暖的窩巢睡覺了。

也許，牠們以爲牠三天沒露面，早已逃到天涯海角去重新安家立業了，不會再來找牠們麻煩了。也許，牠們以爲牠不會選擇這麼一個奇冷的雪夜來襲擊牠們。畢竟牠們還年輕，還缺乏野生動物應有的危機感。

瞧高肩胛，開始還竭力想把脖子伸長，瞭望天空，但天空漆黑一片，密密的雪花又像一掛白簾擋住視線，不一會兒，就開始打盹，腦袋一沉一沉，眼睛也閉起來了。

一切比牠巴薩查想像的更順利。

現在，牠只需要把牠預想的行動付諸實踐就行了。很簡單，再等半個小時，讓雪花把牠羽毛蓋成白色，牠就在半空中選擇一個最佳角度，平展雙翅滑翔登陸。牠不會發出翅膀扇動的聲響。最多在牠快滑翔到地面時，會發出翅膀和空氣磨擦的沙沙聲，但西北風正刮得緊，風聲會蓋掉牠的落地聲。牠將在青石板平臺邊緣降落，然後，慢慢地輕輕地向洞口摸去。

這也是牠精心策劃的一個關鍵細節。牠不在青石板平臺中央降落，而要在邊緣降落，是因爲考慮到萬一在降落時驚醒了站崗的高肩胛，隔著一座平臺，還隔著一重雪簾，就算高肩胛睜開惺忪睡眼，也必然看得模模糊糊、混混沌沌，牠就可以在高肩胛意識和視線都很模糊

的當兒，由奇襲轉爲強攻，這樣也有把握奏效。

一般來說，牠輕微的降落聲不會驚動瞌睡正濃的高肩胛，那牠就踩著柔軟的雪花，走到高肩胛面前，以迅雷不及掩耳之勢，突然躍起，雙爪死死掐住高肩胛細長的脖頸，要卡得狠要卡得準，不讓高肩胛有機會嘯叫，牠卡住高肩胛脖頸的一瞬間，立即振翅起飛。高肩胛當然會作徒勞的掙扎。但因爲牠是從上往下卡住高肩胛的脖頸，高肩胛背朝上腹朝底，雙爪無法撕扯到牠身上，高肩胛的掙扎聲當然會驚動石洞內的細脖兒和短腳桿，但等到牠們清醒後從洞裏鑽出來，牠早已把高肩胛攫上天空。密密的雪和黑黑的夜會隱匿牠的去處，牠們最多能看見洞口的雪地上有一行梅花型的腳印和幾片凋零的羽毛。

金雕身上最致命的部位就是脖頸。牠把高肩胛攫上天空，幾秒鐘後，高肩胛便會窒息昏迷。當高肩胛停止掙扎動彈，牠就鬆開雙爪，把高肩胛從高空擲進深淵，摔成肉餅。消滅了高肩胛後，牠就踅回猛獁崖。窩巢裏只剩下細脖兒和短腳桿了。牠們一定在爲高肩胛的神秘失蹤而驚恐萬狀，在青石板平臺上一面嘯叫一面兜著圈子。

牠將集中力量先對付細脖兒。細脖兒是雌雕，體小力弱，膽魄也要差些，牠將兇猛地俯衝下去，用雙爪猛蹬細脖兒的脊背，把細脖兒蹬昏蹬倒，讓細脖兒一時半刻無法爬起來助戰。這樣，就只剩下短腳桿了。牠對付單獨一隻乳臭剛乾的雛娃，是綽綽有餘的，牠將無情地施展牠的利爪和尖喙，把短腳桿撕成碎片。

牠要徹底傾吐積鬱在心頭的這口惡氣。

牠在夜空中又轉了個半圓，然後開始滑翔降落。牠沒想到自己降落得這樣平穩，積雪就像塊地毯，牠沒發出半點聲響，就站在青石板平臺邊緣了。牠伸平雙翅，最大限度地保持身體平衡，一步步朝洞口走去。

雛娃貪睡，高肩胛還在夢鄉裏漫遊呢。牠一直走到高肩胛跟前，高肩胛還沒有醒。

牠微微曲起雕爪，擺好撲躍攫抓的姿勢。老天有眼，牠快要成功了。當牠將高肩胛和短腳桿從這個地球上消滅後，牠就要強迫細脖兒與牠結爲夫妻。細脖兒模樣俊俏，豆蔻年華，正好供牠消魂享樂。細脖兒和牠沒有什麼血緣關係，這算不上什麼亂倫。壞事既然開了頭，那就壞到底。細脖兒是隻年輕的雌雕，即使一百個不願意，牠也有辦法治服、有能耐逼迫細脖兒就範。牠將成爲猛獁崖石洞永久的主人。

牠把發燙的面頰在雪地上輕輕磨蹭了兩下。牠要讓發熱發脹的腦袋冷靜下來。進行致命攻擊時最佳心態就是冷靜、冷靜、再冷靜。冰涼的雪花黏在牠的眼瞼上，立刻化成晶瑩的水珠，牠的視線剎那間變得朦朧，牠覺得站在牠面前的不是高肩胛，而是那隻墜崖自戕的瞎眼雄雕。瞎眼雄雕雙目失明了，明明可以糾纏住牠，與牠同歸於盡的，可瞎眼雄雕卻在盡情表演了完美無比的飛翔技巧和擒獵動作後，從天空中墜落下去。瞎眼雄雕忍受著牠和藍頂妞的私情，爲的是能讓三隻雛雕活下來。瞎眼雄雕其實是受辱而死的。瞎眼雄雕把三隻雛雕的生命託付給牠了，可牠現在卻要……

牠使勁搖晃脖頸，想把眼瞼上那粒不祥的水珠甩掉。晶瑩的水珠滴嗒落地，瞎眼雄雕從牠的視網膜上消失了，可是，卻又出現了藍頂妞溫柔的面容。藍頂妞的身體在被母野豬的前蹄野蠻地踏碎後，留戀的眼光在牠身上和猛獁崖石洞之間往返移動了幾次，藍頂妞閃亮的眼光是從母愛的心田裏吐出來的金線，要在牠和三隻雛雕之間編織一條永恆的愛的紐帶。藍頂妞是爲了救牠才不顧一切迎面撞擊母野豬的。牠現在在做什麼？牠想殺死藍頂妞心愛的雛兒高肩胛和短腳桿！牠想霸佔藍頂妞心愛的雛女細脖兒！牠真是世界上最卑鄙最下流最無恥的禽獸！牠全身一陣顫抖，產生了一種惡夢驚醒後的恐懼。

是的，三隻不懂事的雛娃聯合起來驅逐牠，但牠們畢竟是牠一手撫養大的孩子，牠真的能忍心殺死牠們嗎？

天地如此廣闊，幹嘛非要跟孩子們爭地盤呢？嘎——牠昂首長嘯一聲，心裏那團歹毒的仇恨化作一聲悲鳴，宣洩在茫茫雪夜中。

酣睡中的高肩胛被驚醒了，驚駭地睜開眼睛，慌亂地發出報警的嘯叫。還沒等高肩胛有所動作，牠猛扇翅膀，飛進茫茫雪夜。牠聽見背後傳來高肩胛、細脖兒和短腳桿夢魘般的嚷叫聲。不一會兒，牠們就朝牠追飛過來。牠沒有回頭，牠無意接受牠們的挑戰。牠在空中撒下一聲又一聲悲慘的嘯叫，迎著凜冽的寒風，迎著冰冷的雪花，迎著生活的逆流險灘，快疾地飛行著，一直飛進古戞納河谷。

二二 原點

牠在古戛納河谷中段找到一座葫蘆形陡崖，中間有一條被霹靂震裂的石縫，約有三四十公分寬，剛好可供牠棲身。原來石縫裏棲息著一對絳紅色的岩鴿，遠遠望見牠的身影，野鴿子便逃之夭夭了。牠銜來一些枯枝落葉，混合牠獵獲的鳥羽獸皮，在石縫裏搭建了一個窩巢。然後，牠將自己的糞便混合牠身上掉落的殘羽，沿著彎彎曲曲的河谷放置出去，用色彩和氣味給過往金雕發出訊號，這兒屬於牠巴薩查的勢力範圍。

牠努力把猛獁崖遺忘掉，努力把三隻雛娃從大腦皮層中驅趕出去。

雖是食物匱乏的初冬，但對牠來說，在雪地裏覓取能填飽牠肚皮的食物，並不是樁太難的事。昨天，牠在鹼水塘輕而易舉就逮著一隻銀鼬，還沒來得及消化光，今天早晨，牠剛飛到尕瑪爾草原上空，就看見一匹母野馬正在產駒。不知是因爲難產失血過多，還是因爲曠野風刮得太猛，當小馬駒兩條細腿和一顆腦袋從母體子宮順著產道降臨世界後，母野馬竟然暈倒在雪地中。牠不費吹灰之力，就白撿了一匹還帶著胎衣的小馬駒，夠牠美美地飽餐三天啦。

牠的新窩巢地勢險峻，寬大舒適。牠沒有食物問題所帶來的生存危機，也沒有撫養後代所帶來的沉重壓力。牠餓了就吃，渴了就飲，睏了就睡，逍遙自在，無牽無掛。當然，牠形單影隻，有時也免不了會感到孤獨和寂寞。這問題並不難解決，牠想，牠可以重新找隻雌雕找個伴侶，開始新的生活。

這天，牠飛出古戛納河谷，就瞧見一隻半邊翅膀爲淡黃色、半邊翅膀爲金褐色的年輕雌雕正在雪地裏追逐一頭吠鹿。吠鹿右拐右突，雙色翅一次又一次撲空了。眼看吠鹿就要逃進灌木林去，牠急忙在空中兜頭進行攔截，把驚慌失措的吠鹿蹬翻在地。雙色翅趁機一把攫捉住了獵物。牠和雙色翅在雪地裏一起啄食美味的吠鹿。

看得出來，雙色翅尾羽緊湊，不像是生過蛋孵過窩的母雕，又單獨在野外覓食，肯定是隻待字閨中的雌雕。牠咕嚕咕嚕唱出一串情歌，並跳起優美的求愛舞蹈。牠覺得自己還是有把握獲得雙色翅一顆芳心的；牠剛才曾幫雙色翅獵食，建立了一定的感情基礎，寡雄孤雌，成雙配對，是天經地義的事。

可是，雙色翅對牠咕嚕咕嚕的情歌聲似乎沒有聽見，只顧埋頭啄食吠鹿的內臟，對牠的求愛舞蹈連看都不看一眼。牠唱累了也跳夠了，見對方沒有反應，就磨磨蹭蹭地靠近過去，想透過翅膀的摩挲觸摸來表達自己求偶的心聲。牠剛挨近雙色翅身邊，雙色翅突然從吠鹿的胸腔內抬起頭來，用充滿厭惡的眼光瞪了牠一眼，倏地從牠身邊跳開了。

牠不甘心就這樣失敗，又厚著臉皮朝雙色翅靠過去。雙色翅憤慨地嘯叫一聲，銜起剩下的半隻吠鹿，頭也不回地飛走了。牠很沮喪，但並不氣餒。東方不亮西方亮，天涯何處無芳草，牠相信總會遇到一隻能接受牠愛心的雌雕的。

過了幾天，牠在尕瑪爾草原看見一隻左眼邊長著一顆肉瘤的雌雕正在刨雪啄土，尋找埋在濕土下的地狗子和蚯蚓，顯然，肉瘤正餓得慌，不然不會去吃寡淡無味的地狗子和蚯蚓的，牠正好可以趁機去獻殷勤。牠急急忙忙飛回石縫，拖出半條昨天吃剩的蝰蛇，飛到尕瑪爾草原，好極了，肉瘤還在那兒忙乎呢。牠輕輕飛落在肉瘤身旁，把半條蝰蛇塞到肉瘤嘴殼下。

肉瘤見到蝰蛇先是驚喜得微微顫動翅膀，然後抬頭朝牠望來。霎時間，肉瘤臉上驚喜的表情消失得無影無蹤，取而代之的是一種驚愕，是一種空歡喜一場的懊喪。「咕嚕」巴薩查溫柔地勸肉瘤吃掉牠贈送的見面禮。「嘎——」肉瘤冷冷地用嘴殼將半條蝰蛇撥開了。巴薩查又固執地將禮物送上去，肉瘤一拍翅膀飛走了。

見鬼，牠好像變得不討雌雕歡心了。不，牠想，牠還不算太老，一定是牠遇到的雙色翅和肉瘤都是自以爲高貴的雌雕，弄不好是性格變態的雌雕。巴薩查還不死心，過了半個月，一個風雪瀰漫的傍晚，牠正站在石縫口無聊地梳理著羽毛，突然，看見一隻禿尾巴雌雕沿著河谷飛來。

禿尾巴的雙翼被雪淋濕了，飛得滯重緩慢，一路飛一路發出悲切的嘯叫，朝河谷兩岸的山坡東張西望，像是在尋找著什麼。牠一眼就瞅準，禿尾巴是在尋找能遮風擋雪溫暖的窩巢。也許，這是一隻被父雕和母雕清窩後還沒來得及找到棲身之地的不幸者，也許，這是一隻被兇猛的走獸強佔了窩巢的倒楣蛋。不管怎麼說，只有無家可歸的傢伙才會在風雪陰晦的傍晚飛翔於天空。巴薩查心頭陡地一喜。牠有寬敞的石縫，可救禿尾巴燃眉之急，牠有雄性的軟語溫存，可安慰禿尾巴被生活的逆境和磨難砸碎了的雕心。禿尾巴走投無路，急需幫助，是不會拒絕牠一片好意的，牠想。

牠滿懷信心地拍扇翅膀從石縫飛出去，飛到禿尾巴面前，熱情地搖動翅膀，並用柔和的叫聲邀請禿尾巴跟牠回石縫去。牠用雙翼遮罩住禿尾巴的身體，以示對方得到牠有效的關照和庇護。牠將尾羽最大限度的耷落下去，含蓄地表示牠並不在乎對方沒有尾羽這個缺陷。禿尾巴在空中圍著牠轉了幾圈，就像農貿市場刁鑽的小販在估量貨物品質和價格。突然，禿尾

巴挑剔的眼光從牠身上滑溜開，高傲地嘯叫一聲，在空中猛蹬雙爪，像是要把牠的一片好心連同石縫窩巢一起蹬掉似的，然後，沿著河谷疾飛而去。

牠愣住了。這隻禿尾巴雌雕寧可在風雪中流浪，寧可在岩石底下或在小樹丫間縮著脖子熬著漫漫長夜，也不願和牠作伴共同生活。

雌雕是雄雕的一面鏡子。牠從雙色翅、肉瘤和禿尾巴眼光中看到了自己：牠的上嘴殼有一條黑色的裂紋，牠的右爪掌因刺進豪刺而無法自如地伸縮，牠的腹部早被凍雪撕盡了漂亮的絨羽，至今還結著一層皺巴巴的難看的血痂；牠的眼瞼間佈滿了皺紋，牠雙翼外基部象徵青春活力的兩排雪白的飛羽，隨著年齡增大而褪變成土黃色了；沉重的生活使牠過早地衰老了，多次受傷又使牠相貌醜陋。牠從雌雕們冷冰冰的眼光和厭惡的表情中看出，牠已不再是一隻年輕英俊、風流倜儻、富有朝氣的雄雕了。牠們都從牠身邊不屑一顧地飛走了，牠們是在用身體語言告訴牠，牠已經是隻步入暮年的老雕，牠不再擁有重新生活的權利，牠應當被生活淘汰掉，牠應當識相點，自動退出絢爛多姿的生活舞臺！

雌雕這面鏡子清楚地照出了牠的真實處境，雖然很悲慘，卻是無法避諱的鐵的事實。牠感到委屈，牠在這個世界上才生活了五個春秋，按野生金雕平均十年壽齡計算，剛夠一半，卻被剝奪了重新生活的權利。但委屈又有什麼用呢，生活是無情的。

牠沮喪絕望，心如死灰。慢慢地，牠變得越來越懶散了，牠隔幾天才外出覓一次食，只要勉強不餓死就行。牠不再每天清晨向太陽飛翔了，即使雙翼在山風、晨嵐和陽光中淬煉得更加堅實了，又有什麼用呢？即使牠金色的羽毛融進輝煌的陽光，或者牠變成太陽或者太陽變成了牠，又有誰來誇獎、誰來讚賞、誰來妒嫉呢？牠也不再蘸著雪花梳理羽毛，邋裏邋遢也不會有誰來埋怨的。牠常常兩三天躺在窩裏不動彈。牠已被驅趕出生活舞臺，那麼，就讓末日早點來臨好了，牠想。

沒多久，牠生理和心理都明顯衰老下去。牠的頂羽一片片禿落，並喪失了羽毛再生的功能。牠覓食時常常感到力不從心，有一次竟讓一隻銀鼬在牠眼鼻底下逃跑了。

雖然半張豬臉被霰彈炸飛了，噴出一團團血沫，雖然濃稠的血漿糊在暴突的眼球、鋒利的獠牙和肥大的耳朵上把那張醜陋的豬臉糊成了大花臉；雖然這頭負傷的野豬在奔跑、吼叫、旋轉高速運動著，巴薩查還是一眼就認出：黑褐色的體膚，右耳邊雞蛋大小的肉瘤，鼻吻左側梅花型的傷痕，沒錯，這個醜陋的傢伙，就是把牠心愛的藍頂妞踏成碎片的母野豬！

巴薩查是想去尕瑪爾草原覓食，路經鹼水塘，突然聽到一聲清脆的槍響後無意間看見母野豬的。一看清母野豬的模樣，剎那間，巴薩查懶散的身體變得高度緊張，鬆鬆垮垮的筋骨和肌肉變得緊湊結實，衰老的血液洶湧流動，兩隻雕爪也捏得嘎巴嘎巴響。當牠被三隻雕娃驅逐出猛獁崖後，牠曾到野豬窩去找過母野豬，但緩坡頂那個洞穴已被一隻孟加拉虎佔據，母野豬早已不知去向。偌大的世界，牠正愁沒法找到殺妻仇敵時，母野豬卻突然出現在牠面前，真是冤家路窄，真是老天有眼。

看來，這位殺妻的仇敵遇上了麻煩。在離母野豬二十多公尺遠的一棵大樹下，站著一位手握老式火銃的獵人，槍口還在飄著縷縷青煙。瞧這陣勢，肯定是這位獵人埋伏在大樹後面，母野豬經過時，開了一槍。不知是因爲老式火銃的準星不準，還是因爲扣扳機時，剛巧母野豬打了個噴嚏甩動了腦袋，總之，這位獵人運氣不佳，鉛彈沒打中母野豬致命的耳根，偏了一寸多，只炸飛了半張豬嘴。

巴薩查當過獵雕，牠曉得，受了重傷的野豬很有股拼命三郎的精神，會照準槍彈飛來的方向騰空撲過去，和獵人拼個同歸於盡。白茫茫一片雪地，孤零零一棵大樹，身穿顯眼的黑布衣衫的獵人無處躲藏，眼看母野豬就要以泰山壓頂之勢撲過來了，獵人將一根食指含在嘴裏，吹出了一聲響亮的呼哨。

巴薩查當然知道獵人吹響呼哨是在呼喊他的夥伴，也許是另一位獵手，也許是一條獵狗，也許是一隻獵雕。巴薩查朝四周瞄了一眼，哦，左側的雪地裏有一條黑狗，正踟躕著想向母野豬撲咬又不敢撲咬。聽見主人的呼哨聲，黑狗便躥到母野豬的身後，呲牙咧嘴，虛張聲勢地汪汪狂吠起來。母野豬惱恨地乜斜了黑狗一眼，轉身朝黑狗撞擊。黑狗扭腰便逃，但遲了，母野豬長長的豬嘴拱進黑狗的後胯，黑狗像隻大鳥似地凌空飛起來，飛出五六丈遠，又跌落在雪地上，嗚嗚哀嚎著。

母野豬亮出獠牙，氣勢洶洶趕過來，黑狗見勢不妙，站起來，抖抖身上的雪塵，夾起尾巴，飛也似地朝遠處的樹林逃去。巴薩查在半空中看得清清楚楚，其實，黑狗雖然被母野豬拱撞了一下，但並沒受傷，僅僅是受了點驚嚇，柔軟的積雪像地毯，黑狗又是四肢先落地的，可以說連皮毛都沒傷著。可黑狗卻拋棄主人不管了。看來，這是一條缺乏訓練的草狗，不講職業道德。

一條出色的獵狗，在這種危急關頭，應當將自己的生死置之度外，哪怕野豬獠牙捅穿自己的胸膛，哪怕自己的腸子白花花流了一地，也要奮不顧身地朝母野豬撲去，噬咬糾纏，用自己的熱血和生命儘量拖延母野豬撲向自己主人的時間，讓主人能騰出手來重新往火銃裏灌注火藥和鉛巴，再次朝母野豬瞄準射擊轉敗為勝。

黑狗一會兒便逃得無影無蹤了，雪地裏留下兩行怯懦的狗的爪印。母野豬立刻又掉轉頭來對付大樹下的獵人。那位身穿黑衣衫的獵人正勾著頭跪在雪地裏，手忙腳亂地用一隻葫蘆往槍管裏倒黑糊糊的火藥。母野豬從嘴腔裏噴出一團帶有濃烈血腥味的粗氣，曲蹬後腿，綳直前腿，翹著獠牙，眼看就要朝獵人撲飛過去。獵人的火藥才灌了一半。巴薩查抖擻精神，尖嘯一聲，朝母野豬俯衝下去。

牠不是爲了解救獵人才出擊的，牠早已不是人類的獵雕，牠沒有義務也沒有責任去幫助人類。牠完全是出於要報殺妻之仇才撲向母野豬的。牠心裏很清楚，假如讓母野豬把獵人咬死了，單憑牠巴薩查的力量，是無論如何也無法將母野豬置於死地的。牠只有將那位倒楣的獵人救出險境，然後依靠獵人和他手中那杆火銃的威力，才能雪洗殺妻之仇。

就在母野豬欲撲未撲的一瞬間，牠已飛到母野豬的頭頂，兩隻雕爪兇猛地朝母野豬的眼瞼摳了一把，母野豬一隻眼睛被摳瞎了，嗷嗷怪叫著朝牠撲來。母野豬畢竟是蠢笨的走獸，撲得再高也只能離地約兩三米，牠拍拍翅膀，很輕鬆地和母野豬周旋著。

當母野豬明白過來和牠這樣的猛禽搏殺絲毫佔不著便宜，想甩開牠回頭再去對付獵人時，已經晚了，那位獵人已重新往火銃裏灌好火藥和鉛巴，槍口對準了近在咫尺的母野豬的心臟。巴薩查在天空只聽見轟的一聲巨響，母野豬胸口爆出一團血花，哼哼兩聲，便訇然癱倒在雪地上。

大仇已報，牠沒必要繼續在這裏逗留了。牠在快要斷氣的母野豬上空繞了三圈，

「嘎——嘎——」發出一串歡呼的嘯叫，告慰藍頂妞的在天之靈。然後，牠偏轉尾羽，就想離去。

突然，發生了一樁牠完全料想不到的事。那位化險爲夷的獵人，也許是想認識一下牠的模樣，也許是想向牠注目致謝，他抬起臉來，剎那間，牠愣住了，黧黑的臉膛，挺直的鼻梁，堅毅的下巴和皺紋縱橫的眼角，這位轉敗爲勝的獵手不是別人，正是牠過去的主人達魯魯！

事後牠問自己，假如牠在母野豬被鉛彈洞穿心臟之前就認出達魯魯來，牠還會俯衝下去幫他的忙嗎？假如和達魯魯廝殺的不是與牠有殺妻之仇的母野豬，而是別的與牠沒有任何怨仇的野豬，在牠認出達魯魯後，牠還會冒著生命危險去解救他嗎？會的，牠想，他畢竟是救過牠的命、豢養了牠多年的主人啊。

達魯魯也認出牠來了，激動地扔掉獵槍，向天空張開雙臂，朝牠呼叫著：

「巴薩查——我的寶貝，真是你嗎？快下來，讓我好好看看你，讓我好好謝謝你。」

牠在舊主人的頭頂盤旋著，遲遲沒降落下去。牠沒忘記他曾經很絕情地拋棄了牠，把牠賣給馬拐子當誘雕，使牠身心遭受了巨大的磨難。牠的所有災難，都是從他拋棄牠後開始的。牠不能原諒他。

「巴薩查，我曉得，你是不肯原諒我的。」達魯魯用拳頭擂著自己的胸膛，痛心疾首地說，「我現在才明白，你是隻好獵雕，是我冤枉了你，是我不講信義把你賣給了馬拐子，讓你遭受天大的委屈。巴薩查，是我錯了，我對不起你，我好後悔啊！」他說著，眼眶裏滾出兩行熱淚，漫過鼻翼滴落下來。

牠雖然聽不懂人類高級複雜的語言，但牠從達魯魯生動的表情中已明白了他要表達的意思。牠曾和他朝夕相處了兩三年，牠還從來沒見他流過淚。男子漢的淚有一種驚心動魄的效果，牠的心在顫抖。牠覺得人類的淚是一種更有力的語言，牠讀懂了，牠理解了。是的，主人曾經冤枉過牠，拋棄過牠，但他現在後悔了，知錯了，牠難道不該原諒他嗎？

牠搖搖翅膀，慢慢地溫柔地降落到達魯魯的懷抱裏。他摟著牠，濕漉漉的臉頰貼在牠琥珀色的嘴殼上，牠第一次嘗到人類的淚，是鹹的。他用手掌輕輕捋著牠的脊背：

「巴薩查，你變多了，要不是你這雙與眾不同的藍眼睛，我差點認不出你來了。你一定吃了不少苦吧。瞧你嘴殼，怎麼會有裂紋的？瞧你胸脯，連絨羽都掉光了。唔，你的右爪掌怎麼啦，讓我瞧瞧，唉，刺得好重喲。巴薩查，今天你救了我，我一輩子也不會忘記你的。我的寶貝，走，跟我回家去吧，我的妻子莫娜和我的女兒莉莉都會張開雙臂歡迎你的。我要在大青樹上用松茸和狗尾巴草給你搭個最暖和最舒服的窩。」

牠被主人的一片真誠感動了。更主要的是，牠想起牠目前的處境，牠被三隻雕娃驅逐出猛瑪崖，牠一次次求愛又都遭到拒絕，牠差不多快被大自然淘汰了，假如繼續待在山野，無非是在苟活，無非是在等死。牠無法忍受孤獨和寂寞，牠渴望有個溫馨的家。母野豬已經死了，殺妻之仇已報，山野叢林再也沒有任何值得牠留戀的東西了。重新回到主人達魯魯家去，也許牠剩餘的生命能活得有點意義有點價值，起碼，牠不會再孤苦伶仃無所事事了，牠想。

生活兜了個圓圈，又回到了起點。

二三 義雕

主人達魯魯果然說到做到，在門外大青樹上爲巴薩查搭了個寬敞漂亮的新窩。他還請了位獸醫，拔掉了牠右爪掌上的豪豬刺，折磨了牠一年多的頑疾很快就治好了，牠的右爪又能自如地伸縮攫抓了。女主人莫娜對牠更是關懷備至，每天都用新鮮的肉食餵養牠，一天還給牠送三次清泉水。

有一次，肉食吃光了，莫娜毫不猶豫將一隻正在下蛋的蘆花雞殺了給牠吃。牠享受著家庭正式成員的所有權利，牠可以隨時飛到主人房間裏去玩耍，也可以隨時飛到主人的餐桌邊戲嬉。有客人光臨，主人就會把牠從大青樹上召喚下來，鄭重其事地把牠介紹給客人：

「呶，這就是我常跟你們說起的我的獵雕巴薩查。我委屈過牠，冤枉過牠，可在我被野豬撲咬的緊要關頭，牠卻冒死來救我。」

於是，客人們便帶著恭維的微笑朝牠豎起大拇指來：「好樣的，真是一隻義雕啊！」

很快，牠不計舊怨、捨生救主的事蹟傳遍了整個日曲卡雪山和尕瑪爾草原。牠無論飛到哪兒，只要遇見人，他們就會朝牠投來尊敬的注目禮。牠獲得了巨大的榮譽，生活充滿了陽光。

那天，一位做木材生意發了大財的富商，騎著一匹快馬從百里外的大龍鎮趕到丫丫寨，在大青樹下找到主人達魯魯，二話沒說，從羊皮大衣裏掏出厚厚一疊錢，摔在石桌上，說：

「達魯魯兄弟，我是慕義雕大名專程來找牠的。我也喜歡打獵，養過十幾隻獵雕，從來沒碰到一隻中意的。兄弟，你把這隻義雕讓給我吧，這是我一點小意思。」

巴薩查估量那疊錢，絕不會少於從集市上買十隻金雕的錢，這對剛剛擺脫了貧困的主人來說，無疑是筆不小的財富。牠曉得金錢在人類生活中的特殊魅力，有為了錢，兄弟鬩牆的；有為了錢，夫妻反目的；甚至還有歹徒為了錢，不惜殘殺親生父母的……牠緊張地注視著主人，害怕他會受不了金錢的誘惑。

主人達魯魯拿起那疊錢來，在手中掂了掂，又毫不猶豫地將錢擲回石桌，爽朗地笑笑說：

「尊敬的遠道而來的客人，恕我達魯魯不能從命。巴薩查不是我用錢買來用肉餵養的獵雕，牠是我的救命恩雕，是我最忠實的朋友，即使我達魯魯窮得沒褲子穿，我也不能出賣朋友啊。」

「達魯魯兄弟，要是你嫌錢少，還可以再開個價。」富商說。

「這價開得已經夠高了。」

「這樣好了，這點錢，再加上我這匹駿馬，連馬鞍、馬轡、馬鞭都給你，換你的巴薩查，達魯魯兄弟，怎麼樣？」

「對不起，你就是給我一匹金馬，我也不換。」主人斬釘截鐵地說。

牠舒了口氣。看來，主人完完全全地把牠當朋友看待了。

也不知是因爲換了個環境心情舒暢的緣故，還是因爲獸醫給牠擦的藥水起了作用，牠胸脯上那層厚厚的血痂一塊塊脫落下來，到了春天，竟奇蹟般地長出一層金黃色的絨羽。已差不多禿謝了一半的頂羽也恢復了再生的能力，重新變得稠密齊整。

主人青磚瓦房裏有一隻三門櫃，鑲著一面穿衣鏡，那天牠站到鏡前一照，連自己都吃了一驚，除了上嘴殼那道裂紋無法消除外，身體的其他部位都恢復了瀟灑俊美的風采。

在初夏的一個早晨，牠隨達魯魯到尕瑪爾草原狩獵，半途遇到一隻尾羽金紅的漂亮的雌雕，還一個勁朝牠賣俏地翹擺尾羽呢。牠獲得了第二次青春，本來嘛，牠還只是隻五歲半齡的壯年雄雕，牠還能擁抱生活。

假如牠能預卜未來，牠決不會跟隨心血來潮的主人穿越風雪丫口到日曲卡雪山南麓去狩獵紅岩羊的。牠也和主人一樣，被這明麗的太陽和晴朗得沒有一絲雲彩的天空迷惑了眼睛，以爲在如此盛夏路經風雪椏口不會有什麼危險。

風雪椏口，顧名思義，就是兩座雪峰間的一道豁口，是日曲卡雪山北麓通往南麓的必經之地，約五公里長，三四百公尺寬。日曲卡雪山南麓是荒無人煙的原始森林，生活著一種珍貴的稀有動物——紅岩羊，據說，全世界只有日曲卡雪山南麓才有這種全身豔紅、白角黑蹄的紅岩羊。一個星期前，丫丫寨來了兩位北京動物研究所的教授，提出要收購一頭活的紅岩羊，價格高得驚人，相當於兩頭雄香獐的價錢。兩位教授說，他們研究所一項重要實驗急需一頭紅岩羊。巴薩查的主人達魯魯不知是被高價打動了心，還是出於山民的豪爽，很想幫這兩位頭髮花白風度翩翩的教授解決燃眉之急，一口應允下來，答應在半個月內交貨。

誰料得到，六月的天，娃娃的臉，說變就變。當主人腰挎長刀，肩扛獵槍，興致勃勃地攜帶著牠爬上海拔五千多公尺的風雪椏口，踩著薄薄一層積雪，鑽進椏口才走了一半，日曲卡雪山主峰背後突然繞過來一塊烏雲，像匹灰色的天狼，張牙舞爪撲向風雪椏口，遮住了六月的驕陽。頃刻間，晴朗的天空變得烏雲密佈，狂風驟起，天昏地暗。主人驚得眉毛都差不多要掉下來了：

「巴薩查，糟糕，我們碰上黑風暴了！」

說起黑風暴，再堅強的獵手也會面露懼色。風雪椏口的黑風暴一旦肆虐，將在極短的時間裏氣溫降至零下四五十度，積雪厚達一尺多。多年前，曾有一位牧羊人趕著一群綿羊從雪山北麓穿越風雪椏口到南麓去趕草場，不幸遇上了黑風暴，結果一百多頭羊連同這位牧羊人一起被凍成了冰柱。如果把風雪椏口比喻成鬼門關，黑風暴就是名符其實的魔鬼。

當日曲卡雪山主峰背後那片烏雲被狂風吹刮著集聚到風雪椏口上空時，牠的主人達魯魯還算明智，立即轉身往回趕，想在黑風暴來臨之前退出風雪椏口。但剛走出兩三百米遠，黑風暴就開始施展淫威了。

天上雪花狂舞，地上砂礫瘋滾，東西兩座高聳挺拔的雪峰把終年不化的冰塊雪塵連同刺骨的寒冷一起朝椏口傾倒。最最不幸的是，黑風暴呈由北向南走向，從椏口的北端往南刮，牠和主人達魯魯是頂著風暴在行走。雪花、冰塊、砂礫攪拌在一起，迎面砸來，砸得牠和主人達魯魯睜不開眼睛。

牠是猛禽，牠有一雙寬闊堅實的翅膀，曾經飛越千山萬水，但此刻，在黑風暴的吹刮下，羽翼被刮得凌亂不堪，似乎承受不了牠身體的重負，飛得忽高忽低，歪歪扭扭。牠常年居住在高山寒冷地帶，習慣了在雪地覓食，牠厚實的羽毛是天然的禦寒佳品。可現在，厚實的羽毛像是突然間喪失了禦寒功能，變得像層薄紙，刺骨的寒風侵入牠的肌膚，冷得牠直打寒噤，彷彿血液隨時都會被凍凝成固體。

主人達魯魯比牠更加狼狽。他只穿了件羊皮短襖，雙手籠在袖子中，脖子縮到肩胛裏，腰弓得像蝦米，索索發抖，試圖朝前走，但剛邁出幾步，便被一股異常尖銳的暴風吹得身不由己地往後退，一直退到原來的位置上。他索性像動物一樣四肢著地，頑強地朝前爬行。暴風強大的阻力被減弱了，可是，地面上瘋狂滾動的砂礫和冰塊使主人無法睜眼，他只能兩手摸索著朝前爬，結果卻在椏口轉了個半徑很小的圓圈，等於在雪地上劃了個零。

現在，最明智的辦法就是趕快找個避風的旮旯，躲開黑風暴的正面襲擊。牠拍拍翅膀，頂著暴風雪扶搖直上，飛高望遠，容易找到可供牠和主人達魯魯避風的地方。

「巴薩查，別丟下我！」

主人恐懼地仰起臉來，朝牠舞動雙手高喊著。主人一定是誤解了牠升高的意圖，還以爲牠想獨自逃離風雪椏口呢。牠感到委屈。危難之中見真情，牠是義雕，怎麼會扔下主人自己逃生呢？牠趕緊又收斂翅膀降下去，落在主人肩頭，用自己細長的脖頸在主人鬍髭拉渣的下巴頦上摩挲了一陣，用身體語言鄭重其事地告訴主人：你是生是死我都會陪伴在你身邊！

「巴薩查，你……你不會騙我吧。」達魯魯憂心忡忡地說。

也難怪主人不放心，牠想，沒有牠，主人是很難戰勝這場黑風暴的。孤獨、寒冷和恐懼、絕望會很快摧毀他的求生欲望，把他凍成冰柱的。而牠，憑著卓越的飛翔技巧，至少能活著飛出雪山椏口。

牠終於飛到幾十米的上空，用銳利的雕眼觀察了一陣，透過陰慘慘的暴風雪，發現在右前方五十多米遠有一塊蘑菇形的岩石，與雪峰形成一個夾角，擋住了風暴的吹襲，岩石頂大底小，又可起到雨傘作用。這真是一個理想的避風地。

牠立即再次降落下來，在前面引路，把主人帶進蘑菇形岩石下面。

暴風嗚嗚囂叫著，像隻來自天外的怪獸，把風雪椏口刮得搖搖晃晃。雖說暴風仍然從岩石和雪峰間的縫隙往裏灌，雖說雪片仍然不時飄落到身上，但比待在岩石外面感覺要好得多了。達魯魯已精疲力盡，躺在蘑菇形岩石底下，面容枯槁，像株差不多快被熬乾了油的燈草，兩隻失神的眼睛呆呆地望著蒼涼的天穹。

牠也佇立在蘑菇形岩石底下喘息著。不一會兒，牠覺得身上發冷，冷得鑽心，冷得尾羽都耷落下來了。牠明白，黑風暴已施展特有的魔力，使雪山椏口變成滴水成冰的寒宮了。剛才因為頂著暴風飛行，劇烈運動下感覺不到太冷，一旦停止運動靜下來後，便冷得出奇。

也不知站了多久，漸漸地，牠覺得眼睛乾澀，眼皮重得像吊著一坨鉛巴，十分困倦。寒冷的感覺卻奇怪地越來越輕微，似乎已冷得麻木了。再後來，牠覺得世界變了個魔術，又變回到春暖花開時節，暖融融的太陽正當頭高照著，尖嘯的暴風也變得輕柔，像在吟唱一支催眠曲。牠慢慢垂下眼皮，打起了瞌睡。

牠的腦袋往下一沉，正磕在毛糙的岩石上，把牠磕疼了，也把牠磕醒了。牠睜開眼來，差點嚇出一身冷汗。在空氣稀薄的高山上，在冰天雪地中，打瞌睡是極其危險的，是昏迷的前奏，是死亡的代名詞。牠曾在雪線上親眼看見一頭梅花鹿用蹄子刨開雪層啃草根吃，覺得疲倦了，躺在雪地裏打了個盹，卻永遠也不再醒來。好險哪，牠差點和那頭倒楣的梅花鹿同樣下場。

牠狠勁甩了甩腦袋，將瞌睡蟲甩到九霄雲外。一旦清醒過來，牠身上那種暖和的幻覺消失了，世界又變得徹骨寒冷。本來牠就處在黑風暴的襲擊中，感覺到難以忍受的寒冷才是正常的。

牠想起主人達魯魯，牠扭頭看去，糟糕，主人正和牠剛才一樣，倚躺在蘑菇形岩石上，眼皮耷拉著，昏昏欲睡。主人臉上已沒有恐懼和痛苦，變得寧靜安詳，嘴角還漾起一絲舒心

的笑紋。顯然，主人已沉溺在極其危險的幻覺中。牠心急火燎地跳到主人身邊，用因寒冷而變得嘶啞的嗓音，將大嘴殼貼在主人耳邊，嘎——嘎——高聲嘯叫起來。

醒醒吧，主人，快醒醒！

主人似乎瞌睡太沉了，對牠的厲聲嘯叫毫無知覺。

牠退後一步，撲扇起兩隻快凍僵了的翅膀，翅膀外基部貼在地上，扇起重重雪塵、冰碴和砂礫，劈頭蓋臉朝正在昏睡中的主人掃過去。冰涼的雪塵和嗆鼻的砂礫終於使主人從瞌睡中甦醒。他艱難地抬起一隻手，使勁揉揉眼皮，漫不經心地瞟了牠一眼，嘟囔了一句：「巴薩查，別調皮，別鬧了。我累了，我想睡一會兒。」主人說著，把臉扭向蘑菇形岩石，又沉沉睡去。

必須立即把主人從昏睡中弄醒！牠跳到主人身邊，狠狠心，抬起大嘴殼，重重朝主人裸露的手背上啄咬了一口。

主人手背上被牠啄咬開一個小口子，沁出幾滴血珠。主人反射動作般地從地上彈跳起來，一隻手捂著受傷的手背，倒抽著冷氣，惡狠狠地罵道：「背時鬼，你膽敢咬老子，你是不是餓瘋了，想吸老子的血，吃老子的肉？」

牠很高興主人終於醒來了。只要主人脫離危險，牠受點委屈又算得了什麼呢。

主人達魯魯越罵越氣，飛起一腳，踢在牠的胸脯上。牠被踢得在雪地裏打了個滾。牠哀嗚了一聲。

主人這一腳，踢疼了牠，也踢醒了他自己。劇烈的動作使他徹底從半麻木半昏眩的狀態中清醒過來。幻覺中的溫暖消失了，他突然間傴起腰，將雙臂緊緊箍住自己的雙肩，渾身像篩糠似地顫抖起來，牙齒咯咯打著寒戰，呻吟道：

「喔唷，快冷死我了，怎麼搞的呀？」

他茫然四顧，望望蘑菇形岩石，又望望矗立在面前的雪峰，眨巴著眼睛，突然明白過來了，嚷道：「我想起來了，巴薩查，我們是在風雪椏口遇上了黑風暴。對，我是四肢著地爬到這裏來的。我睡著了，是嗎？可怕，我怎麼睡著了呢？我明白了，巴薩查，是你弄醒了我，是你救了我呀！」他說著，一把把牠從地上抱起來，「巴薩查，我真混蛋，你又救了我，我還踢你……」

牠喉嚨深處發出一串咕嚕咕嚕的歡呼聲。誤會一旦消除，便是更深刻的理解。牠心裏很高興，雖然胸脯還隱隱作疼。

「我快冷死了。」達魯魯說。

牠掙脫主人的擁抱，在蘑菇形岩石背後小小的空間不停地跳來跳去，不停地搖動翅膀，

靠運動增進血液循環，抵禦這刺骨的嚴寒。主人也學牠的樣子，在原地跑步，和黑風暴抗衡。

下午，黑風暴終於像匹精疲力盡的困獸，漸漸安靜下來。陰暗的天空變得灰白，尖嘯的狂風平息了，天空還下著細密的小雪。

「走，巴薩查，我們下山去，回家去！」主人說著，用火銃當拐杖，一步步走出蘑菇形岩石。

黑風暴真是個技藝超凡的魔術師，僅僅小半天時間，風雪椏口就變了樣，變成銀裝素裹的冰雪世界。石壁上掛滿了幾丈長的冰凌，溝溝壑壑坎坎窪窪都被雪填平了。椏口死一般寂靜，依然冷得出奇。

長時間不停地跳躍、跑步、運動，早已將肚子裏的早餐消耗光了。牠和主人都饑寒交迫，渾身乏力，頭暈眼花。

才走出半里路，突然，主人一腳踩在大雪坑裏，連人帶槍陷了進去。也不知雪坑有多深，反正踩不到底，主人兩手扒在雪坑邊緣，大叫：

「巴薩查，快，救我出去！」

牠飛到主人背上，兩隻雕爪攫抓住主人的雙肩，奮力搖動翅膀，好不容易才把主人從雪坑中拉出來，主人累得癱倒在雪坑邊，喘著粗氣，好半天緩不過勁來。

牠不停地輕聲嘯叫著，催促主人爬起來快走。在雪山椏口多待一分鐘就多一分鐘危險。主人是位經驗豐富的獵手，當然明白自己的處境。火銃已掉進雪坑，取不出來了，他抽出腰間的長刀，權當一根短拐杖，用三條腿，艱難地一步一步向前挪動。

主人走得極慢，就像蝸牛在爬。

又走了一里多路，主人又被暗藏在積雪中的一條石坎絆了一跤，倒在雪地裏有氣無力地說：「巴薩查，我怕不行了，走不出風雪椏口了。」

主人臉色黯然，表情絕望。

又冷又餓，牠和主人的體力都快消耗光了，現在，只有靠求生的欲望和頑強的意志才能走出瀰漫著死亡氣息的風雪椏口。求生的欲望一旦熄滅，意志一旦崩潰，必死無疑。

主人啊，女主人莫娜正在家裏焦急地盼望你歸來，小主人莉莉不能沒有父親，起來吧，主人，走吧，生命是值得珍惜和留戀的。

可惜，牠是金雕，牠無法用人類的語言傳達自己的思想，牠只有飛上天空，朝遠方的丫寨嘎嘎鳴叫著。

主人到底和牠相處多年，很快便從牠的動作和叫聲領悟到牠所要表達的心曲，掙扎著重

新站立起來：

「是的，巴薩查，我不能倒在這裏，我要活著回家去。」

主人走一步喘口氣，走十步歇一次腳。牠也實在累壞了，飛一小段路，棲落在雪地上養養翅膀，再飛一小段路。

黃昏，牠和主人終於來到鸚鵡嘴。這裏是退出風雪椏口的最後一道門戶，只要再翻過一個小山包，他們就算走出鬼門關了，就有救了。站在鸚鵡嘴尖尖的石頂上，已望得見對面山腳綠色的稻田和金黃的茅草房。可是，主人卻再也走不動了，他倚靠在石頭上，蒼白的嘴唇翕動著，輕聲說：

「巴薩查，我實在走不動了，歇歇吧。」

牠無可奈何，只好飛落進主人的懷裏，用自己的體溫溫暖著主人涼冰冰的身體，以免他被嚴寒凍傷。

「唉，要是能燒堆火，取取暖，該有多好哇。」主人喃喃地說道。

茫茫雪山，到哪兒去尋覓火種呢。

「唉，要是能吃碗熱湯麵，不，只要能喝一口熱麵湯，我就能一口氣翻過小山包。」主人咂著嘴唇說。

牠很慚愧，牠無法滿足主人的願望，牠自己也已餓得很虛弱了，恨不得能抓隻老鼠來充饑，遺憾的是，連老鼠屎都找不到一粒。咬咬牙，走吧。牠用嘴殼叼住主人的一顆鈕釦，使勁拖拽著。

「唉，不可能有熱湯麵，也不可能有火。」主人嘆了口氣，用長刀拄著冰凌，掙扎著想站起來，可剛一邁動腿，膝蓋一軟，又跌倒在地。

「巴薩查，我實在不行了。我的骨頭像是用棉花做的，軟得沒有一絲力氣。」主人躺在雪地上說。

牠恨牠自己沒有能耐把主人凌空提起送回丫丫寨去。牠現在就是飛回家去報信，也來不及了，不等牠領著人回轉來，主人就會凍僵餓死在風雪椏口的。牠站在主人身旁，不知道該怎麼辦才好。

過了一會兒，主人手撐著積雪，慢慢坐起來，摟著牠的脖頸，把牠攬進懷裏，淒涼地說：

「巴薩查，假如你現在飛走，你還有一條生路，是嗎？可我曉得，你不會扔下我不管的。你是隻義雕，你甘願爲救我犧牲你自己的，是嗎？」

假如牠想獨自逃生，牠早就飛走了。

「巴薩查，我的寶貝，你是隻義雕，我知道。我們兩個，要麼都凍死在這裏，要麼一個死，一個活。」主人達魯魯夢囈般地喃喃說道。

巴薩查看見主人黯淡的眼神突然間亮了，閃動著饑饉的貪食的光彩，牠心裏隱隱不安。

「我們兩個，一個死，一個活，我們兩個，一個死，一個活……」他反反覆覆說著這句話。

本來，牠是面對面被主人擁抱在懷裏的，這時，他緩慢然而是堅決地，把牠的身體扳轉過去，讓牠頭朝外，脊背朝著他。他粗糙的手掌一遍又一遍撫摸牠的羽毛，捋平牠被黑風暴吹得凌亂不堪的翅膀。

牠感覺到他身體顫抖得厲害，不僅僅是因爲寒冷，牠知道。牠聽見長刀被從冰凌上撿起來的聲音。牠也開始顫抖，也不僅僅是因爲寒冷。現在，牠要飛走還來得及，牠至少還有點力氣可以掙脫他深情的擁抱。他的力氣早耗盡了，他抓不住牠的。可是，牠沒有動彈。沒有牠，他會死去。現在牠是唯一能讓他恢復些許元氣，支撐著他走出風雪椏口的救星，當然，是用牠的血，用牠的肉。

「巴薩查，我的寶貝，」主人動情地用臉頰在牠柔軟的頸窩摩挲著，「你真是隻天下罕見的義雕，你一次又一次救了我，我一輩子也不會忘記你的。」他語調輕柔神秘，像在念古老的咒語。牠的心底油然湧起一股被當作犧牲供奉在神聖祭壇上的莊嚴感，當然是人類生命的祭壇。

天空還飄著小雪，一片灰白色的陰霾，壓抑得使牠喘不過氣來。牠焦急地等待著，等待著肉體的徹底解脫，等待著靈魂的美妙昇華。

也許是等了幾秒鐘，也許是等了幾十秒鐘，突然間，牠覺得自己的腦袋飛上了天空，身體卻依然留在主人熱情的懷抱裏。牠覺得自己的頸窩一片涼爽暢快，一切煩惱和焦慮都消失得無影無蹤。主人的功夫好俐落，牠沒感覺到一絲拖泥帶水的痛苦。牠的腦殼拖曳著半尺長的脖子，在空中飄了個旋轉，正好落在鷂鵡嘴石頂上，不知是因爲積雪太厚，還是因爲溫度太低，牠的脖頸筆直地深深地插進積雪，創口緊緊黏在冰層上。牠的腦殼豎立在石頂，那簇金褐色的頂羽仍然泛動著生命的光澤。牠睜著雙眼，居高臨下俯瞰著主人和牠自己的身體。

牠看見，主人達魯魯擁抱著牠，嘴唇貼在牠頸窩的創口上，不停地吮吸著。牠胸腔內的一汪熱血汩汩往外冒，湧出一團團泡沫狀血漿。血漿順著主人的食道緩緩流進主人的體內，變成熱能，變成卡路里，變成燦爛的生命。

主人吮乾了牠體內的熱血，搖搖晃晃站立起來。他的腰伸直了，腿也不再綿軟。他用舌頭舔舔嘴角和鬍鬚上殘留的血漿，走到鷂鵡嘴前，朝牠……不，準確說，應該是朝牠的腦殼

深深鞠了三個躬，然後，轉身朝風雪椏口外走去。

主人雖然還走得踉踉蹌蹌，但比剛才強多了。牠相信，他一定能活著走出風雪椏口，走回自己溫馨的家。

牠望著主人的背影，目送著他走到路的盡頭。空寂奇冷的風雪椏口，只留下牠的腦殼和主人的兩行腳印。

牠覺得疲倦了，寧靜地闔上了雙眼。牠的腦殼連同半截脖子被凍成了冰柱，高高聳立在鸚鵡嘴石頂上，金色的羽毛仍然色彩鮮豔，栩栩如生。

沈石溪作品集
一隻獵雕的遭遇【新封珍藏版】

作者：沈石溪
發行人：陳曉林
出版所：風雲時代出版股份有限公司
地址：10576台北市民生東路五段178號7樓之3
電話：(02) 2756-0949
傳真：(02) 2765-3799
執行主編：朱墨菲
美術設計：許惠芳
行銷企劃：林安莉
業務總監：張瑋鳳

出版日期：2018年11月
版權授權：沈石溪
ISBN ：978-986-352-637-7
風雲書網：http://www.eastbooks.com.tw
官方部落格：http://eastbooks.pixnet.net/blog
Facebook：http://www.facebook.com/h7560949
E-mail：h7560949@ms15.hinet.net
劃撥帳號：12043291
戶名：風雲時代出版股份有限公司

風雲發行所：33373桃園市龜山區公西村2鄰復興街304巷96號
電話：(03) 318-1378
傳真：(03) 318-1378
法律顧問：永然法律事務所 李永然律師
　　　　　北辰著作權事務所 蕭雄淋律師

行政院新聞局局版台業字第3595號 營利事業統一編號22759935

國家圖書館出版品預行編目資料

一隻獵雕的遭遇 ／沈石溪 著. -- 臺北市：風雲時代，2018.10-　面；公分

ISBN 978-986-352-637-7（平裝）

857.7　　107013837